文春文庫

宗教が往く

上

松尾スズキ

文藝春秋

小説の前に

九州の田舎町に生まれておろおろしながら二十三年。東京に出てきてうろうろしてたら十三年。

その間ずっと旅してた。

ような気がする。

漫画家になりたかったくせにサラリーマンやったりイラストレーターやったり芝居をやったり、三十六年も落ち着かないまま生きてきて、今さら言っていい言葉かどうかわからないけどあえて言う。

自分が好きだ。

好きだからだろう、わたしはまたもや軽薄にも小説というものに手を出してしまうのである。「わたし」というのはもちろん作者であるわたし、松尾のことだ。と、とりあえず今、事実ばかりを書いている。言わずもがなだが未だ、小説じゃない。

そう、「小説の前に」少しだけ自己紹介をさせていただいてもよいだろうかと、そういう話なのである。自分が好きだ、からではない。これでも謙虚な姿勢を忘れないように常々気を引き締めている。そもそも生来のシャイガイであり、それはもう呼吸するように照れつつ日々を過ごして来たわたしなのである。だから正直な話、自分のことを書くのはできれば避けたい。知っている女の子だと思って満面の笑みでくねくねと踊りながら近づいて声をかけたら、全く知らない人だった。しかも女の子じゃなかった。

それ以来二つのことを戒めている。

一．身のほどを知れ。これはほぼ守られている。

二．くねくね踊らない。これは時折忘れてしまい、一年に四回はやらかしてしまっているような気がする。

しかし、そんな戒めを横目にわたしはしばしば自分のことを語らねばならない。その理由には少しばかり面倒臭い説明が必要だ。

多分これはわたしの頭が悪いせいだと思うのだが、小説というものを読んでいると時々、なんだろう、「腑に落ちねえ」という感じ、そんなような気持ちになることがある。小説全てにではない。「そのとき陽子は思った」とか「松並木の通りはシンと静まり返って……」とか、地の文が三人称で書かれたものに限ってだ。一人称ならわかるのだ。「そのときぼくは思った」。わかる。そのとき思ったのは、「ぼく」なのだなと。思え思え、思えばいいじゃない「ぼく」と。しかし、三人称で書かれた「そのとき陽子は思った」がわからないのは、「陽子が」「思った」のはいいとして、それを書いてるおまえ、おまえはいったい誰なんだよ、ということなのだ。いや、もちろんそりゃあ書いてるのは作者だろう。わかるけど、じゃあその作者っていったいどういう奴なのか、どこでどういう状態で書いているのか、あんた陽子の何なのか。それがわからないのだ。いやいや、そんなことわからなくても普通問題ないのかも知れない。実際うるさすぎるじゃないか書かれても。

山手線はその日少々混雑していた。陽子はこの雑踏が好きだ。
ちなみに作者は混む電車は嫌いだ。
「満員電車の窮屈さっておもしろい」。そう陽子は思う。
そんな陽子の気持ちが、作者にはわからない。
人混みを分けて陽子は電車に乗る。
作者はこういうとき必ずタクシーに乗るのだ。

うるさい。いちいち。何が「乗るのだ」だ。地の文に人格なんかいらない。
そう言われてもしょうがない。しょうがないけど、三人称で書かれた小説の地の文のほとんどが、地球が回っているのと同じくらいの当然さで「語り手に人格がない」というか語っている立場の存在をなんだかうやむやなものにしているのが当たり前、みたいなことになっているのを見ると、どうしてもたまに「で、気配を消して書いてるあんたはどうなんだ」と問いただしたくなってしまうのである。「陽子」の前に、まずあんたが何者なのか。

多分これは、文章を生業としながらわたしが三人称の地の文を書いたことがなく、いつも文体を「セリフ」で考える癖があるゆえの違和感なのだろう。

わたしの現在の職業は劇作家であり役者であり恥ずかしい呼称だがエッセイストとかいうものでもある。戯曲はもちろんセリフの文学であるし役者はとにかくセリフを喋る生き物であるし、エッセイはおおむね一人称で書くものだ。一人称とはきっと「わたし」とか「ぼく」とか称する人間のセリフのようなものであって、考えてみるにわたしは文筆家というよりセリフを吐き出して生活する者、言わば「セリフ家」なのである。で、セリフの文章というものは、例えば、

定夫　家が燃えてる。
智子　凄く燃えてるねえ。

という記述があるとすると、大事なのは「燃えている家の状態」だけではなく、むしろ「それを口にした定夫と智子の状態」なのである。そういうことに慣れ切っているので、できれば初めて書く小説であるこの物語の地の文も、誰かの一人称という「セリフ」でいきたかった。語られているものと語っているもののウエイトが同じ、それがわたしには座りがいいのである。私小説であるならば何の問題もない。だが、何しろこれは登場人物がやたらと出てくる大河ドラマ的な話であり、しかも主人公を「わかりにくい性格」に設定しているので、どうも三人称でなければ様子がよろしくない気もするの

だ。あやふやな性格の人物の一人称では物語自体がなんだかよくわからないものになってしまうではないか。

三人称でありしかもセリフの匂いのする文章が書きたいというわがままな欲求。それをとおすにはやはり地の文の語り手であるわたし自身の人格を先に知ってもらうことが必要な気がする。であるから、とにかく持ち前の「前に出たがらなさ」を押して、まず自分のことを書かせてくださいよと。

ここまではおわかりいただけただろうか。

確かになんだか面倒臭い作者ではある。

ぐだぐだ言ってる暇があったらさっさと書けばいいじゃない。そう思っている方もおられよう。だが、自分はこの面倒臭さと三十六年つき合い飼い馴らしてきた人間である。「あんた面倒臭い男だね」と酒の席で先輩女優に吐き捨てられ思わず涙目になったこともあるが、今さらこの性格にさよならするわけにもいかない。堂々と開き直ろうじゃないか。これからもよろしく、面倒臭い性格。そんなわたしを大目に見てくださいよとくれぐれも思う。

で、初めはこのように一人称で書く。そして、セリフみたいに「背後に人格のある文体」を作っておいて、そこから、読者の隙をついてさりげないタイミングで「わたし」という言葉をとっぱらってしまう。それから間髪入れずに「物語」を始めるのだ。どうだろう。そうすれば知らず知らずのうちにセリフのように主観を持った三人称の文体が出来上がるのではないか。そういう魂胆なのである。

　さて、自分のことを書こうと思ったのには実はもう一つわけがある。

　それは、この小説の登場人物の設定の中にわたしを取り巻く現実とシンクロする部分がそこかしこにあって、そのことを根拠にこれをわたしの「自伝的」小説なのだと勘繰られるとちょっと案配が悪くて、だから自分とこれとは「別物だ」ということを是非ともわかってもらいたいのです、というようなことなのだ。

　例えば、主人公であるフクスケという男である。

　これは彼の誕生から死までへの三十六年の人生の流転をめぐる物語であり、彼は東京のある人気劇団の座つき作家であり、そうなる前は九州に住んでいたのであって、この辺りはわたしの経歴そのものだし、芝居で食えない時代に女優と同棲し、その女優が並はずれて獰猛《どうもう》な性格であるというエピソードも出てくる予定だが、そういうことも確かにあった。フクスケが劇団の傍らテレビの仕事に手を出して苦い思いをするくだりもあるが、わたしも確かにテレビの人間と組んだ仕事では幾度となく苦々しい経験をさせられている。

　しかし、これらの類似はあくまでわたしの作家としてのアバウトさから「何となく知らぬ間に」そうなってしまったのであり、違う点ももちろん多々ある。

　まずフクスケの容貌だ。

　彼の顔はその名前のとおりあの福助人形に身も蓋もなく似ている。そう思っていただいて差しつかえない。頭の鉢が普通人の一・三倍くらいあって、額は禿げ上がりその代わり眉目は滑稽に垂れ下り、口元はいつも意味なく微笑んでいる様で、当然異様ではあるがそこには天然の愛敬がありなかなかに憎めない。その「憎めなさ」が彼の周りに様々な人物を引き寄せる。

　かたや、わたしは知り合いに「向こうからまず怪しさが来る。その後から松尾が現れる」と評されるほどの油断も隙もない顔つきの持ち主である、らしい。日々ほぼ虚ろに無害で垂れ流すように暮らすわたしの顔がなぜかように怪しい必要があるのだろうか。零度の怪しさ。例えば深海魚の容姿は怪しいが、あんな暗い海の底で何の意味があっておまえら怪しくしてるのだという疑問がある。怪しさがもったいなくないのか。そういう、世界の端で知らぬ間に無駄遣いされている怪しさ。よくわからないがそんなようなものなのかも知れない。だとしたら、虚しい。

　ともあれ、顔で得している人間とその逆の人間の人生は、哀しいほどに違う。それは才能の有る人間と無い人間に関わる哀しさに似ている。

　違いは他にも山ほどあるが、もう一つ。

　フクスケの母親は彼を産んだ直後に自殺するのだが、わたしの母は、未だに黒砂糖飴とか大量のバスタオルとかわけのわからないものを田舎から送りつけてくる。ガランとした家に老いて一人住まいだが、すこぶる健在である。あと、わたしの父は数年前に死んだが、ほとんど物語に登場しないフクスケの父が死ぬという記述は多分一度もなされることはない。死が描かれないということはつまりフクスケの父は物語上不死である。

　そういうことだ。

　そんな次第で、人生を決定すべきベイシックな二点、顔と親、それがこれだけ異なれば後は推して知るべしというわけで、とにかく主人公のモデルはわたしではないしその他の登場人物に関しても参考としている人はいない。その点をしかと頭に入れておいていただきたいのである。作者のことはともかく身の回りの人たちに「松尾がフクスケとすれば、この人物はあの人がモデルで、この団体は多分あそこのこと。この女は松尾がそわそわしていたあの頃の……」みたいな想像をされるのは非常に剣呑《けんのん》だ。なにしろ次から次と出てくる登場人物のほとんどが人格破綻者か犯罪者、でなけりゃ性倒錯者か宗教関係者である。しかも、彼らはおおむね悲惨な末路をたどることになっていて、モデルへの悪意を疑われ始めたらそれはもう身が持たない。ただでさえ薄い人望がゼロ突っ切ってマイナスにまでいってしまう。この寒空の下、金も人望もなく、どうして町を歩けよう。

ある日も、わたしはこの小説のことを考えていた。

思えばマガジンハウスの大島編集長と、わたしがやっている映画評だかなんだかいい加減な連載の担当編集者の新井氏に、小説の執筆を依頼されてからずいぶん日がたっている。聞けば一冊の本を出すのにだいたい原稿用紙三百枚分は必要だとか。

三百枚。そんな暇あるのか。書けるのか。

わたしはそこそこ忙しい劇作家だ。年三本は新作を書いて演出している。一本の戯曲を書くのに二ヵ月はかかり、それに上演期間が各々一ヵ月として、一年のうち九ヵ月は芝居に関わっているということになる。だからといってそれで暮らしていけるかというとなかなかに厳しくて、生活費を稼ぐために雑文を書いたり講師をしたりドラマで脇役をやったりとちまちま働かなければならない。小説か。興味はあるが正直「ったりーなあ」という気持ちも否めない。

しかし、わたしは「書く」と言ってしまったのだ。

なんで言ってしまったのだろう。

そういえば、そば屋に入る直前まで「ざるそばだあ、ざるそばだあ」という気持ちだったのに、席に着くなり「カレーだあ」と言ってしまう自分もいる。

なんで言ってしまうのだろう。

ストーリー自体は依頼が来る前からなんとなく考えてメモしてはあった。ただ、ラストがどうしても思い浮かばない。なりゆきで劇団の座つき作家になった男がなりゆきで新興宗教の売出しに手を染めて、知らぬ間に敵を作り追い詰められにっちもさっちもいかなくなってビルの窓から飛び降りる。乱暴に言えばそんな話。だけど、主人公が飛び降りてグシャっと死んじゃって終わりって、それはないだろうと自分でも思う。なんだか安易過ぎて馬鹿みたいだ。確かに人間が高場からダイブするというシーンは、どういうわけか無性に書きたい。よく自分が飛び降りる夢を見るし、飛んでる瞬間ってものはスカっとしそうだから。だけど、殺してしまうのはちょっと救いがなくて気が滅入る。書き出してもいないのに、わたしはフクスケに愛着を抱いているようだ。飛び降りても死なない方法、もしくは死ぬにしてもどこか救われる感じ。それがどうにもひらめかなくて、メモノートは引き出しの奥にしまわれたままだった。

ラスト。ラスト。嗚呼、ラスト。ラストも決めないままに三百枚もの原稿をスタートできるほど思い切りのよい性格だったら、薬瓶の中のよくわからない綿が捨てられないわけがない。

「ごめんなさーい。やっぱり書けませんでしたあ」

今からなら間に合うだろうか。そう言ってしまって許されるかわい気が、自分にはあるだろうか。わたしは電車の座席で揺れつつ鬱々と思い巡らせているのだった。

読者の方は驚いたかも知れない。「こいついつの間に電車に乗りやがったんだ」。気持ちはわかるが開き直ってもよいだろうか。

「いつの間にかだ」

隣の席ではカオリがマルボロライトを吸いながら窓の外の田圃ばかりが続く退屈な景色を眺めている。懐かしいのだろう。この線路の先には彼女の実家がある。

整った輪郭を持つ鼻の先端から一直線に白煙が噴射されては風景にあたふたと逃げ込んでいく。

鼻から二筋の煙を出していても、カオリは美しい。

二年前、歌舞伎町のでかいライブハウスのようなクラブのようなそんな店『リキッドルーム』で、彼女のほうから声をかけてきた。ドンチャーラスッカラチャッチャッ、ボッカラドンドンスットトッ。ドラムンベースと呼ばれるジャンルの落ち着きのない音楽が響くフロアで、せかせかと踊る人込みの中トイレに行きたいが右手のジントニックをどうしたものか。もたもたしていたときのことだ。にしてもドラムンベースのリズムは前衛的で極めてハードだが文字にすると馬鹿の独り言のようだ。何だ、ボッカラドンドンて。

「ごめんなさい、松尾さんですよね？」

役者をやっていることもあり、わたしも「サブカル」と呼ばれる分野の世界ではちょっとだけ顔の知られた人間だ。こういう場所で女の子に声をかけられるのは特に珍しいことではない。しかし「私を招待するようなパーティーには出たくない」という名言があるように、「わたしを知ってるような女と『スタジオ・ボイス』が好きな女にかわいい子はいない」、なぜかそんな風な諦念をムネとしていたわたしである。であるから、カオリのアジア人離れした美貌には少なからず動揺した。

女優やモデルで言えば誰、みたいなジャンル分けはできないが、姿形から醸し出すなんというかヨーロッパっぽいと表現する他ないクラシカルな高級感が、周りの人々からぬきんでて見える。第一背が高い。171センチのわたしと同じかそれ以上で、ようするに「漫画に出てくるいわゆる美人」みたいなこと。いそうで、いない感じ。額の真ん中で分けた真っ黒な直毛は腰にまで届かんとしていて、髪の長い女が好きというわたしのわかり易い趣味を彼女はいきなりわかり易くくすぐった。言いたくないけど、アメリカの有名な殺人鬼テッド・バンティーが好んで殺したのも長い髪を真ん中で分けた女であったりする。

「お芝居観ました」

「そうですか」。動揺したまま「どうも」とか「それはそれは」とか中途半端に気取っているうちに、カオリは鼻と眉毛に輪っかをつけた彼氏らしい男に引っ張られて「また観ますぅ」と手を振りながら、踊りのうねりの中に練り込まれていった。鼻ならまだしも眉などというつけにくそうな場所に輪っかをつけるといった斬新さには到底太刀打ちできない。

「コレハ忘レタホウガヨロシイ」

小動物的本能がすぐさま彼女のことを頭からシャットアウトし始める。スポーツ音痴なわたしだが、忘れることに関しては極めて運動神経がいい。

きちんと忘れた頃に二度目の出会いがあった。

当時わたしは複数の女といい加減なつき合いをしていて、そんな中の一人とその日渋谷に封切直後の『セブン』を観に行っていた。どうでもいいが雰囲気ばかりが先走ってつまらない映画だった。

「図書館で調べて犯人がわかるなんてミステリーとしてはかなりしょぼくれてない?」

映画館から出るなり連れにぼやいていると、ふいに彼女は現れた。額にバツ印のある凶悪な顔の男の柄のTシャツを着たやはり背の高い、そして、生まれたてらしい赤ん坊を抱いた金髪の無表情な女を連れている。コーディネイトしてみましたということなのだろうか、女と赤ん坊の額には小さなバッ点が眉墨で描きこまれていた。

「こんばんは。覚えてます? 以前リキッドルームで」

もちろん、瞬時に思い出した。

屋外で見ると、カオリは白い。錯覚だろうが渋谷の景色の明度が彼女の背後でふっと下がる。

と同時に、母親と同じ髪の色に染められた赤ん坊がいきなり咳き込み始めた。カオリの青味がかった瞳に目やにを発見し「嗚呼、指摘したい」と、急激に濃厚になっていくわたしの中のおせっかいなオーラに、むせたのか。

「甥っ子なんです」とカオリは言った。

むせて泣く子を無表情にあやすバツ点の女は、背丈以外はちっとも似てないつり目の一重目蓋であるが、どうやら実の妹らしい。「ベロベロベー」と我が子を舐める舌を大きな銀色のピアスが暴力的に貫いている。眉毛に輪っかの男といい、カオリは会う度に自分の身体に容赦のないキャラクターを従えている。そして、無表情なベロベロベーは、とても怖い。一瞬「食うのか？」と思ったほどだ。

「二度目だね」

「そうですね。あ。カオリです……」

目やにをつけていようと、さらによく見れば少し鼻毛が出ていようと、彼女は相変わらず地に足のついていない「華」を全身から無自覚に垂れ流していた。何かある女。そう思わざるをえない。もしくは、何もなさ過ぎる女。むしろ、そうかも知れない。

「もしかしてハーフ？」

「違います」

「そう……」

「はい……」

いずれにせよ話すことがない。

ないし、こっちの連れの女はカオリへの「負け加減」と赤ん坊の泣き声に明らかにいらついている。そうだ、と思ってわたしはカオリに一枚のチラシを手渡した。次の週、新宿の『ロフト・プラス・ワン』という小さな中二階がステージになっている変な居酒屋でトークショーをやることになっていた。

「ありがとう。行けたらぜひ行きますね」

カオリは妹と一緒にクジラを食べに行くと言い残し、前と同じように手を振りながら夜の渋谷に消えていった。景色が、元に戻る。

額にバッ点の人って、いつかなんかに使えるな。連れの女が「ク・ジ・ラ!」と顔をしかめ、道に唾を吐く真似をするのを視界の端でおぼろげに捕らえつつ、そう思った。ついでに、あのTシャツの顔はチャールズ・マンソンであることを思い出したりもしながら。

「行けたらぜひ行きますね」

というのはしかし、ほとんど来ない、ということだ。名刺くらい渡しておけばよかった。もはや連絡のとりようもなく万事休すだが、まあ、いいか。あきらめの瞬発力もなかなかに鋭いわたしは、またもやカオリのことを忘れようとしてみた。

もう、忘れられなかった。

もう、忘れられなかった。って。

待てよ松尾。

ちょっとかっこよ過ぎやしないか。

普通に読んでいると、すでに物凄く小説というものが始まっていそうな〝かっこよさ〟ではあるが、実は未だちっとも始まっていない。笑っちゃうほど始まってない。だものだから「もう、忘れられなかった」に反省しつつも、もうしばらくだけわたし自身の話におつき合い願いたいと思っている。

さて、ある日、わたしとカオリはセックスしていた。

セックスして何が悪かろう。

いや確かに、セックスの前にわたしが『ロフト・プラス・ワン』のライブにまんまと訪れた彼女を、どんな過程でくどいたかを書くのが筋というものではある。

だが、書けない。書くと社会的信用がなくなる。そのリスクと原稿料が見合わない。

はい。ご想像のとおり。かなり卑怯な手を使いました。

結果オーライ。エニシング・ゴー。

さて、セックスする仲になるにつれ、彼女が見た目とはかなり内容の異なる女であることが急速にわかってくる。パッケージより中身が劣る？　いや、劣るとかそういう話ではない。劇画だと思って読み始めたらギャグ漫画だった。まあそんなようなことだ。

しかも彼女の場合、高級な笑いではなく変な顔とかずっこけだとか下ネタで笑わせるような、ドリフレベルの低年齢層向けギャグ漫画なのであって、少なくとも「ヨーロッパっぽさ」などというものはつき合い始めて三日くらいでわたしの一方的な幻覚であったと、そう思い知らされるのであった。まあ、確かにわたしのよく行く歌舞伎町のゲーセンや汚い中華屋、その他下世話な場所でヨーロッパっぽさを醸し出し続けられても、周りの迷惑だ。

彼女には指しゃぶりの癖があったし、風呂にビニールのアヒルやカエルを浮かべて何やら話しかけているし、意味もなく転んで痣《あざ》だらけだし、わたしの小銭が好きでよく一日中数えてるし、仕事をしないしおおむね文無しだし、飲んで人前で吐くし鼻毛出てるしチャック開いてるし「蟻が糖」などと荻野アンナ級のダジャレを連発するし、アニメで泣くし、ほっときゃ半日でもオナニーしているしイキ過ぎておしっこ洩らすし、わたし好みの長髪をカットモデルのバイトでばっさり切ってぼっちゃん刈りにしやがるし、無意識によく「♪チンコマンコチンコマンコ」歌ってるし、「古舘伊知郎が……なんだかむかつくよ」とか「奴ら……本気だよ」とかよくわからない寝言を毎晩言ってるし。関係ないが妹がチャールズ・マンソンだし。その、ほぼ「がきデカ」というかスラプスティックというか、そんなような生態とルックスのギャップにしばしばわたしはぼんやりさせられ、そしていつしかすっかり慣らされてもいたのだった。

いずれにせよ一貫しているのは「人生」というわりと重要なテーマに対する「特に本気じゃございません」という揺るぎないスタンスであり、それはもう、揺るぎないのだから特に何も言うこともございませんと。カオリはソフトSM倶楽部の女王様であり、黒いスーツを着て男をビンタして唾するだけという腑抜けたSMで時給七千五百円という、微温湯のような仕事で暮らしていて、その件についても、特にコメントはございませんと。

そんなこんなで、彼女の髪の毛が半分近く元に戻る頃になっても、二人は毎日のようにセックスをしていた。

ある日、ことが終わり後始末の気力もなく「どうでもいいや」と二人とも、いつものように性器丸出し丸裸でぶっ倒れているときのこと。

カオリが突然ぶーたれた。

「したいときにしたいだけしたい」

一緒に住みたいということである。

言い分はこうだ。

離れているとしたくない自由は守られるが、したい自由は守られない。一緒に住んでいればしたい自由としたくない自由、両方守られると。

そういうことだった。

住んでいるアパートが手狭になり契約更新の前に引っ越しをせねばと考えていた頃であり、また、二十五から三十一になるまでの間わたしはかなり狂暴な性格を持つ女のヒモをしており、身も心もズタズタに疲れ果てて別れてからはずっと一人暮らしを選んでいたのだが、正直一人で暮らすことにも飽きてき始めた頃でもあった。

なのでこれといった問題はないわけで。

カオリは性器剥出しのまま木から落ちたナマケモノのように隣の部屋まで這いずり、実家に電話した。襖の向こうの彼女の尻らしき場所から、わたしが〝人類賛歌〟と呼ぶ空気漏れの音が「♪ココニイルヨ」と告げている。

「わたしはこれから松尾さんという素晴らしくかっこいい劇作家の人と同棲するので、そういうことなので、よろしくお願いします」

ああ、そうか。こういうのは親に報告するものなのかなるほどね、と性器の先端に貼りついたティッシュを爪で取りながら感心していると、カオリが襖から顔を出した。

「お母さんとお父さんがね」

はい。

「ぜひ一度お会いしたいって」

カオリの実家は千葉にあった。

千葉出身の女とつき合うのはこれで五人目だ。多過ぎる。わたしの中に「千葉を呼ぶもの」みたいなものがあるのだろうか。あるとしたらいったいそれは何のために備わった素質なのだろうか。五人目にしてついにわたしは「千葉そのもの」に行くことになった。神はいったいわたしと千葉をどうしようというのか。

小説のことを考えるのは大変な重労働だ。例えばわたしは二十五歳の頃渋谷で皿洗いをやっていたのだが、遥かに年下の先輩にいじめられ、三ヵ月と続かなかった。あれを最低一年間は続けるとか。ひょっとしてそれくらい大変な仕事ではなかろうか小説を書くということは。なぜかそれ以上に大変なことをとりあえず思いつかない。ぞっとする。

大変なことを考えていると、つい逃避したくなり、気がつくとさっきみたいに「なぜに神は俺を千葉へと導く」とか頭はくだらない思いつきばかり追いかけている。ちゃんとせねばとかぶりを振ると、今度はカオリの親に自分はどういう挨拶をするのだろうかという憂鬱が頭をもたげてくる。「一緒に住むのでよろしくお願いします」。そんなのわざわざ千葉まで出かけて言うことなのだろうか。神はいったいわたしと千葉を……って、油断も隙もなくまたくだらないのが始まってしまう。くだらない考えを軸に、仕事という長いスパンの鈍痛のような問題と、女の親に挨拶というすぐ目の前の激痛のような問題が、テレコで浮き上がる。嫌な感じのシーソーゲームが頭の中でループしていた。

いずれにせよ、引っ越すたびに必ず仕事場に自転車で十分以内の距離に住む筋金入りの出無精のわたしには、二日酔いの寝不足だということも手伝ってどうにも気の乗らない旅だった。

車窓から吹き込む房総の潮風に髪をしっちゃかめっちゃかにされながら、カオリは完全に寝に入っている。軽い鼾《いびき》をかいているが、やがて「ぴんぎー」とか「まんぎー」とか理解不能な寝言が始まるのだろう。彼女ヲ、アテニシテハイケナイ。大丈夫。頭ヲ抱エテイレバ、時間ハ過ギル。ソシテ楽シイコトガ待ッテイル。わたしは背広のポケットを愛しく触る。そのとき、電車の中のわたしにとって心の支えは、財布の中の二切れの、5ミリ四方の紙片だけだった。

前の日の夜。

カオリの妹と友達連中が我が家に集まって「同棲記念」と称するパーティーをやってくれた。

妹のカツミは元登校拒否児童で元チックもちで、そして、元子役だった。十年以上前、魔法少女がどうしたこうしたとか、そういう子供向けの特撮ドラマに出ていたそうだ。

彼女はおそらくカオリの倍以上の変人であるが、どう変わっているかはその鉄壁の無表情で堅くガードされていて、どうにも掘り起こせない。

パーティーに来ていたカツミの友達はほとんどがその当時の子役仲間だったらしいし中には現役でドラマに出ている者もいたようだが、顔に覚えのある者は一人としていなかった。あと、流行りなのかわざと申し合わせたのか知らないが、全員有名な殺人鬼の顔がプリントされたTシャツを着ている。マザコンの墓荒らしエド・ゲインが、殺人ピエロのジョン・ウェイン・ゲーシーが、ロシアの赤い切り裂き魔アンドレイ・チカチィロが、「おめでとうございます」「カオリさんてケッサクな人ですよね」と、代わる代わる挨拶にきた。その殺人鬼集団の中に金髪の赤ん坊の父親がいるらしいが、他人との間に壁というものが感じられないカオリと真反対に秘密主義のカツミは、それすら教えてくれなかった。未だに彼女と子供と父親のことは、よくわからない。ただ、子供は本当は一卵性の双子の兄妹であって、一人では育てきれないので妹のほうを親戚に里子に出している、というようなことの次第になっているらしい。

因《ちな》みにカオリがその夜どんな酔っ払い方をしたかは、彼女の名誉に関わることであるため、ここにはちょっと書けない。その書きたくなさは、読者のみなさんで各自ご想像願いたいが、あえて一例だけあげてみる。台所でゴキブリを見つけたカオリは「あ！松尾ちゃん発見」と叫ぶなり「アターック！」と素手で叩きつぶし、その手の平に貼りついた「スゴイ奴」を「松尾ちゃん、爆死ー」と逃げ回るみんなに見せてまわったのだった。そのときわたしの頭にはコッポラの『地獄の黙示録』で「ワルキューレの騎行」が鳴り響いているシーンがなんとなく浮かんだりしたものだが、まあそんなようなことがパンツ丸出しで眠りこけるまで、色々と。みたいなことだ。

そんなカオリを介抱しながら、唯一彼女のぬるいSMの客の中から招待された瓜実顔《うりざね》のマゾ男がわたしに視線を向けて「こういうのが毎日なんですよねえ」と細くもらした。

「いいなあ」

よかあないし、毎日だったらたまらん。

「いや、いいですよ、本当に」。彼は店で、カオリの蹴りとビンタに一時間二万二千円を支払っている。カオリが乳首に針を徹《とお》しても平然としている屈強なマゾ体質であることなんか、もっと言えば、首輪と臀部への鋭いパンチが大好きな女でもあることなんか、このいびつな顎をした中途半端な奴隷には百年かかっても理解できないだろう。

ぬるい女王様で半端でないマゾでギャグ漫画。これが小説ならばカオリのキャラクターは「要素多すぎ」とか「ばらばら」などと一蹴されるやも知れないが、何せ事実なのだからしょうがないでしょと開き直るしかない。

さて、カオリのパンツも見えるし、夜も白々と明け始めるしで、皆がポツリポツリと帰り始めた頃、「意味ありげ」を表現するに漫画のごとく的確な笑いを浮かべて、チカチィロが近づいてきた。

「ぼく、『金八先生』出てたんです」

聞いてない。本当かどうか確かめようもない。ないが、金八先生、とりあえず彼は今、チカチィロです。あと、肩に蜥蜴《とかげ》のタトゥー入ってます。

「で、ですね。話全然関係ないんだけど、松尾さんクスリとかやられる方です？　やばい系の。ぼく松尾さんの舞台、なんだっけ、あ、『ファンキー！』観たんですけど、あれって、ドラッグのシーンがかなりリアルにキますよね凄く。あ、別にこれ、誉め言葉なんですけど、あれは実際、本人も？　お好きだってことですか？　ですよね」

若い頃、新薬の人体実験のバイトをしていたこともありクスリに頼ることに何ら抵抗もないわたしで、目の前にあるものに薬物と名がつけば割と考えなしにポンポン口に放りこんでしまうたちなのだが、リスクを背負って非合法なモノを入手してまで楽しむという前向きな根性は特にない。ただ、好奇心は殊《こと》の外《ほか》強くて、若い頃幻覚サボテンのペヨーテは試したことがある。

どうだったって？

おもしろかったですよ。

「実はぼく今入ってんすよ」

チカチィロはやおら口を開けると、そのやけにサーモン色したエナメルっぽくてリアリティーのない舌を鼻先に向けてベロンと裏返して見せた。そこには正方形の、そしてピンクの文字で「H」とプリントされた小さな紙片がヌラヌラとおぞましく貼りついており、すぐにわたしはそれがアシッドと称される幻覚性のドラッグであることを理解した。一時間ほどで効き始め、知覚や意識の変容をハードにもたらし、ピーク時には壁が揺れるとか光が飛びかうなどの幻覚をみることもあり、そういうのが五、六時間続く。とかドラッグ本に紹介されている、あれ。金八先生、生徒は今そんなの口に入れてます。

「大丈夫なの？」

「あ、もう、ぼくも帰りますから。ちょうど家に着いた頃トビ始めるって寸法で」

「そう。ひとつ捕まんないように」

「その点は平気平気、これ、新しいタイプのＬＳＤですから。尿検されても問題なしです」

わたしは思わず周りを見渡す。とにかく頼む。頼むから人前でＬＳＤって言うな。あと、右手の人差し指と親指を立ててるな。と思ったがよくよく見ればドラッグの話に顔をそむけるような人間はこの場には一人もいそうになかった。

「ドイツで最近開発された奴なんです。だからまだ成分が日本で法規制の対象になってないんですね」

「いいの？」

「らしいすね。ぼくも今日初めてやるんで。今日本で出回ってる『Ｌ』ってほとんど混ぜ物入ってますけど、これはかなりピュアだという噂が……」

と言いつつチカチィロは小さな油紙の袋をそっと手渡した。

「同棲祝いです。2ヒット入ってますんで、カオリさんと楽しんでくださいね」

油紙には「HEAVENS GATE」とゴチック体で小さく印刷されていた。

天国の門。

金八先生。チカチィロ、いい奴です。

ただし、わたしはこれをやらないだろう。

そのときはそう思っていた。


例えばいつでも死ねるという境地に立てば、何かといろいろ楽だろう。それと同じように「やろうと思えばいつでもやれる」そう思っていれば、いつも少しだけワクワクしていられるのではないか。そういうお守りのようなものとして、わたしは「HEAVENS GATE」を密かに携帯することに決めた。嘘でも「合法」なのだからことさらに密かな必要はないわけだが、こういったものはきっとうしろめたければうしろめたいほどよいのだと思う。

うしろめたさやおこがましさ。

言ってみれば罪悪感。

虚構だの笑いだのとの長く濃いつき合いの果て、そういう奴をオモチャにしてしまうという技だけはそつなくて、いったいそれを成熟と呼ぶか退廃と呼ぶかはどうでもいいが、そんな悪趣味にまでも届かないみみっちい冒険のおかげで、ようやく正気を保って、日々をそこそこやり逃げしているわたしなのである。

ともあれ。電車は千葉の果て九十九里浜近辺の、ヤツマタとかヤチマタとかそんな耳に斬新な名前のしかし滅入るほど地味な町に着き、眠気でよれよれの我々を吐き出した。ここから車で十数分。海沿いの家で両親は待つという。気がつけばカオリは新宿で酔っ払って二人で撮ったエヴァンゲリオンのプリクラを、年季の入った駅のベンチやキオスクの壁、果ては券売機にまでペタペタと貼りまくっていて、そういうときの彼女の「誰にも文句を言わせなさ加減」は、妙に信頼に足るものがあって確かになんだかうらやましい。

「あ。あれあれ。あれが、うちの車。乗ってるのお母さん」

「ああ、迎えに来てくれてたんだ」

え？

わたしは危うく手土産に持ってきた純米酒を取り落としそうになった。というのも、振り返ると駅前にこぢんまりと広がるロータリーの一角に、何かどす黒い巨大な奴がうずくまっていて、わたしに向けて不条理なまでに悪意のこもった低いうなり声をあげている。そんなように見えたのだ。

車に疎いわたしにはそれが何という名称のものかはわからないが、どう表現すればいいのだろう、デザインによるものか色合いによるものか、カオリの実家の車は本当にもう「デストロイ」としか形容できないまがまがしさを車体からデロデロとタールのように溢れさせていて、そして、田舎の駅前にありがちな退屈な風景をエンジンから呪うように吐き出されるホラー系重低音つき排気ガスで、鬱色に塗り潰していた。

一目で田舎者だとわかるすれてない千葉の青空。その真ん中に、巨大で半透明な文字が、つのだじろうの書体で浮かぶ。

『凶兆』。

しかも3Dで。

つのだじろうの書体で『凶兆』は不吉だ。

それはどうでもいいが、そのまがまがしさの源は、車の外観にではなく、むしろその中身にあったのだということを、ほどなくわたしは思い知ることになるのだった。

母親だ。

カオリの呼び掛けに答え、音もなく車のドアは開き、スローモーに降り立つその姿を見て、とりあえずわたしは千葉到着第一回目のうろたえを覚えた。

母親は身長が178センチあった。

元実業バレー団のエースアタッカーで。

そのシルエットは歴史の教科書にあるアブラハム・リンカーンにほのかに似ていて。

もしくは、俳優のウィレム・デフォーにも似ていて。

ようするに言わば『先祖返り』系で。

そして彼女は決して笑わなかった。

『先祖返り』の母親にはいったいどういう対応をすればそつないのか。いずれにせよ、カオリの実家に着くまでわたしは、母親の助手席でスピーディーにあれこれ思いまくった。

「ああ、何か『初めて彼女の母親に会う男』っぽいこと言わなくちゃ！」。だけど、それがどういうことなのかよくわからない！　あまりにも世間様というものにあいまいな態度をとり過ぎて来たせいなのか。しかし『先祖返り』の母親は世間様にはなかなかいない。

一方、カオリはと言えば後部席にズデンと寝っ転がって鞄から取り出したお気にいりのピングーをかたどったシャンプーの栓をいじくりながら、聞いたこともない独特な歌を勝手に作って唄っている。

これは何？
これは何？
わたしはここにいるよ
あれはどこ？
あれはどこ？
わたしはここにいるよ
わたしは顔に貼りつくよ
わたしはガラスに　っつくよ

つくよ
でもここにいるよ
わたしはここにもいるよ

ああ、いるとも。

いてくれて嬉しいよ。

にしても、母親だ。

別に彼女の母親からわたしへの具体的な悪意の光を感じたとか、そんなわけでは決してなかった。さんづけで呼んでくれるしデスマス調だし、基本的には過剰なほどに丁寧だ。ただ、母親には現実世界のしがらみから独立した、何だろう、よく言えばピュアな、矛盾するが、イノセントな邪気というか、善の価値が生まれる前の悪？　みたいなものを感じ、半ば大自然の怒りに対する畏敬の念の真っただ中、みたいなことにわたしの心中は追い込まれていて、かつ「何で恋人の母親がそんなスゴイコトでなきゃならないのだ」という理不尽に、どうにも気持ちの整理がつかなくてそれで、わたしは弱ってしまっていたのである。

そして、千葉発第二弾のうろたえは間髪入れずにやってきた。

父親の登場である。

広くもなく狭くもなく新しくも古くも貧しそうにも豊かそうにも頭悪そうにも見えな

い絶妙なちょうどよさの家。それが逆に「どんなキャラクターが棲んでるやもわからんぞ」という不安定感を醸してやまない。

カオリの実家の印象は、そんな案配だった。

実際の話、母親に促されて薄暗い玄関に足を置いた途端、何かの予感に頭の中でピシッというラップ音がして、汗がにじむ。なんなんだ、この感じ。幼い頃、広すぎる田舎の親戚の家の、なんのために作られたのかわからない部屋に入り込んで立ち尽くしたときの、なす術もない、寂寞《じゃくまく》とした、なぜだか性器の奥の辺りがズーンと重くなる不思議のような。暗い所に目を向けるたび何かがサッと姿を隠すというありがちな錯覚。そんなカビ臭くも懐かしい不安に襲われ、わたしはメランコリックな感情に、ひたひたと一気に首まで浸かっていたのだった。

ああ。

帰りてえ。

本当は車に乗った瞬間からそう思っていた。

しかしそんなわけにはいかない。

父親は居間で、立って、待っていた。

なぜか、芳しきおでんの鍋を抱えて微笑みながら。

しかも身長が185センチ以上あった。

そしてウィレム・デフォーに似ていた。

本当なんだからしょうがない。

だからと言って父親と母親が似ているというわけではない。うまく説明できないが、それぞれ別口のルートでウィレム・デフォーへのアプローチを試みているらしく、母親はアブラハム・リンカーン寄りのデフォー、父親は、わたしもいい加減好き放題言ってる気がするが、オウストラロピテクス寄りのデフォー、そういう厳然たる線引が二人のデフォーぶりにはあり、しかも母親のほうはどことなく和風感のあるデフォーで父親は洋風デフォーと、同じ食材を使ってもまったく違う料理ができるように、それはもう、うどんとピザほどに違う。ま、にしても、どちらにせよ『先祖返り』系であることには変わりはなくて、特に父親のほうは原始の香りほの強く、『先祖返り』というより、もはや『ほぼ先祖』、といった域に到達せんとしているのであった。

しかもその『ほぼ先祖』はてんこ盛りのおでんを嬉しそうに抱えているのである。

ああ。

せ・つ・じ・つに帰りたい。

果たして、父親は何かの間違いではないかと思うほど長い睫《まつげ》毛をしばたかせ、力強く微笑んでいた。

「父です。こんにちは」

これにはちょっとだけほっとする。

初対面同士の出会いという場合、とりあえず笑ってたほうが具合がいい。父親はそういう見落とされがちで意外と大切ないくつかのことを母親よりは知っている。そんな気がした。因みに母親がわたしに出会って初めて口にした言葉は、

「そうですね」

だったのである。

何だ？　そうですねって。

〝そう〟の部分に当たるものは何なのだ。

いや、まあ、いい。いいのだ、そんなのはよくあることである。わたしだってアパートの大家に「これからもよろしく」と言おうとして、なぜだろう、「これぞ、かるかる」と言ってしまったことがある。もはや日本語ですらない。ないのに大家は「こちらこそ」と頭を下げた。問題はゼロである。

そう。いい。いいのだが、いいのはほんのつかの間のことだった。

「まあ、どうぞ。みんなでおでんでも」。そう父親に着席を勧められた瞬間、わたしは見てはならないものを見てしまい、キューーンという酸っぱい音と共に脆弱な胃袋が突然でんぐり返るのを感じた。やんぬるかな、世界は更にダークなステージに突入していくのである。

父親は、確かに微笑んでいる。

しかし、その口元は小刻みに震えている。

というか、よく見たら手も震えている。

で、目がうつろ。

明らかに極度の緊張状態。

いや、わたしとて知る人ぞ知る対人緊張症であるが、父親のそれには度を超したものがあって、緊張をほどく手段としてわたしはてっとり早く「自分は緊張してまーす」と白状するといったださしない手を使うのだが、父親は逆に緊張を力業で押し戻そうとして押し戻されてそれを倍の力で押し戻してという、ワンランクレベルアップした緊張状態を頑固にキープし続けていたのである。サイドブレーキががっちりかかったまま全力疾走しようとするダンプカーを想像していただきたい。

こたつを囲んで、物凄く醒めた母親と物凄くあがっている父親がいて、対峙するわたしはどうしてよいか先が見えず、そんな一触即発の空間で一人カオリはおでんを食っている。

「おいしいね」

おいしいねじゃないだろう。

とは思うが、会話だ。とにかく会話を始めなくてはいけない。その糸口としてわたしはカオリの発言にすがった。

「これって、あの、お父さんがお作りになられたんですか？」

父親は固まった笑顔のまま答えた。

「……いやいや」

「……じゃあ、お母さんが」

「買ってきたんです」

「あ、おでん屋で」

「ええ、近所の」

「ああ」

「……」

あっという間に会話は終わってしまった。

そこで、撤退していればよかったのである。だが、沈黙への恐怖に自分を見失っていたわたしは、つい、深追いしてしまったのである。

「あの」

「はい」

「……近所というと？」

よせよ。知ってどうする？　どうするというのだ？　言ってすぐさまわたしは「聞き流してください。どうか今のは聞き流してほしい」と、父親にというよりむしろ神に祈った。

しかし神は聞き逃さなかった。

「すぐそこなんです」

「……ああ。……じゃあ、あれですか」

「……え？」

「近くで買って来られたんですね」

馬鹿だ。ＩＱゼロの会話だ。これ以上深追いすると、もはや事態は修復のつかないことになるのは誰の目にも明らかだった。

もはや、父親は笑うことすら忘れている。

そしてあっけなく、わたしのほうから自爆した。

「おいしいです」と言おうとしてしまったのだ。

そのときわたしはまだおでんに箸すらつけていなかったのにである。

緊急事態発生。「おいしい」と発語する刹那にそれに気づき、あせったわたしは反射的に「おいしそうですね」という言い回しにシフトチェンジしようとしたのだが、いかんせん、もう既に「おいしい」まで口から出てしまっていて、このままでは「おいしいそうですね」と、おでんを知らない民族の人の言葉になってしまう。と、迷う間もなく、

「おいしいそ」

まで言ってしまった。さあどうするというのだ。「うですね」と続けるのか、俺。カオリを指差し「おいしいそうです」、それならまあ日本語として成立してなくもない。しかし、それじゃまるで馬鹿を通訳する馬鹿だ。

結果的に出てしまった言葉がこれである。

「おいしいそ、いいですね」

「……」

どこの国の人間なんだ、わたしは。

味の濃い沈黙。

が、それは直ぐ様わたしの携帯電話のベルによってかき消された。「あのその……これあの」とか言いながらこそこそと廊下に退散し電話に出ると担当新井からの催促だった。

「どうなってます？　小説」

「ああ？」

「連載。始められるんですか？」

「あ、いや、今ね」

「本当は一回三十枚ですけど、二十枚でもいいって編集長言ってますよ」

「はいはい。今でも、それどころじゃないんで、あの、こっちから連絡しますから」

「開始時期を早く決めないと、こっちもページ割りの都合が」

うむを言わさず電話を切ると、わたしは座に戻った。

戻ったら世界が変わっていた。

父親が落ち着いていたのである。

妙に。

そして、世界豹変後第一声が、これである。

「あなた、宇宙人ですね」

てんぱっていた状態ならまだしも、震えてもいない口から吐き出される「あなた、宇宙人ですね」は、怖い。

「ねえねえ松尾っち。（大阪弁のニュアンスで）ちょっと今の聞いたあ？（『聞い』にアクセント）」

手酌のコップ酒ですでに酔っ払っているカオリは父親の言葉を冗談にしてしまうつも

りらしい。ある意味正しい選択だ。わたしも好意的に解釈しようと一応努力は試みた。

〇・二秒であきらめた。

無理。

美人の娘を持つ父親は、その恋人によもや好意なんか持たない。

初めからわかってたはずだし〝敵意〟ってものがなきゃ初対面の人間に向かって「宇宙人」なんてセリフは出るわけない。

聞きたくなかった。できることならいっそ、聞こえなかったことにしたかった。したいが、父親は「今これって何待ち？」といった風情で無遠慮にわたしの目を見つめリアクションをうかがっている。とりあえず順番からいって次に口を開かなくてはいけないのはわたしであることはかろうじてわかってもいる。しかし、もうこれ以上迂闊《うかつ》なことは言えない。すでに自宅に持ち帰るべき反省材料は山ほどあるのに。

「裏切るなよ父親。さっきまで一緒にあがってたじゃない。あがり仲間じゃない」

今やカオリの家でパニック状態にあるのはわたし一人きりであるという切なさに、たった一舐めいただいたビールの酔いがすさまじい破壊力で脳を駆け巡る。

「わたしは宇宙人じゃありません」

この際バカのふりで乗り切るか。

「ええ。だって、宇宙船地球号の乗組員ですから」

ボケをかまして突っ込みを待つか。

「地球ノミナサン、コノオデン、オイシイソ、イイデスネ」

もう、壊れちゃおうか。

そう思ったとたん不思議となぜだか涙目になってきた。

と同時に自分が目の前の男より遥かに年下であることを思い出した。

「俺が生まれた頃あんたすでに大人じゃん」

どうだろう。いくつになっても自分が生まれた頃大人になっていた人間にだけはちょっとだけ寄り掛かっても許されたい。そう思うのはわたしだけだろうか。

悪いが、甘えてしまおう。

よくわからんが試しにこのまま泣いてみようか。

そんなふうに腹を決めた。

表の通りを部活帰りの女子高生たちがかしましく歩いているのがわかる。

「それってさあ、超ブルー入ってなくない？」

東京も千葉もたいして変わんない。

俺の家とこの家は、地面でつながっている。そんなように、今自分が直面しているこの居心地の悪い時間と、かつてどこかで味わったいくつかの幸福な時間も、きっとつながっている。楽しかった頃の自分は楽しかった時間の中で未来の時間に侵されず、ずーっと楽しんでい続けるだろう。何十億円か貯金したら元金に手をつけず利子だけで暮らせるわけだが、それくらい「いい時間」を元金として貯めこめば、もう何があっても一生その時間の利子で暮らしていけるはずだ。ああ、財布の中の紙片が狂おしく愛しい。

短歌の一つもひねろうか。

モラトリアム
笑い飛ばすほど
人間は
長生きできる
動物なのかよ？

さて、わたしが涙目になりながらも手際よく自分を肯定したり甘やかしたりしている間に、父親はやや呆れつつおごそかに座り直し、そしてゆっくりと語り始めた。

「成人式に行っとけばよかった」

東京へ帰る特急列車の中でともすればワンカップ大関に逃げこもうとする自分を押しなだめ、カオリの家でのことの次第を無理からに咀嚼《そしやく》して、やっと出た結論がそれだった。

「成人式を軽蔑するような人格でなければ、もうちょっといわゆる世間の大人の人たちと折り合いつけつつ日々やり過ごせることだろうものを」

わたしは、成人式に参加しなかった。

「自分がいつ大人になるかくらい自分で決めるべきだ」

甘い。面目ありません。今思えばそんなことにうだうだこだわるメンタリティーにこそ自分があの頃凄く嫌ったキラキラした青臭さが満ち満ちてました。
そういえば、ある芝居でこんな歌を作った。

泥棒もスタアも大臣も
みんなこの日を夢見てた
成人式の袋の中身が
今日初めてわかるのさ
鯨の尾の身とか
『坊っちゃん』の初版とか
そんないいもの入ってない入ってない
見なくてもわかるさ
ハタチだもの
成人式の袋の中身に
がっかりしないのが、オ・ト・ナ

そしてわたしはついに成人式の日に若者たちがぶら下げ歩くあの怪しい紙袋の中身が何であるかを知ることもなく、中年になりつつある。ついでに頭も禿げつつある。形式でなく本質的な「大人」になりたいなんていう子供じみた反抗心から成人式に行かなかったわたしではあるが、なーんかつくづく気にはなる。

あれって中身はなんなのだ。

なんか記念の時計とか？

紅白饅頭か？

オルゴールつきのアルバム？

どれも欲しくないが、以下、思いつくままにあの紙袋の中に入っていて欲しくないものを挙げてみる。

キナ粉500グラム。

市販のビデオテープにダビングした『ランボー2』。

カラー軍手1ダース。

松本人志の『遺書』1ダース。

コンビニのレジで売ってるサングラス。

『出前一丁』の中のゴマラー油。

……疲れた。疲れたがようするに二十歳の記念に自分がもっともいらないものがあの中にきっと潜んでいるという無根拠な確信はなぜかしら堅い。

式自体は別にどうでもいい。なんの興味もない。ただ、あの日アレの中身の謎を見損なったという後悔。「いらないものは見たくないが、もっともいらないものとなるとちょっと見てみたかった」というようなこと。それがどうも現在あるわたしの大人としての繕いがたい欠落感の基本となっているような気がしてしかたない。アレさえ見て、あっけらかんと大人になっておけば。形から大人に入っておけば。もしかしたら15％くらいはカオリの父親が言っていることが理解できたやも知れない。少なくとも泣くことはなかっただろう。説得力もゼロなままにそう思う。

まあ、後になって普通に考えてみれば単純な話である。「宇宙人」というのは「絶対的他人」という意味であろう。

父親はわたしと会う前からきっとこういうようなことを腹にためていて、どうしてくれようかとモヤモヤしていたのだ。

「あんたは私にとってほとほと救い様もなく他人であることよ。あのねいいかな、私はね、公務員だよ。以上でも以下でもないよ。無菌状態だよ。公務員にとって他人というのは公務員的でない全ての人間をさすのだよ。その中でも君は公務員的でないものの頂きに立っているのだよ。演劇人なんてジンはね、私にとってはあれですよ、架空の職業なんだから。もう、肉眼で見ることなんか一生なかったはずのジンなのだから。わかるかね。私たちの不幸はそこから始まっているんだよ。君はね、本当あの、言ってもどうしようもないことなんだけどもね、……どうして公務員じゃないのかなあ」

こういう言い分を公務員なりの真面目さでもって頭の中で足算引算するうち、「宇宙人」の一言に落ち着いてしまい、ついでに心情的にも開き直ってしまったのである。きっと。

我々は孤独に耐え難い生き物であり、そのあまり自分の居場所より圧倒的に遠い場所、「宇宙の果て」に絶対的な他人を想定しがちだ。しかし、絶対的他人は実はこんなふうにいつでも自分のすぐ目の前、漂うおでんの湯気のすぐ後ろにいる。

だから「宇宙の果て」は「すぐそこ」なんです。

狭い。宇宙はかなり狭い。切なくも、見えるところまでしかない。その先はＳＦやアニメの領分。大人の立ち入る場所ではない。

いまさらいうべきことでもないが、わたしはあなたと同じように孤独だ。

世界中に自分のことをわかってくれる人がきっとどこかにいるという希望、そして、どう転んでも絶対にわかりあえない他人がこたつの向こうから私の目を見ているという絶望。

三：七で絶望の勝ち。

言ってみればそんな淋しさに、わたしは情けなくも涙してしまったのかもしれない。

そう、そんなモロさ。それが成人式の袋の中身を知らないものの最大の弱点なのではなかろうか。

「嗚呼、行っときゃよかった。成人式」

この結論にいたるまでの間、わたしはすでに暗くなっている車窓の向こうを流れる相も変わらぬ殺風景な町並みを眺めながら、父親との会話を反芻していた。カオリはわたしを見つめてとても満足そうに微笑んでいる。カオリにとってこの小旅行はおおむね「問題なし」だったようだ。

「あなたがこの家に来てですね、私がおでんをすすめるまでの間、あなたから『わび』の言葉が一度も出なかった。これがまず不思議でならない」

正座して一段とでかくなった父親は、こう切り出した。

「え？　……わびですか」

「君はつまり、カオリと、男女の関係にあるわけですよね」

「あ、ああ、……えーと」

どう答えていいかわからずカオリを盗み見ると、なんと彼女は小さなあくびをかみ殺しざまわたしに耳打ちして来た。

「なんだか眠いね」

や・め・て・く・れー。

涙が止まり冷汗が出るが相変わらず言葉が出てこない。その沈黙を母親が無表情に破る。

「……そうですね」

次の言葉をわたしは待った。

待ったが別に何も起こりはしなかった。

母親の「そうですね」はどうやら言葉よりピュアなもの、お茶を飲んだ後に出る「……あ」という声とかあるいは一一七の時報とか、そういうものに近いのかもしれない。

「順番がね、逆なんですよ」

父親は「眠いね」と「そうですね」を慣れた手つきで意識の果てに投げ飛ばし、変わらず笑わない目のまま続けた。

「娘が電話してきたとき、私たちは初めてあなたのことを聞かされたんです。で、いきなりあなたと住むなんてことを言っている。逆なんですよ。娘とあなたが男女の関係になる前に、私はあなたの職業や身なりとか年齢とか、そういうものを知ってしかるべきだし、ま、それはカオリと私どもの問題でもあるわけだけども、にしてもその後、日取りを決めて家族ぐるみで対面してですね。失礼な言い方になるけれどもあなたがちゃんとしたマニンゲンであるか、そしてオトコであるかをですね、確認して、それからの話だと思うんですよ。一組の若い男女が伴《とも》に生活するというのは」

ふっと意識が遠くなる。

この「地球人《こうむいん》」は何を言っているのだろう。

もしかしたら、まあカオリがＳＭクラブでバイトして客の顔に小便をかけていることはともかく、妹が誰の子かも判然としないガキを産んでいることすら知らないのではなかろうかこの人は。そんな考えが一瞬頭をよぎって背中がゾクッとする。

コノ人ガソンナコト知ッチャッタラ、イッタイドウイウコトニナルノダロウ。

「それがね、いきなり住みます暮らしますから始まって、見たこともない若くもない男が言われて初めて現れて、部屋に上がるなりあれですよ。おでんの話ばかりする」

「い、いや、それは」

「そうですね」と母親。

「そうですけど」

「私は待っていたんですよ。あなたの口からのしかるべき挨拶を」

「……はあ、すみません」

「それが、おでんの話が終わったと思ったら携帯電話で仕事の話だ」

「すみませんでした」

聞かれてた。

「今頃わびてもらわなくてもいいんです。肝心なことが先送り先送り。ね。そういう何もかも逆さまな点が常識という立場から見たあれでいうと、まあ、マットウでないと」

「……はあ」

帰りたい。

「人間、非礼をすることはあります。そりゃあ、ありますよ。だけど、非礼があったらすぐに訂正する。そこまでが私が知る範囲においてのマニンゲンというものですよ」

昔、苦手な友達に道でつかまったとたん意識だけが自宅に飛んで「こんにちは」というつもりが「ただいま」と言ってしまった人の話を思い出す。

「まあね、松尾さんのいらっしゃる演劇の世界というのは……ちょっと何かしら特別な世界なんでしょうけどね」。意外なことに母親がぎこちなくも助け船らしきものを出したが「特別な世界なんてものはない。まともな世界とそうでない世界があるだけだ」。早口で父親は蠅を追うように母親の言葉を祓う。

「そうですね」。記号的に母親は相槌を打つ。「あんたは『笑っていいとも！』の客か」。言いたいが喉元で圧し殺す。

「でも私はですね、父親として娘が選んだ人間というものを基本的には尊重したいタチなんですよ」

「……はあ」

「だからとりあえずなかったことにします」言ってる意味がよくわからない。

「えーと……何をですか？」

「だから、なかったことにしていただきたいと」

「……それは、あの、別れろということなんですかね」

「そうは言ってない。だから私はね、これは自慢になりますが娘をどこに出しても恥ずかしくない女に育てたつもりです。いやまあ正直言って厳しすぎる面もありました。ちょっとだからね、世間というものはあの汚れた面ももちろんありますから」

「パンチラで……」

「ええっ？」

カオリである。

「……パンチラで、ドン……」

ついに寝言が出た。父親は話に夢中で気づいていなかったがカオリはとっくにわたしの膝で寝息を立てていたのである。

「まあ、ある意味そういう世間知らずな娘であることも否定できません」

あれ……？　驚いたことに父親は「パンチラでドン」にもノンリアクションだった。

多少びっくりしたのをのぞいて。何をさておき「パンチラでドン」であるにもかかわらずだ。

「だから逆にあなたのようになんですか、お芝居をやってらっしゃる方に興味を持ったのかもしれません」

何を言いたいのか相変わらずわからないが「世間の汚れた面」の中に「お芝居をやってらっしゃる方」というのが鋭く大きなパーセンテージで含まれるのだろうことはよくわかる。

「私は演劇には興味はありません」

それもわかる。

「でも、興味を持ちたいのです」

やっぱりわからない。

「だから一から始めましょうよ」

ううん、わからない。

その後四、五分の噛み合わない会話で父親がどんなふうにそれを説明したかはよく覚えてないが、ようするに彼はこういうことが言いたかったのだと思う。

「私は永久時計のように正確に人生を刻んできた。あんたは私の人生のイレギュラーバウンドだ。長い経験の中で学んだことだが、私はそういうものは無視することにしている。私はあんたと娘のこれまでの時間を無視する。特に何度も何度も何度も何度も何度も何度も何度も何度も何度も何度も何度も何度も何度も何度も（吸って、吐いて）何度も何度も何度も何度も何度も何度も何度もしたであろうセックス関係のことは圧倒的に無視する。サラ。マッサラ。あんたはしかるべきマットウな手続きでもって初めて今ここに健全な娘のボーイフレンドとしてここにやって来た。さあ、わかっているね。くどいようだが私はマニンゲンが大好きだ。さあ、やりなおしてくれたまえ。サラな気持ちで。私たちの出会いをやりなおそうじゃないか。さあ歌おう。一緒にマニンゲンの唄を。そして、こなれようよ私と。こなれてからあんたは娘とセックスする。娘と暮らす。そんな感じでその順序を元に戻してくれないかな。例えば何？　エンゲキだっけ？　それをやりながらマニンゲンであることとって可能？　ってところからなんて言うの？　初めて家に来た娘のボーイフレンドと父親の会話ってものを始めようじゃない」

みたいなことを言い終わり、わたしが曖昧にうなずいて、同時に父親の口からあの馬鹿丁寧な敬語が消えた。

「で、どうなの実際の話松尾くん。君のやってる演劇ってのは将来性はあるの？」

戦慄が走った。

父親はなんと「父親」を演じ始めたのだ。

反省。

しつこいようだが未だ小説は始まっていない。なのに、

「父親は父親を演じ始めた」

なんてのはいかにもな思わせぶりのハッタリ描写であって、ちと肩に力が入り過ぎて

いる。わたしは肩凝りで、なで肩だ。力を入れ過ぎるのと、あとショルダーバッグを肩に掛けてすき焼き鍋を運ぶのだけは極力避けたい。とても危険だからだ。ワープロで前書きを打ち始めて早や原稿用紙八十枚分。それでも一向に小説サイドに持ち込めない、なんだろうな、巨大な「謙遜」というか「繊細さ」というか「尻込み」というかそういうものに、「はやいとこやっちまおうぜ」とあらぶるわたしの中ではやや「漁協気質」なフィクションへの欲求が、もう、はち切れんばかりになっていて、それがための勇み足であろう。

いや正味な話、途方に暮れているのも確かである。

「そもそもこんなに長く前書きを書いていて誰か偉い人に怒られはしまいか」

実際どうするよこれ。世の中には高潔な志でもって小説を発表したくてもする場のない人がごまんといるのに。クニの母が読んだら間違いなく叱られる。「あんたはまた屁理屈ばっかりこねてくさ。いっぺんでいいけん、老若男女にわかるいい話を書かんとね」。わかってます。どう軌道修正してもこの話は『鉄道員』みたいなものにはなりません。ましてや『新宿鮫』にもなりません。じゃあ、これはいったいなんなのか。自分で見当もつきません。ただ、あれですよ、なんというかとにかく「なんで自分は小説を書くのか」、それをちゃんと言い訳しとかないと一歩も前に進めねえよ、といった止むに止まれぬ強迫観念のみでこの前書きは続いているのである。としか言いようがない。言い訳いかん。気がついたら小説を書く言い訳に対する言い訳をさらにやっていた。言い訳の二乗だ。とりあえず初期段階のシンプルな言い訳に戻そう。

さて。「父親を演じ始めた」はおおげさだとしてもとりあえず「初めて娘の家を訪れる男迎撃状態」の第三段階というべきものが彼に訪れていたのは確かだった。

シフト一：まず、笑顔と緊張とおでん。

シフト二：次に敬語での詰問。

シフト三：そしてタメ口による「フレンドリー」の強要である。

なんでそんな不可解な手続きが必要なのか。追及すべくもない。が、父親の瞳には「コト」の「正しみ」を満たしてゆくのは「ややこしさ」なのであるという確信に満ちた光があった。

他人には無意味にさえ見えるややこしさが母親の「そうですね」によって何食わぬ顔でつむがれてゆく日常。そんな空気がカオリの家の内部に漂う「ただごとでなさ」の一端を担っているだろうことは間違いない。

そして、どっちにせよわたしは脱兎の勢いで彼と「こなれる」必要に迫られていた。なにしろカオリは寝ているし母親は「そうですね」しか言わないのだ。

「……演劇の将来性、ですか」

「うん。どうなのかな松尾くん」

「えとですね……」

はた！

やっと緊張のあまりさっぱりなことになっていたわたしの動物的直感が働き始めた。

ココデ話ヲオモシロクシテハイケナイ。

これはあれだ。父親の言う「こなれる」ということは、いかに「私とおもしろくない話を延々と続けることができるかな」ということに違いないのだ。退屈な時間を共有して初めて人は契れるのだぞ。というか「公務員同士」になれるのだぞ。そう父親は考えているのだ。

触るものみな黄金にするのがミダス王。そして触るものみな公務員にする男。それがカオリの父親なのである。

「どこも不景気だろう」

「なにぶん。ええ。不況ですから」

「ああ。な」

「あおりをその、くらって」

「そうだよね」

「どこも不景気ですね」

「安心なんてどこにもない時代だから」

「かといって物価は上がる一方で」

「そうですね」。母親。

「消費税が増えたといってチケットをあげるわけにもいきません」

「辛抱のしどころだね」

「まあ大変です」

「うん」

「そうですね」。母親。

つっ。

まっ。

らっ。

ねえええええええええええ。

小津安二郎か！

いつものわたしならこの辺で耐えられず自分に突っ込むところだ。本当はほとんど今の自分に不況は関係ないのである。まあ演劇界全体を見渡せば客足は不調ではある。しかし、バブル期に劇団を旗揚げし世間がワッセワッセと扇子振って踊っていた頃は超激貧で、それから景気が悪くなるのと反比例するように人気と仕事を得ていったわたしにしてみれば、むしろ現在の状況は好況と言ってよいくらいなのだ。しかし「不況だね」「そうでもありません」では、またしてもおでんのときのように一瞬にして話が終わってしまい、焦ってまた「不景気そ、いいですね」とかわけのわからないことを言ってしまう可能性が大だ。慎重に。盛り上げず盛り下げず、一定のテンションで父親と話をだらだらと合わせ続ける。それが彼の考える「大人の会話」というものであり、わたしに要求されているのはおそらくそういうことなのだ。

「カオリもなあ、相変わらず、その……フリーターでね」

「まあ就職もまた困難な状況ですから」

「女は特に悪いね」

「そうですね」。これはわたし。

「こっちの銀行にコネもなかぁなかったんだがね」

「銀行もねえ、このご時勢」

「まさにそうなんだよ」

「……」

「ま、元気であればいいんだがね」

「そ「そうで「ですすね」ね」。今のは母親とわたし。〇・五秒の誤差があるがほぼ同時のコラボネーション。

おいおいおい。どうよ。肝を据えればできるもんじゃないか、わたし。やっとこの家に暗黙にしかれた法則を見切った。そんな気がした。「普通」だ。この家の外観と同じ。怖いほどの普通。このグルーヴ感に身を任せればよいのだ。楽勝～。そう図にのった矢先である。

またしてもさらなる不条理がわたしを待ち受けていたのだった。

「妹さんもあれですか？」

「……え？」

「就職とかは当分その」

「……？」

「えと、二度ほどお会いしたのですが」

「……」

「赤ちゃんもいること……ですし」

「……」

はたしてわずかな沈黙の後、父親はイノセントな表情で小首をかしげ、そしてわたしの質問をアッケラカンと無視したのである。

「しかし芝居もね、幸先が悪いんじゃ困るねえ。だってカオリもゆくゆくは松尾くんとの将来てものをさ、考えていかなきゃあならんわけだから」

「そうですね」。もちろん母親。

無しになってる。

ぞぞ。

寒気がした。

「将来」という言葉の具体性もさることながら、カオリの妹の話題がこの家では無しになっている。といったたぐいのありきたりな寒さじゃない。カオリの妹の存在そのものが、この家では無しになっているのだ。昔、兄と大喧嘩して、古いアルバムの写真の兄の顔を全てマジックで塗り潰しその後激しく後悔したものだが、そういうセピア色した話でもこれはない。抹消である。実の娘、完全削除。父親の「ん？」という罪悪感のない表情はまさにそういうことを雄弁に物語っていた。

そういえば最前カオリが寝言を言ったときもそれを見事に削除してコトは進んだ。

つまりあれですよ。

「なかったことにする一家」なんですよ。
　この家は。
　ここに来てなんでこんなある意味クールな家庭にカオリのような野放し女が育ったか
という謎も、おぼろげに解けるのである。
　おそらく自分と配偶者が巨大であることも「どこに出しても恥ずかしくない娘」が奴
隷を連れていることもその妹がテテ親のわからない子供を産んだこともあまつさえその
妹自身さえも、「だってそんなの『公務員』じゃないから」というその厳然たる価値観
の前に削除して削除して削除しまくって今に至ると。その結果親の前でどれほどな態度
をカオリがとろうとも「見えないもん」と。「だって公務員じゃないから」であると。
当たり障りのあること、奇天烈《きてれつ》なこと、無分別なこと、ようするにおもしろいこと。全
ては公務員じゃないから、俺には見えねえ！　そういうシステムですよこれは。そして
「見えねえ」ことをいいことに「さらに見えねえ」場所にズンズンズンズン行っちゃっ
たわけですよ。当たり障りのある世界へ、ご夫婦ともに。
　触るものみな公務員にして来た、ではない、触って公務員じゃないものは、
「なかったこと」
　なかったことにして来た男だったのである。この父親は。
　試しにもう一度ふってみた。
「しかし芝居といえば妹さんも子役でしたよね、元」
「うん松尾くんはさ、先行き的にはあれでしょ。芝居一本で行くってことはないわけで

しょ。そんな若くはないことだしもう一つね、見とおしをたてておかないと」

「どうなの。実際の話、なんかあるでしょ将来設計みたいなものは」

「……」

聞き流した。

おでんの失言は聞き流さなかったのに。娘の話は聞き流した。

大人ッテ、スッゴイナア。

薄らぼけてゆく頭が考えた。

お父さん、全てのものが公務員になったら誰が公務員の給料を払うのでしょう。あ、そうか。これ共産主義だ。そうかそうか。やっぱりこの世の幸せは共産主義にあったのだ。イエーイ！　さあ！　働く人民のみなさん。高らかに赤旗振って『インターナショナル』を唄おう！

……忘れた。

忘れたと同時にこの家の妹、健気に一人で子供を育てる妹の存在が、地下鉄の階段の手摺りからいたずらに石で削りとられた点字のごとく哀しいものに思え、「どうして？」と問う欲望をグッと堪えたら、その「グッ」に押し出されるように二度目の携帯のベルがプルルと鳴った。もちろん担当新井だ。

「にいはお！」

なんだかもうやけくそである。

「……松尾さん。連載」

「やります！」。父親に聞き流されぬようはっきりと答えた。「小説の連載の件ですね。しかと引き受けました」

「あ……あるがとうございます」。私のいつにないシャキシャキした受け答えに新井の返事は動揺して変だ。そんなことはどうでもでもいい。とにかく突然憤然燦然とわたしは小説を書く決意をしたのである。

言っていいだろうか。

小金持ちになるためだ。

何の保障も確かにないが、わたしの年収はすでに普通の公務員程度にはある。それに『鳩よ！』の原稿料一枚八千円也かけるところの二十枚で十六万円かけるところの十二ヵ月で百九十二万円だ。電話一本で年収百九十二万円アップ。

どうなんだ!?

何がどうなんだかわからんが、あんたの目の前の宇宙人はあんたの大事な大事な後生大事な公務員より百九十二万円分偉い男であるぞみたいな、そういう気持ちにスピーディーになりたかったのである。

しつもーん。百九十二万円で何できる？

二人でほどほどに良い寿司屋に消費税込でも百回は行ける。

物凄く重要なことだ。

ボタンもめり込めとばかりに電話を切りわたしは鼻息荒く父親の目を覗き込んだ。

「お父さん。将来設計の話ですが、実はわたしは今日から小説家になることに決めていました」

さあどう出る先祖返り夫婦。

わたしの顔にはすでに「ショウセツカ」と点字されてるぞ。最も公務員から遠くそれでも公務員より百回多く寿司屋に行けるぞ。これも石で削るか？

どう出るどう出る、さあさあさあ。心の中でシミュレーション。

「ありがとう。演劇より文学のほうがどちらかといえば公務員寄りだ」

強引に小説家も公務員の範疇にカテゴライズされてしまうのか。

「君は土星人ですね」

より宇宙人性が具体的になるのか。

「おでん、冷めますよ」

振り出しに戻るのか。

この家を訪れてから何度目かの沈黙を破ったのはわたしの膝で眠ったままのカオリだった。

「お尻振っていい？」

毅然とした言い方だった。

さすがの父親もフリーズした。

なんの夢を見ているのだろうか。

いずれにせよその瞬間世界で一番孤独な位置にいるのはカオリである。

「お尻振っていい？」

どんな世界のどんな欲求なのだろう。

寝言ほど孤独な言葉はない。

カオリの「お尻振っていい?」は、とても孤独だ。

ただ、他の寝言の孤独と大きく違うのは、カオリは起きて喋っていることも寝て喋っていることも「その内容に大差ない」という点にある。

それに気づいたとき、わたしはカオリの孤独の深度と、透明度の高さに、聞き返さずにいられなかった。

「……なんで?」

カオリは寝ながら答えた。

「振らなきゃいけないの」

まったくわからんが、切実だった。我々のうかがい知る日常からは最も遠い切実だった。

「振ればいいんじゃない」

母親が「そうですね」以外の言葉を久々に口にしたのは沈黙に耐えられなかったせいではきっとない。

「振りなさい」

父親も、ぽつりとつぶやいた。

これぱっかりは聞き流さずにいてくれた。

そんな安堵感と「来月から毎月二十枚の締め切りかあ」というシビアな現実を宙に浮

かべ、西日の入り始めた部屋で眠ったまま、カオリは小さく尻を振り始めた。

「ま、あの、こんなあれだが、カオリをよろしく」

尻の向こうで正座してお辞儀する父親の大きな頭が見えたり隠れたり見えたり隠れたり、もう何がなんだか皆目わからない状態ではあったが、こうしてわたしはとりあえずカオリと暮らすことになったのである。


いかがなものだろうか。

わたしが小説を書く理由、というより、書かねばならなくなった理由および抜き差しならない事情もろもろ、なんとかどうにか説明されたと思う。

だけどあれだ。けしからん理由だとは我ながら思うよ、これは。ようするに、金かと。しかも「書きます」と決定した時点でネックであるラストシーンは未だ決まっていないのである。

「いや、そんなものは書いてるうちになんとなく決まっていくもんだよ」と言う人もいる。「気にしすぎだよ」。人は言う。しかし、終わり方にこだわるのはわたしが物語を作るときのまあ、ある意味癖みたいなものなのだ。

何度も書くがわたしのそもそもの生業は劇作であり、舞台上の物語には「時間の制約」という切っても切れない腐れ縁の女のようなものがつきまとう。いくら壮大で感動的なストーリーを思いついてもそれが三時間を超えるものになれば、その話の上演は圧倒的に苦しくなる。会社を終えて大人の人々が劇場に到着できるのは早くてもせいぜい七時。劇場の退出時間がおおむね十時頃。でなくても人が座席にじっとして舞台に集中していられる時間はもっと厳しく二時間前後。まあ劇場サイドに目くじらたてられずお客さんに満足してもらおうと思えば二時間以内になんとか納めて、と自ずと話の長さが限定されてくるわけだ。

二時間なんてあっちゅう間だ。

原稿用紙にして百三十枚程度の脚本を書けばそれくらいの長さの芝居には自動的になる。ファーストシーンに十分。で、ラストに十分。後はファーストシーンを膨らませての三十分、だれ場が三十分、そしてラストシーンに向けて辻褄合わせに四十分。

激辛！　ピリ辛、甘辛、ピリ辛。……激甘！

わたしの芝居の構成は多かれ少なかれだいたいそういったタイ料理のコースのような時間割りになっていて、だから、始まりと終わりさえうまくあれすればほぼ「貰った！」という感じになるのである、がゆえに、ラストの激甘の部分にドーンと視線の重きを置いてしまうヘキがあると。

で、その日の夜の終わり、わたしは思わぬことから、この『宗教が往く』の主人公フクスケの数奇な人生を描くうんざりするほど長くなりそうな物語の終わり方を思いつくことになるのだった。

納得いったようないかないような気持ちのまま特急列車が東京に着き、我々は中央線に乗り換え新宿からさらに小田急線に乗り疲労困憊しつつわたしの家がある下北沢を目指した。カオリはもうその晩から自宅に帰るつもりはなかったらしく当然のごとく何も言わないわたしにくっついて来る。

それはいいが気になることがあった。

電車が東京駅に着いた辺りからだろうか。

自分の中で自分自身に一番嫌われている、最も自分に不人気な自分。

「オスなキャラクター」

そういうのが首をもたげつつあったのだ。ぶっちゃけた話、具体的にいえば「誰か殴りたいナ」と。

わたしは自分の中のそういう自分をかなり昔から憎んでいる。

憎んだあまりそれが最も膨張していた高校時代、ずっと女言葉を喋っていたほどだ。

極端な話だと思われようが、事実である。

わかんなかったのである。

松田優作とか。渡哲也とか。あの辺の、タバコくわえて苦い顔して窓のブラインドの隙間から外を覗く男臭さみたいなもの。殴り殴られわかり合う、とか。そういう野性味の美学がぴんとこない。いや、正直、生理的嫌悪感すらある。もっとはっきり言うと、自分がもし美少年だったらオカマになるのもいいかな、と。もはやオカマで結構。本気でそう思っていた。しかし、男らしさへの憎しみと反比例するかのごとく日増しに濃くなっていく自分の体毛、という悲喜劇もあって、言いたくはないがわたしは高校のときすでに知らない別のクラスの奴に「よっ、毛人《もうじん》」と呼ばれるほどに体が毛深くなっていたのである。こっちはいっそ女になってしまいたいのに！　ああ、ホルモンのバカ！　心と見た目のこのギャップ。男になるのも女になるのも挫折して、なんだかとても痛い、引き裂かれるような暗黒の時代がそこにあった。

その暗黒を通過して、十数年のなんだかんだがあって、わたしは自分の「オス」や「メス」、いわばナマなモノを極力封じ込め、しれっと生きる術をなんとか会得した。

情けなさ。

ある意味での「情けなさ」を身にまとうことで自分の中のナマモノをがっちりとコーティングしたのだ。それはもう風雪を経た「なんだかんだ」に鍛え上げられているだけあって、なかなかなわざものの「情けなさ」である。触ると怪我する「情けなさ」である。もうね、毛人？　オーライ、俺は性別不能な変な生きものでいいや。哺乳類なのに卵を産むカモノハシのようなものと思ってくれていいや。血なんか紫色でいいや。目からビームも出すけどごめんな。みたいなことで。

だが困ったことに、時々出るのだ。激しい怒りとか細かいストレスの沈殿とか、その他の不快な出来事の連続などに呼び覚まされてであろう。わたしの中の「オス」が「忘れてんじゃねえぞこの野郎」とブイブイ唸りをあげることがたまにだがあるのである。

さて、カオリの家に別れを告げる際、実はすでにわたしの腹は決まっていた。

家に帰ったら即ポケットの財布から「ＨＥＡＶＥＮＳ　ＧＡＴＥ」を取出し、すみやかに舌下に挿入、効き目を待ってその効果のベクトルによりビデオを観るなりクラブに繰り出すなりセックスするなりする。そして大いに楽しむ。

でないと先祖返りのコンビとのコミュニケーションによって身体の中にたまった「つまらなさ」のもって行き場ってものがない。手を抜かずおもしろいものを創ろうと日々精進する自分への落とし前もつかない。蓄積された公務員的なモノの血中濃度を今すぐ薄めなければ。わたしは現在非常に危険な状況にあるのだ、と人知れず焦っていた。

カンバーック！　おもしろー！

カオリもきっと嫌いじゃないはずである。同棲記念だパーッと行こうよ。飲んでどうなるか皆目わからないが、どうせ二度とは口にするものじゃなし。太宰だってやってたんでしょ？　フロイトだってやってたんでしょ？　知らないけど俵万智だってやってるんじゃないかな？　どんな文章を書いても三十一文字になるなんて、ラリってるか何かの神経症であるとしか思えない。世界最初のコカ・コーラってマジでコカイン入ってたの知ってる？　ハイ、みなさん手拍子いただきましょう。自己肯定、ハイ、チャッチャッチャ。

それはいい。いいが、問題は、ふつふつと三年以上押さえ込んでいた「オス」がすでに喉元まで込み上げてきていることなのだ。

きっかけはなんでもないことだった。東京駅で中央線に乗る際サラリーマンに背中をグイと肘で押された、ただそれだけなのに「殺したろか」という使ったこともない関西弁を心がつぶやくのを聞いてしまったのである。しかもグイとやられて痛かったなら「痛いな、もう」ですんだのだが、そうでなくて、なんか妙に肩甲骨の下のツボに入って「ちょっと良かった」のである。

「何、断りもなしに人のこと『ちょっと良く』しとんじゃ、おのれはあ」。説明のつかない屈辱感でぞわぞわぞわと凶悪な色に身体が染まる。

それが始まりだった。

中央線の中、わたしの「オス」は封印を解かれ、堰《せき》を切ったように垂れ流され始めたのである。

ウォークマンしゃかしゃかロン毛の若者「うるせえよ」。スキー帰りの大荷物の恋人たち「かさばるなよ」。電車通勤するような若い相撲取りの鬢《びん》づけ油「くせえよ」。

複雑になりすぎていたのだ。

カオリの実家で両親の複雑パワーを浴びすぎたあまり非常にややこしくなってしまったわたしを「オス」が前段階のシンプルさに戻そうと試みているのだろう。

いかん。やばい。抑えろ抑えろ。嫌いだ、毒づく自分なんか嫌いだ。トホホが売りの松尾ちゃんだろ？　実際こういった心持ちで幻覚物を摂取するのは大変危険であるそうな。バッドトリップという奴だ。マッシュルームをやってバッドな状態に陥り、普段はかわいい女の子が、あれよあれよと邪悪な「呪いのシンボル」みたいなことになるのを目の当たりにしたことがある。恐ろしかった。彼女の場合ドラッグへの罪悪感が原因だったと思われるが、もう、世界中の悪意が掃除機に吸い寄せられる塵芥《じんかい》のごとく彼女の内臓に集結し、濾過《ろか》され飛び出したのであろう言葉がコレである。

「おまえのへその臭さを町中にばらしてやる」

これほどまがまがしい言葉があるだろうか。

「殺してやる」と言われたほうが、まだ救いがある。「殺してやる」はシンプルに「怖い」ですむが、「へその臭さをばらす」は「なんだか怖い」けど「怖がり方がよくわからない」という二重の怖さがある。しかも彼女はその後「もう、怒ったぞお。カエルの中に入ってきちゃうんだから」と言ったきりどこか違う世界にいってしまったのだ。二度とごめんだ、あんな意味不明な体験は。

だめだめ、そんなんじゃ絶対にコレは楽しめない。思い出せ。あの女言葉の日々を。それにあんなややこしい家に連れていったカオリに心のどこかで腹を立てている自分がいるのも明白だった。へたするとこのままじゃカオリに乱暴なことを言ってしまいかねない。しかし楽しまなきゃ、と思えば思うほど「オス」は楽しめないものを次々提出してくる。

「そこの親父！　眉毛長すぎ！　限度を知れ！　限度を！」

カオリはわたしの変貌を見抜いたか話しかけてこない。

別に何もやってないのにすでにバッドトリップしている自分がいた。

あきらめた。

今日はよそう。碌《ろく》なことにはならない。

「オス」のグルーヴ感に身をゆだね静かに宇宙の暗闇に毒づきつつ睡眠薬を飲んで無理矢理眠ってしまおう。

もやもやは確かにある。カオリの両親はもしやわたしたちが結婚したがっていると思っているのではないか。そうなったらそうなったでカオリも満更ではないのじゃないか。

そしてわたしはコトがそんな話になったときどう出るのか。「そんな結婚するような能力ありません」。あの両親の前でちゃんと発語できるのか。しどろもどろなことにならないほどクールな人間じゃない。

うううううん。

今日はうやむやにしよう。これ以上のストレスはクスリ以上にリスキーだ。

明日考えられることは明日考えよう。逃げて流されてここまで来たんだ。

実際わたしは下北沢に着いた段階で体力的にも精神的にもずるずるに疲れすぎていて「もうだめ、頼む」と、ワンメーターもいかない距離なのにカオリにタクシーを拾ってもらうという、まことにだらしないことになっていたのである。

しかし、まあ、それでそのまま何事もなく帰ってちゃっちゃと寝てしまえば、物語のラストは思いつかないままだった。

とりあえずタクシーに乗って約五分後、その日のストレスの「締め」がやって来た。鍋でいうと「オジヤの時間」がほどなく訪れたのである。


乗り込んだ瞬間から「やばいなこれは」というのがあった。

まず、運転手の名前がいけない。

「鮫島」

悪い奴の名前だ。

この手の名前は安手のドラマであればヤクザか悪徳代議士と相場が決まっており、時代劇であればさらに「主膳」などという悪人感をレベルアップする名前がくっつけられ、大黒屋から小判入りの菓子折りを貰い、真っ赤な布団の上で奥女中の帯をひっぱりクルクル回す手順となっている。もちろん、これがうまい小説であれば「やばい」という状況において鮫島などといういかにもな名前は登場しないのだが、何しろこれは事実である。やばい状況に山田とか小林などという緊張感のない名前が登場するのもノンフィクションの特徴だが、まさかこのいかにも「鮫島っぽい」場面で鮫島はないだろうという所に鮫島が、

「鮫島だ」

と胸を張るのもまたノンフィクションのノンフィクションたる所以《ゆえん》なのである。

つまり、汚くてまずそうな蕎麦屋で本当にまずい蕎麦は逆にちょっとないでしょ、みたいな蕎麦屋に限ってやっぱりまずいと。それが事実という奴の意外とお茶目な一面なのであって、そしてまた鮫島という名前の人間に限って「ザ・鮫島」みたいな鋭い顔をしているからリアルってものは侮れない。カオリの両親みたいに複雑なのがいて、鮫島のようにシンプルなのがいて、両者の果てない追いかけっこで地球は回っている。

「近くてすいません。茶沢通りから梅ヶ丘通りに入って右折してください」

「……」

自分の中の「オス」の水位が上がってくればくるほどに、わたしは殊更《ことさら》丁寧な人間になる。丁寧語を使うとその丁寧が「オス」をさらにいい具合に研ぐ。鮫島の万物への敵意に満ちた鮫島業界代表にふさわしい横顔を見た瞬間からわたしは「オス」を抑えるの

を とっくに投げていた。どうでもいいが物凄くつり目だ。あと頬骨が暴力的に尖《とが》ってる。

「あとですね、こっち混んでますから、ちょっと遠回りでも反対にまっすぐ行けば茶沢通りに出ますから」

「……」

返事はない。なんだかよくわからないが話しかけるたび尖った部分が上下する。それが「了解」というサインなのだろうか？　不思議な構造だ。

「鮫島さん」

「……」

「鮫島さん」

「……」

ほう……。

おもしろいじゃない。おもしろくてしばらく「ほう」を口の中で転がして感触を楽しむ。

車は無言のまま茶沢通りに出、そしてそのまま梅ヶ丘通りを「迷わず突っ切って」淡島通りに出ようとしていた。

「あれあれあれ。なんで？　……すいません。なんで？　すいません。なんで？」

タクシーは当然のごとく淡島通りを右折する。

「おもしろいことするね」

わたしは「よく徹《とお》る」小声でカオリに笑いかける。鮫島は相変わらずだまったままである。

「どこまで行くのかね」

「あーあ。環七出ちった」。カオリが不機嫌につぶやく。さすがに彼女も疲れていた。

「出ちゃったねえ」

「もどんなきゃね」

「でも、あそこ行っちゃうんだろうね」

かくしてタクシーは小田急線「梅ヶ丘駅」前に静かに停車した。「着くべくして」着いた。各々の怒気を湛えつつ、着いた。

十秒の沈黙後、初めて鮫島は口を開いた。

「……はい」

この二文字がもう、もったいなくてもったいなくて。そんな極めて吝嗇《りんしょく》な一言だった。

「これって、なんすかね？」

「……」

「ここ梅ヶ丘駅ですよね」

「……うん」

「いや……うんって」

振り向きもせずに鮫島は抑揚のない声で言った。

「……梅ヶ丘駅って言ったろ？」

「梅ヶ丘通りっつったんですけど。ど・お・り」

「……」

「鮫島さーん」

「梅ヶ丘駅って言ったろ？」

「梅ヶ丘通り右折って言ったんですよ」

「……梅ヶ丘駅も梅ヶ丘通りも同じだろ？」

「え？　え？　なんですか」

わたしの中の「オス」は敬語を楽しんでいた。運転手は相変わらず振り返らない。

「……あんた俺のことバカにしてるだろ」

物凄く意外な言葉が飛び出した。

「な。あんたら、俺のことバカにしてるだろ。乗ったときからバカにしてるだろ」

なんて哀しい人生なのだろう。

「わかんねえと思ってるだろ。声でわかるんだよ。おい同じだろ？　バカだったら梅ヶ丘駅も梅ヶ丘通りも同じだろ？　しょうがないじゃん。どうせバカなんだから」

なんて哀しい人生なのだろう。

「降りろよ」

突然彼は振り向いた。振り向いたら、右目の目の端から黄色い汁を少し出していた。

なんだかわからない。

「あんたらが嫌いだ」

なんて哀しい人生だろう。汁出して。

「あんたらが嫌いだ」

なんて哀しい人生だろう。わたしはお尻をずらしてまぶかに腰掛けなおした。

「あんたらが嫌いだ」

なんて哀しい人生だろう。哀しすぎてわたしは彼の顔を力まかせに蹴り上げた。


わたしは、嘘をついていました。

またしても謝らなければならない事態が訪れたようだ。

飽くなき飲酒生活でアルコールミストがかかった頭をそれでも抱えるに、この前書きが始まって以来何度わたしは謝ったことだろう。

幸せなことだと座して襟元を正し背筋を伸ばさねばならない。定食屋で大盛りを頼んでおいて半分以上残すような慢心は慎まなければならない。なんとなれば。わたしがもし一般の人間だとしたら雑誌などというパブリックな場所で一生に何回謝ることができたりしようか。みなさんは日々澱《おり》のようにたまる「生きていることの申し訳なさ」を、たかがボールペンの購入で領収書に「上様」と書かれてしまう面目なさを、どう処理しているのだろうか。思い余ってSMに走るのだろうか。我々物書きはこうして堂々とマスコミの場を借りて思いのたけ謝りそしてスカッと忘れてしまえるという特権をありがたく思うべきである。

まあ、とにもかくにもだ。

タクシー運転手の顔を思い切り蹴り上げた、って、ああたねえ、できないってそんなもん、後部座席から運転手なんて蹴れるわけないんだから。なんと呼ぶのか知らないが、タクシーの運転席の後ろにはプラスチックの仕切りがついていて、そう簡単に後ろからどうこう干渉できないようになっているんだから。しかしあれってなんなんだ。言って気になってきたが、あれ実際の所なんて呼ぶのだろう。我々はまだまだ身近なものについて知らないことが多すぎる。例えば眼鏡のレンズとレンズをつなぐアーチ型の金属はなんと呼ぶ。猫の手の途中に突き出ているピンク色の指っぽいものはなんだ。ま、それはいいとして、タクシーのあの仕切りの呼び名だ。その用途に視点を置いて考えるに「客除けカバー」か。機会があったらみなさんぜひ聞いてみてほしい。いや、また話がずるずるになっている。問題はそう、そういったすぐばれるような嘘をなんでつくかなこのわたし。という話だ。

不安だったのです。

以前、花村萬月氏がなんかの本に書いてたのを読んで思わず我が身を振り返った。

「五十枚に一回は暴力シーンを入れるようにしている」

心が洗われるなあ。花村萬月ほどの手練《てだれ》がそのような戒めを旨としているのにわたしのような若輩者がすでに百枚を超えて未だに暴力シーンの一つも書いてない。なんたる傲慢。まわりくどい言い訳と細かいにもほどがあるお茶の間の描写が何十枚も続くばかりで、地味すぎる。

「わあああ！」

なんだかわからないがこの辺で一叫びしとかないと。そんな焦りからつい「蹴り上げた」などと嘘のアクションを書いてしまったのである。かつての花村萬月氏ならノンフィクションであってもおおいに蹴り上げていたかもしれないが、わたしはまあ、ある意味意気地なしであることに開けっ広げな男であるから、それはそれは風通しのよい意気地なしであるから、いくら「オス」な状態であってもまさか人の顔を蹴り上げたりはしない。それにわたし自身も時々忘れかけるが、未だ小説は始まっていないのである。

例の客除けカバーを思いっきり蹴って半分ほど割ってしまった程度である。

怒った。しかし怒りましたね。鮫島。烈火のごとく。

「何しあがんだこの野郎！」

教訓。あのパネルは運転手にとって命の次に大事なパネルであるらしいので、決して蹴ったりしてはいけない。ましてや割ってはいけない。さらに言うまでもないが同乗している女がその直後、座席の後ろに備えてあるウィークリーマンションのパンフレットを車内に撒き散らしたりするなどもってのほかなのである。

「散らかすな！　こらあ！」

鮫島は完全にこちらを振り返り充血した涙目で怒鳴った。怒鳴るたび尖った頰骨が激しくバウンドする。慌てたオバQの手のようだ。

「あははは！」

そしてカオリがついに爆発した。

「何、その頰骨！」

「……！」

「頬骨じゃん！　頬骨先生じゃん！」

わけがわからないがわたしも爆笑した。

「頬骨地獄じゃん。頬骨山脈じゃん」

「……降りろ」

「ホオボナー！　ホオボナー！」

「うっせえんだよ！」

「ボナー！　ボンボナー！」

カオリとわたしは運転席の背を蹴りまくった。立ち上がろうと慌ててバランスをくずした鮫島は、のけ反り後頭部でＡＭラジオのスイッチをガツンと入れた。

ムーディーな歌謡曲がフルボリュームで車内に鳴り響いた。

「だはははははは」

爆笑しながらわたしたちは夜の街を走った。

鮫島が悪意をこめて間違えた道を全力で逆走した。世田谷の「わたしより豊かな家々」からもれる明かりが今夜ばかりはごまかしようもなく二人だけを照らす。

「今まで見栄はっててごめんなさい。本当はいつも二人を照らしてたんですよ」

ばーか。知ってたよ。この、世田谷め。

「ばはははははは」

「あの頬骨！」

「ああ、頬骨だった。すこぶる頬骨だった」

「言って。松尾ちゃん。頬骨でなんかおもしろいの言って」

「狼の頬骨」

「何それ？」

「……狼の遠吠え」

「ばははは！　つまんねえ！　却下！」

「頬骨とフルート」

「だははは。オーボエとフルート」

「頬骨に乗った気持ち」

「大船！」

「チン毛」

「ぼおぼおね。最低！」

「だははははは。マン毛」

「ぼおぼおね。言わせるな！」

「チン毛」

「ぼおぼおね」

「マン毛」

「ぼおぼおね」

「だはははははは」

梅ヶ丘通りに入った時点でついに息切れして我々は立ち止まった。夜中の一時まで開いてる酒屋のピカピカしたネオンが目に入ればわたしの家はもうすぐである。とまれ、二人は通り沿いの遊歩道のベンチに腰掛けた。春になれば桜並木が一面に花開き、花見の酔客でにぎわう歩道というより細長い公園ともいえるなかなかに素敵で酒臭い場所であるが、今は人っこ一人いず、わたしが「大失敗」と名づけた物凄く適当な模様の猫が遠くからこっちを見ているだけという静けさだ。

カオリは薄く、唄っていた。


♪どうせ拾った恋だもの……


「……古い唄知ってるんだ」

「え？　知らない。さっきタクシーで」

「ああ、流れてたね、そうか」

「ねえねえ松尾ちゃん」

「何よ？」

「聞き飽きただろうけどさ」

「はい」

「大好きだよ」

「うん。知ってる」

「あたしは絶対ずっとあんたの味方だよ」

「チン毛ぼおぼおでも？」

「あたしもマン毛ぼおぼおだし」

「じゃあ引き分けだ」

チン毛がぼおぼおでマン毛もぼおぼおで、最低の夜に最低の二人がいて、見上げると月のエッジが額に刺さるほどくっきりしていて、そしておそらくそのとき実は初めて、わたしは目をつぶってカオリとキスした。しかもわたしの舌にはなんてことなんだろう、いつの間にか2ヒットの「HEAVENS GATE」が貼りついていたのである。巧みに舌を操って1ヒット分をカオリの舌下に押し込んでやると「了解」という意味で唇がニンマリ微笑んだ形になるのがわかる。

こういうものは三十分もすれば効果が現れる。酒屋に寄ってたっぷりの飲み物と袋菓子を吟味し購入してさくさくと家に帰り、お好みのCDをセットした辺りで効いてくるという算段だ。


どう言おう。どうにもこうにも愚かだった。


「何これ。効きやしない。キノコのほうが全然いいや」

カオリとテレビを観ながらわたしはぼやいた。舌下の紙片はとうに飲み込んでいる。生まれて初めてタクシーの運転手に楯突いてまで手に入れたセッティングなのに、一時間たってもウンともスンとも言わない自分の脳に業をにやしてもういいや、二人でお笑い番組でも観ようかと、そういうことになっていた。観つつ、ぼやきついでにひっかかっていた疑問がつい口をつく。

「しかし、どういうことなんだろうな。やっぱりどう考えてもわからんのだわ」

「何があ？」

「いや、なんというか、おまえの両親との話なんだけど」

「うん。ごめん、寝てて」

「それも含めて結局曖昧なままだったのではないかと思っているわけよ俺は。いったい俺は何をしに行ったのか。お父さんの『よろしく』って言葉はなんなのか」

「そんな難しい意味ないと思うけど」

「いや、あの親父が『よろしく』に難しい意味をこめないわけがないんだよ」

「いいよ。もう、そうそう会うことないし」

「一応言っておくけど、結婚はできないから」

「……」

「いい意味で」

いったい何がどういい意味なのかは全くわからないが、とりあえず日が変わらないうちにそれだけははっきりさせておくのがむしろ誠実ってものだと思った。

「俺は確かに君のことが好きだ。本気で一緒に暮らしたいと思ったのも君だけだ。と思う。で、俺が何を言いたいかというと……君というのは、君というのはカオリであってカオリっていうのは」

「知ってるよ」

「で、君を好きだと言ってるのは松尾である俺である俺であり」

「……松尾ちゃん」

「松尾である俺は松尾であって、いやちょっと待って、俺は松尾である。松尾だる。松尾だるだる」

突然カオリが爆笑した。

「ぶっトんでる！」

その声を聞いた途端だった。

物心ついてからというものわたしの中の何かを大切にがっしりと摑んでくれていた何モノかの手が、パッと開くのを感じたのだ。

「あああああああああ。だめだって離しちゃぁあ」

「ぎゃははは。何が？」

「元に戻るってえ！　戻るー！」

「松尾ちゃん松尾ちゃん。回ってる」

「うんうん、わかる。いや、それはわかってる。そんな気がする」

「気が、じゃなくて本当に回ってるって、あんた」

バカだ。わたしはお尻を軸に足をばたばた動かして座布団の上でくるくる回っていた。

「何で回ってんの？」

「いや、だからだからね、それは今までずーっとホラ、捻れてたから」

「ああ、わかった。ゴム仕掛けなのね。ぎゃはははは」

カオリはのたうち回って笑っていた。

そりゃそうである。ついさっきまでシリアスなことをシリアスな顔で語っていた男が、お尻を軸に「戻るーっ」などと言いながら回転しているのである。だいたいどこに戻るんだ。

「ねえカメラほしい。くっくっくっくっく。持ってないのカメラ？　松尾ちゃん」

笑い方の微妙な違いから察するにカオリもかなりきまってきているのがわかる。実はその時点ではまだ体が回転していることを除いて、わたしはわりとクールに事態を受けとめていたのである。後になって考えれば、三十六歳の男が座布団の上で回転しているだけで充分てんぱっているとしか言いようがないのだが。

「はいはい。ちょっと待ってね。もう、あの、もうすぐ巻き戻るからね」

「ぎゃははは。落ち着いた声出すな！　この人間ゴマ！」

わたしの回転は徐々にゆっくりになり、そしてのろのろと、やがて止まった。感覚で言うと完全に巻き戻った。目玉だけがまだ左右に行ったり来たりしているのがわかった。

「巻き戻った？」

「……うん」

「どうよ？」

「うん。脳がパツンパツン」

「あははははは。あたしも。パツンパツン」

脳が張り、顔の筋肉をひっぱっている。急激に洗顔への欲求を覚え、カオリの「松尾ちゃーん。BSで『ポンヌフの恋人』やってるよー」という声を背中に聞きながら、わたしは洗面所を兼ねる風呂トイレ一緒のユニットバスに行った。

かっこよかった。

いきなり何がって、トイレが。

全体の微妙な黄ばみ具合。棚の歯ブラシの位置。タオルのかけ方。隣の風呂の汚れ具合。スリッパの乱れ方。落ちている様々な毛のレイアウト。どこをどうとってもほれぼれするほど完璧で、だからこそどれ一つ動かしても台無しになるという危うい「美」がそこにあった。

「トイレがアートだよ、カオリ！　純文学だよ、カオリ！」

そんな風なことを叫びながら飛び出した。

「ニューヨークだよ！」

訳のわからないことも言ったような気がする。

カオリも目をキラキラ体をくねくねさせながらトイレにすっ飛んできた。

「わあ！」

「ね、凄いっしょ？　トイレ凄いっしょ？」

「トイレすごーい！　トイレすごーい！」

二人が果たして同じものをトイレに観ていたかどうかは定かではないが、カオリも明らかに感動していた。

「……おお」

何が「おお」なのかも後から考えるとちっともわからないのだが、わたしたちは感動にうち震えながらトイレの入り口に座り込んだ。

わたしは顔を洗うのも忘れトイレの美しさを最大限に吸収しようと膝をついたまま目と口を力一杯開けて両手を広げた。

完璧なバカができあがっていた。

一方カオリはというとわたしと同じ姿勢でしかも両手を白鳥のようにヒラヒラとはばたかせていた。

完璧なバカがもう一人できあがっていた。

「俺たちはトイレを、なめていた。なめていただけではなくウンコまでしていた」

「みくびってたねトイレを」

「こんなトイレ持ってるの世界中で俺だけなんじゃないかな。真面目な話」

「松尾ちゃん、世界一のトイレ王だね。……あ！　ブラックライト」

おお、そうだ。カオリがわたしの誕生祝いに買ってくれたブラックライトというこじゃれたものが我が家にはあったではないか。あれでこの素晴らしいトイレを照らしてみぬ法もないではないか。カオリは居間にこけつまろびつ走った。なんとも人を忙しくさせるクスリである。わたしはやたら口がにちゃつくので『なんたらのおいしい水』をがぶ飲みしながらわめいた。

「そうだ。まずこの偉大なるトイレを我々に与えたもうたさらに偉大なる『HEAVENS GATE』を照らしてあげよう」

カオリがコンセントを入れたブラックライトを持ってくると、わたしはポケットから紙片が入れられていた小さな油紙の袋を取り出した。袋に小さく描かれた『HEAVENS GATE』の印字がピンクの蛍光色であったような気がしだしたのである。トイレの明かりを消し、部屋を暗くして我々は袋をライトにかざした。

残念ながら印字は蛍光色ではなかった。

「……なんだよ。ごめん」

「あ、でも待って、トイレ王」

袋の裏側が一部ボーッと光っているのをカオリは見つけた。なにやらこざかしい遊び心のある袋なのであった。わたしはカオリから袋をひったくると破って裏返した。

そこには表の文字と同じサイズで別の文字が怪しい光を放っていた。

『HELLS GATE』

「……なにこれ」

その沈黙を待っていたように電話のベルが猛牛の断末魔のごとく家中に鳴り響いた。大音量の静寂。

と、同時に何モノかの手から離れた自分の中の何かが、別のもっと邪気に満ちた何モノかに鷲掴《わしづか》みにされるのを感じた。

そして、わたしはその場でさっきと逆方向にクルクル回り始めた。しかし、そこにはユーモアのかけらもなかった。

　四の五の言ってられない待ったなしの状況がわたしを襲っていたのである。正確には「わたしとカオリを」であるのだが彼女は「電話」にも「HELLS　GATE」にも、爪の先ほどもノックアウトされておらず、ひらひら踊りながら呑気に電話をとろうとしている。待て待て待て待て、落ち着け。くるくる回転しながらわたしは考えた。そして、くるくる回転しながら「落ち着け」もクソもないものだともわたしは考えた。ええい、ままよ。壁に手をつき、ようやく体の回転を止めたわたしは、壁伝いにヨタヨタとマンガ雑誌や綾波レイのフィギュアなどを棚からボタボタと落としつつよろめき進み、電話のコードを熊川哲也のような華麗なポーズでジャックから引き抜いた。なんだかわからないが、華麗にやらなければカオリに不安感を与えるのではないかと思ったのである。冷静に考えれば、電話のコードをジャックから引き抜くような行動は、華麗であれば華麗であるほどバカらしいのは言うまでもない。

　とりあえずベルが消え、静寂の安堵の中、息を整え澱みなく極めてクールにわたしは現在の状況をカオリに説明しようと試みた。

「我々は、完全にてんぱっている。我々が普通に今感じ考えている全てのことは、外界の人間にとって普通のことではない。例えば今、我々にとってかっこいいものとはなんだろう」

「松尾ちゃん」

「……うん。松尾ちゃんもある意味かっこいい。もちろんカオリちゃんもかっこいい。

ま、それは後回しにしよう。でも我々はさっきトイレがかっこいいと言ったな」

「うん。トイレ最高。松尾ちゃんも最高」

「そこである。そこである。そこであるある。そこである。そこで」

「ストップ」

「そこである」

ちっともクールではなかった。

「問題は、今現在、『松尾ちゃんかっこよさ』と『トイレかっこよさ』が我々の中で渾然一体となっていることだ。外界では『松尾ちゃんかっこよさ』というものは、まあ、ちょっとは流通するかっこよさだ。してほしいとも切に思う」

「うんうん」

「しかし、外界で『松尾ちゃんかっこよさ』を訴えるのと『トイレかっこよさ』を訴えるのは、もう、著しく次元が違う。『トイレかっこよさ』は全くもって通用しない。この、アパートの部屋と薄壁一つ隔てたパブリックな空間で『トイレかっこよさ』を訴えようものなら、たちまち妙にやさしい言葉をかけられそのまま病院に連行されることになる。我々にとって安全なのはこの、この、薄い壁一枚の部屋だけなのである」

「わかるわかる。それはわかる。あたしたちが今異常で、異常なことと世間で言う普通なことの違いはわかってます。軍曹」

自分たちが異常であることの確認。二人にとってそれだけが唯一確かな客観の持ちようだった。それにしても紙切れ一枚でなんというパワーなのだ。子供の頃、人間の全ての行動は神様に監視されプログラムの中に組み込まれたものであるという妄想に取り憑かれて困ったことがあって、ややこしいのは、その妄想に取り憑かれて困る、ということまでもがプログラムにあり、また、そう思うこともプログラムに……といった際限のない妄想の綴れ織り状態に陥っていたのだが、そんな経験から、努めて客観的な人間であろうと虚しい努力をしてきたわたしだ。神の監視と監視の隙をついてオリジナルであろうという。まあ、よく考えたら自意識過剰を煮詰めて煮染めていっただけなのかも知れないが、しかし、あの5ミリ四方の紙片のおかげで、そうやって幾重にも着込んだつもりの客観が「客観性ゼロという客観」という点しか残らないほどに引っ剝がされたのである。もはや、素っ裸の股間に葉っぱをくっつけた、程度の客観しか二人は身につけていないのである。アダムとイブも、さぞかしとっちらかっていたのだろうと思うのである。こんな有様で、なんで外になど出られようか。

「だから今電話に出たら危ない。我々は、電話に出ない」

「OK、伍長」

「なんで階級下がってんだ」

「OKOK」

「よし、そういうことをふまえて、楽しもう。これは慌てるためじゃなくて楽しむためのものなんだから」

やんぬるかかな。

そう腹を括った途端にカオリの携帯電話が二人の了解の間を鋭くつんざき、カオリは

「おうっとっと」などと言いながら、いつもとなんら変わりないアクションで通話ボタンを押したのであった。「はい、もしもしぃ。あ、元気元気ぃ」

ちょっともOKじゃねえよ！

慌てたわたしは電話を奪おうとしてカオリがもう一方の手に持っていたブラックライトをはじいてしまい、ブラックライトはヒュンと宙を舞ってテーブルに激突した。

「BOMG」

にぶい重低音とともに真空管が破裂し、粉々になったガラスの破片は信じられないような美しさで放射状になぜかゆっくりとその一粒一粒が挑戦的な完璧主義者の律儀さでもって回転しつつキラキラと飛び散った。

カオリは一瞬叫んだが、電話の相手に「ちょっと問題発生」などと言い放ち、携帯電話のストラップをヘアピンに引っ掛けるという驚愕的な方法で喋りながら、新聞紙の上にノートで大きな破片を集め、細かい奴はコロコロなんとかというベタベタする奴で丁寧に掃除した。

わたしはガラスの破片の美しさに感動し、カオリの冷静さに感動し、そして、尊敬した。そうだそうだそうなのである。最初から人によく思われようなどというさもしい心のない人間は、客観性など失ってもビクともしないのである。やっとわかった。彼女は凄い女だ。凄い凄いとは思っていたが、こんな方向に凄いとは思っていなかった。わたしはそのとき、うまく言えないが感動と尊敬でできた一本の柱のようなものにパキーンと変身していた。これほど人への感動と尊敬に集中していられる自分にも感動していた。

ただ、尊敬の念が彼女によく行き届くよう、両手をぐるぐる回して風を送ってあげることだけは忘れてはならないと思った。感動していてもバカはバカであることは全く変わってなかった。

その感動の嵐の向こうで、受話器から顔を外し、カオリは微笑みながらわたしに言った。

「BOMG」

BはBの口の形でOはOの口の形でMはMの口の形でGはGの口の形で。

キノコ雲。

その声にわたしの記憶中枢はテキパキと反応し、キューブリックの『博士の異常な愛情』のラストシーンで、スローモーに爆発する幾多もの原子爆弾の異様な美しさが鮮明に脳裏に浮かび上がった。映画は白黒だったけど、その映像はカラーだった。「♪またお会いしましょうね……」。そんなような英語の歌がBGMに流れていたようにも思うが、そのときわたしの心に浮かんだ唄はこれだった。

「♪どうせ拾った恋だもの……」

タクシーの中で唐突に耳に飛び込んできたあの唄である。

「ねえ、誰だったの？」。わたしは聞いた。

カオリは携帯のスイッチを切ると、本当に天使と見まごうような、世界中の辞書から邪気という言葉を消し去るような笑顔で、さらりとこう言った。

「チカチィロからだった。量を間違えたって」

「……」

「あの紙ね、四分の一で一人前なんだって。だからあたしたち二人で八人前食ったんだって」

BOMG……。今度はわたしが口の中でつぶやいた。

カオリは笑っていた。

笑いながら泣いていた。

「最初に電話に出たときね、あいつがね、なんかカオリちゃんおかしいよって、言ったのね。だから、おかしくならないように意識して喋ったんだけど、なんでかわからないけど紙食ってることばれたよ。普通だよね。普通に喋ってるよね。今、普通？　変？」

「いや、うん。普通にしか、俺には聞こえない」

「これは携帯？　携帯じゃない？」

「携帯」

「だよね。なんの問題もないよね。こっちサイドは。でもあのね、あいつには『わあわあわあわあ』って風にしか聞こえないって。私の言ってること。カオリちゃん、わあわあ言ってるよ、大丈夫？　って」

怖気が背中を走った。

走りすぎて頭を飛び越えUターンして背中に戻ってきて、肩甲骨の辺りで止まった。

怖気です、しばらくここにいます。わたしには彼女が極めて冷静に喋っているようにしか、どうしてもそうとしか見えなかったのだ。だから余計に怖かった。

恐怖にかられたわたしは衝動的にカオリの携帯電話をひったくって窓の外に投げ捨て

た。携帯電話は弧を描いて、ブロック塀にカツンと当たり、道とアパートの間の柔らかい土のところに落ちた。

カオリはわたしを後ろから抱き締めて静かに言った。「松尾ちゃん、松尾ちゃん。落ち着こう」

「わかってる。えと、これはね、落ち着くための行動」

「うん。そうだね。そうだね。でも、わかんないよ。松尾ちゃんが携帯投げるの見るの初めてだし」

「ＯＫＯＫ。冷静冷静。いや、てんぱってるけどてんぱってるなりに、最良の選択をしたと俺は自負しているよ。間違ってるかな？　わぁわぁ言ってるかな」

「ごめんね」。カオリの声のトーンは全く変わらないが、シャツ越しに背中に温かい液体が沁みてくるのがわかる。「何がよくて何が悪いって、あたし今全然わからなくなっちゃった」

といったような会話も傍目にはわあわあわあわあ言ってるようにしか聞こえないのだろうか。わあわあ言うております。上方落語の下げが頭に浮かぶがだからといって楽屋に引っ込むわけにもいかない。正解はどこだ。正解はどこだ。延々と出題され続ける正解のないクイズ。どう説明すればこの感覚が伝わるだろう。ただ、この不安。実は先程から何度も頭に上りつつ否定し吹き消してきたこの不安だけは次第に強固になりつつあった。バッドトリップの典型的症状。

「このまま一生元に戻らないんじゃなかろうか」

それを読んで取ったのか、カオリは前に回りこみ両手の平でわたしの顔を包み込む。包み込んで目をじっと覗き込む。

そして訥々《とつとつ》と喋り始めた。

「狂っちゃうかも知れないよ。松尾ちゃん。このまま狂っちゃうかも知れないね。八人前食っちゃったもんね。あたしもいろいろいろやってきたけど、一気に8ヒットはないよ。頭壊れちゃうかもね。でもね、でも、あたし、全然平気だよ。松尾ちゃんと狂えるんだったら全然平気だよ。一人で狂うのは淋しいけど。一緒に狂うんなら大丈夫だよ。だって、言葉通じるもん。言葉通じてるもん。でも、松尾ちゃんには最初から言葉通じてるって思ったこと割とないよ。でも、松尾ちゃんには最初から言葉通じてるって思ったし、こんなてんぱってても会話になってるし。最強のカップルだよ。わあわあわあわあわあって聞こえないもんね。ねえ、狂わなかったら、儲けもんだけどさ、狂ったら狂ったであたし松尾ちゃん好きなこと変わらないし、狂ったなりの世話ができるよ。トイレがさ、おもしろくなってから、凄い凄いあたしもわけわからなくなってるけど、全然叫びだしたりとか、そういう不安ないよ、楽しいもん。この楽しさがずうっと続くっていいじゃん。松尾ちゃん、ほら、失うもん多いから不安になって叫んだり物壊したりとか、そういうことし始めるかもしれないけど、あたしがこういう風にさ頭撫でてあげるから、ね、したら落ち着くでしょ。明日まで我慢して元に戻ってなかったら千葉に行こう。電車に乗ってる間がちょっと勝負だと思うけど。酔っ払ってるふりしてさ。千葉に行ったらしめたものだよ。お父さんの前でわあわあ言ったらあの人絶対あたしたちのこと病院なんかにやんないから。部屋に閉じこめるから。そしたらもう、ずうっと安心して狂っていられるからさ。ね、変になっても松尾ちゃん優しいしさ。あたしも全然優しくしてあげられるし。松尾ちゃん。安心して狂っていいんだよ」

わたしは泣いていた。涙が止まらなくなった。泣き続けるわたしにカオリがキスした。それと同時にカオリの背後に直径60センチはある向日葵《ひまわり》が突然花開いた。生まれて初めて見る幻覚だった。絶対これは自慢だが、ただ一介の劇作家だが、わたしは自信がある。


この世で一番きれいなものを見た。

この世で一番きれいなものは俺の物だ。


まさにその素晴らしさの最中、家の外でカオリの携帯電話の鳴る音がした。

家の外に出るのは危険だが、誰かがあれを拾うのはもっと危険だという気がした。

「止めなきゃ」

そう言ってわたしは窓を開け窓枠に足をかけて飛び降りた。


ああ。そういうことか。


地面に落下する瞬間、わたしはこの小説の終わり方を思いついた。

以上。前書き終了。約束どおり今後わたしの文章から「わたし」が消える。

宗教が往く上／目次

第一部

第二部

宗教が往く

上

イラストレーション　高野華生瑠
ブックデザイン　鈴木成一デザイン室

第一部

フクスケ誕生

1

美貌と奇行の人としてすでに充分に近所の有名人だった母親は、フクスケが生まれると、間髪入れずに立ち上がりスタスタと玄関まで歩きしゃがまずにサンダルを履きそのまま一度も止まることなく開いていた玄関からスタスタと家を出た。誰も数えたものはいないし彼女が数えていたわけでもないが、立ち上がってから丁度三百歩歩いたところで彼女は三十一歳の生涯を閉じた。

電車にはねられたのである。

彼女はともかく不動の有名人となった。

この件に関しては自殺説と単なる事故説の二つが持ち上がる。

自殺説に関して有力なのは生まれた我が子のその容姿である。とにかく並はずれて頭がでかいのだ。彼女の美しさを知るものは我が子の異様な風体に母親が絶望し、それで思い余って死んだのだとそんなようなことを噂した。

しかし、この説は後に出てきたいろいろな証拠により覆されることになる。第一彼女は産婆の言うところによれば、生まれ出でた我が子を一目見るなり目を輝かせて「やった！」と叫んだのである。普通なら「やられた！」と叫ぶべき容姿である。「やった！」のに、何も死ぬことはない。

不思議なこともある。

後に残された母親の夫である大人しく特徴のない男が、彼女の死後化粧ダンスを整理していたところ亡き妻の直筆による妙な絵が出てきたのだ。

それは背広を着た頭の鉢の大きな男の全身像だった。もしそれが大人になった赤ん坊の姿だとしたら、彼女にはある種の予知能力があったことになる。

その男の絵の下には鉛筆で小さく「フクスケ」と書いてあった。

なので特徴のない夫は親戚たちの猛反対にあいながらも遺児にフクスケと名づけた。

さて、彼女が自殺でないにせよ事故死であるにせよ、なぜ出産直後に突然歩き出したのか。

未だにそれは謎だが読者にだけこっそりとその真相を教える。

ただ、試してみた。

フクスケの母親は「子供を出産した直後の人間がいったい何事もなかったように立ち上がれるものなのかどうか。そして歩いたりなんかできるものなのだろうか」不意に試してみたのである。みたくなったのである。それだけの話なのである。

出産後即直立。突飛なことであるとは思われようが、人間は時に「思わず」試す。

暇だ。タバスコがあった。そして暇だ。辛いのはわかっている。でも次の瞬間「あ！

やっぱり激辛！」。人はなんだか舐めてしまっているものなのである。舐めて納得したり後悔したりしてしまうものなのである。

だからなんなんだと言われても、思わず確認してみたくなるという欲望。「試し欲」といったようなものが人間にはきっとあるのである。特にフクスケの母親の場合、試し欲に対して人並みはずれて素直で従順であったと言わねばならない。研究心、というのとはちと違う。そんな「ため」になる試しではない。もっとなんというか足されもしない引かれもしない零度の試し。

整理しよう。そんな「ただ試す」欲望が濃いか薄いかを判断するための簡単な方法がある。道路の脇によく立っている車止めのなんと呼んだらよいのかわからないあの1メートルくらいの地味な棒。あれが実はモノによってはドキッとするほど柔らかい素材であることを知っている人は少ない。少なくて、そして彼らは「試し」に関して貪欲であると言ってよい。なんの得があるわけでもないにもかかわらず彼らはとりあえずあれを一度は「押してみた」のである。普通はあんな地味なものは押さないのである。どうせならもっと派手な色をした「トマト」とか「非常ベル」とか、そういう奴を人は押すものなのである。あの地味な棒が「グニャリとしている」という意外な隠し球を持っている、なんてなことを知るものはやはり少数派の「試したがり屋」であろう。「グニャリとしてたな」。それで彼らの欲望は達せられるのである。棒を押すものと押さざるもの。二種類の輩がこの世にはいて、もちろん母親は押す側の人間であり、その存在の少数性こそが彼女を近所の有名人たらしめた一因でもあった。

そもそもフクスケの父親との結婚ですら、彼女にとってある種の「試し」であったと言えなくもない。

「人は十五分しか喋ったことのない人間と結婚生活を全うできるものなのであろうか」

2

裕福な家同士の見合いだった。

二人の初対面であるその見合いの席は、食事の時間を含め約二時間にわたるものであったが、それが、母親が死ぬまでの間父親と過ごした唯一の「結婚していない時間」でもあった。すなわち見合いの席の次に二人が出会ったのは、結婚式場だったということだ。

父親は極端に無口であった。はにかんで、というわけではない。彼は生涯にわたって緊張していようとリラックスしていようと力んでいようと、ただ、たんに、凜《りん》と、見事に、球体のように、無口だった。その無口が彼の没個性に鋭く磨きをかけていた。テカテカと没個性光りしていた。普通そこまで個性がないと逆のベクトルで個性が発生したりするものだが、それすらもおおい隠す「まばゆいばかりの没個性の輝き」が彼にはあった。

フクスケの母親は見合いの席でさっそく試した。

「この、とても喋らない男の人は今日、トータルで何分私と喋るのだろうか」

密かに彼女は彼が喋ったおおむね取るに足らない言葉の数々を頭の中で時間に換算し始めた。

「そうですね」一秒。

「はい」〇・五秒。

「なるほど」一秒。

「はい。そうとも言えます」二秒。

「ごほん」〇・五秒。

「いえいえ」一秒。

あ、「ごほん」は咳払いだから〇・五秒は削除。

「そうですか」一秒。

といった、ほとんどしゃっくりと大差ないような「会話」というより「生体反応」と呼んだほうがよいような父親の無味な言葉を数え上げるうち、「これが延べ十分を超えたら結婚してみようか」みたいな気持ちが彼女の中でふつふつと沸き上がってきたのである。「なぜ十分」なのかはよくわからない。わからないが、切りのいい数字というものは時折人をダイナミックな行動に走らせるものだ。「あと十回咳が出たら会社を休もう」「百万円貯まったらハワイに行こう」。国家や政治家が我々を支配していると思ったら大間違いである。地域振興券や銀行への国家予算導入には「ん?」と思うが、一月一日に好きでもない餅を食わねばならないことに関しては誰も「ん？」とは思わない。その「ん？」と思わなさに罠がある。我々の行動原理は知らず知らずのうちに切りのいい数字によって支配されているといってよい。

まあ、結局見合いの席で父親が発した言葉の滞空時間はトータルで十五分というなかなかな好成績を母親の中でおさめ、そんなわけで二人は結婚することになった。

元々が名のある家のもの同士の見合いである。周囲の反対もなかったし、そもそも結婚の理由が「彼が十五分喋れたから」であることなど誰も知る由もなかった。

3

さて「試し」の話に戻るが、その前に引っ掛かるのが「やった！」である。

生まれた我が子を見て彼女が叫んだ言葉。

これればかりはわからない。わからないって、あんたが書いてるんだろうと問い詰められても困る。作者が登場人物のことについて微にいり細にいり何でも説明できると思ったら大間違いである。中華屋で「この具、何？」と聞いても店の誰もが答えられない具がたまにはあるだろう？　答えられないから不味い、とは限らない。「ワカラナサモ、ウマサノウチヨ！」。しつこいとしまいには中国人も切れる。

そういったものだ。

ただ、彼女の周囲が推測するに、例の予知能力的なフクスケの肖像画を出産以前に彼女が記していたことから「やった！」は「見事！　当たった！」といったような意味合いであろう、との解釈もあった。しかし、そんななんというかベタな推理をするくらいなら「なんとなく叫んだ」くらいに想像するほうがいくばくか上品である。世界の全てから意味を受け取ろうとするのが人間の浅ましさだ。「やった！」は、まあ、ただ単なる「やった！」なのである。

とにかく彼女は立ってみた。立ってみたらそれが意外と造作のないことで我ながら驚いた。周囲のものはもちろんびっくりした。それがおもしろかったが、誰一人として言葉を発せず、あっけなく彼女は所在なくなった。「このままじゃ座れない」。なぜか彼女は思った。その余りつい歩き始めた。歩き始めたらたまたま玄関にたどり着き、はじめにたたきに踏み下ろした足がたまたま彼女の赤いサンダルにすっぽりと収まった。えい、ついでだとばかりにもう片方の足もサンダルに収めた。背後からやっと家のものたちの「どこへ行くのあなたは」という声が聞こえたが、別にどこへ行くあてもない。だが彼女は振り返れなかった。振り返れば、まずなぜ立ち上がったかを説明し、さらになぜ歩き始めサンダルまで履いてしまったかをも説明せねばならない。彼女は高揚していたが「そんな複雑な説明は無理」という客観性だけはあった。ただ「どこへ行くの」と聞かれたからには「どこかへ行かなければいけない」ような気がして、それで玄関を早足で出た。うまくないことをし始めているなという意識はあったが「後で辻褄を合わせよう」そんな楽観で彼女はまっすぐに歩いた。

　面倒なことは先送りにするタチである。実はこの性格は我が子フクスケに見事に受け継がれることになる。すれ違う人々は皆彼女に唖然とする。なぜなら生成りの浴衣姿の彼女の白い股からはダラダラと血液混じりの羊水が垂れ流されて、チルチルミチルのパン屑のように点々と道路に道標をつけていたからである。まるで安い日本映画に出てくる狂女だ。みっともないなとは感じていたが、立ち止まるきっかけがなかった。むしろ胸を張って歩くのが気持ちよくもあった。「安い狂女だ！　安い狂女だ！」。家からの道はそれをばっさりと横切る単線の踏み切りに向かってまっすぐに延びている。カンカンカンと警報が鳴っているのが遠くのように近くのように聞こえる。きっかけ。そうだ。遮断機が下りてくれれば。「私は立ち止まり。一八〇度方向転換し、何事もなかったように家に戻る」。言い訳は？「動転していたから」。よし。我が家に帰ればとても無意味だが素晴らしい充実感が約束されているような気がした。「産んだ直後に歩いた女の帰還」。おもしろすぎると思った。このおもしろければ大概のことはＯＫという性格もフクスケに受け継がれる。顔を紅潮させ彼女はのしのしと歩いた。歩きながら気づいた。

「あの踏み切り、遮断機がない」

　とても不味いことが起きていたが、やはり彼女は立ち止まれなかった。なんで？　と思われようが、とにかく「彼女は変わった人だから」としか答えようがない。

「不味いなあ不味いなあ」

　三百歩歩いたところで線路の真ん中にたどり着いた彼女は、踏み切りの警報機と電車の警笛の切実さに負けて、やっとどうにかかろうじて、立ち止まった。三百歩。切りのいい数字であるがこれはあくまで偶然である。立ち止まっておだやかに一言つぶやいた。

「私はフクスケを産んだ」

そのときすでに電車は彼女の身体の50センチ手前まで来ていたので「産んだ」の「だ」まで言えたかどうか、ギリギリの所である。

母親の身体の三分の一はパンと跳ね飛ばされそこら一帯を彼女で散らかした。古いレールを裁断し、ペンキで黄色と黒の虎模様に塗り分けて作られた周囲の柵に、百科事典の「人体」の項でお馴染みの彼女の中のあれやこれやが、新たにサイケデリックな模様をつけ足した。

電車は彼女の身体の残り三分の二を車輪に巻き込みながら約150メートル引きずって停まり、引きずられた部分はといえば、なんというか、坂口安吾の書斎でフレッド・アステアがタップを踏み散らかしたような、甚だしくも描写不可能なことになっていた。運転席の国鉄職員は、硬直して座ったまま渾身の力をこめてゲロを車窓にぶちまけ、跳ね返ったおつりで自分の眼鏡まで真っ白に染め上げて失神した。同僚は呪いの言葉を吐きつつ雑巾をしぼり、ゲロの始末をした。

ショックから立ち直れなかったのだろう、まだ若かった運転士は国鉄が民営化されるちょっと前に依願退職し、デザインの専門学校で二年間勉強した後上京、意外な才能を発揮して立派な広告デザイナーになり、権威ある賞を何度か受賞したりもすることになる。仕事の関係でファッションモデルとも交際し、そして結婚してモデル似の美しい少年を一人もうけた。なんの因果だろう。この少年も十八のとき乗り回していた車でうっかり人を跳ね殺した。美少年は父親に負けじとフロントガラスに白いゲロを親の仇のごとくぶちまけた。少年は芸能界入りを約束されていたが事故のおかげで果たせず、父親のつてでＪＲに入社した。そして駅員として彼は毎夜ホームで酔っ払いのゲロを始末することになる。一瞬だけ物凄くうまいこといきかけたが、やはりゲロから逃れられない血だったのだろう。

「自分で吐いたゲロは自分で始末せよ」

ま、それはこの際どうでもいい話だ。

問題はここまでしるしても果たしてこれは事故なのか事件なのか、判別がつけがたいというところにある。

「きっかけがつかめない」

ただそれだけの理由で人は電車に飛び込むことができるものなのか。ほとんどできないと思うが、彼女はたまたまできた。

そういうことだ。

4

母親は死にフクスケは生きた。

生きたはいいが、頭がでかい。

なので、初め、長く生きる子ではないと口々に噂された。「……ちょっとこれは、どうかと思うよ」。声には出さねど赤子であるフクスケの頭と身体のバランスのファンタジックな割合を直視して、誰もが同情と好奇心の狭間でげんなりした。

しかし、フクスケは育った。

有能な乳母と医師を雇ったかいもあり、すくすくと順調にとは言わないまでも、軽い病気や食欲不振、深刻でないアトピーなど「ほどほどの心配の種」を蒔きつつ、フクスケは半ば人の顔色を窺うかのように、そろりそろりと成長し始めた。そこには「育って、いいですか」みたいな存在の謙虚さがあった。「あれはちょっとした勇み足」と、登場の際のインパクトを薄めて薄めてなかったことにしていくような。確かにあの頭でいきなりドーンと健やかに育たれても、どうにも座りが悪い。もちろん、自覚して、ではなかろうが、身のほどをわきまえた慎重な成長の仕方だった。

成長するうち周囲の人間は彼に、慣れた。慣れたし、実際確かに体が大きくなればなるほど彼の頭と身体のバランスは現実味を帯びていくように見えた。そして、最終的には「聞いてたほどでもないじゃない」と、会うものが肩透かしを食うほどまでに、フクスケの見た目にはまずまずまっとうな社会性というものが宿り始めたのだった。「頭が先に育ちすぎていただけだったんだね」。周囲の意見はそんなふうな結論に落ち着いた。そしてついに彼が中学を卒業する頃には、誰も彼の頭に興味を持たなくなったのである。

慣れの勝利。

周りのものが彼の頭に慣れ、彼の身体が社会の標準というものに慣れ、そして世界が彼を慣れで包んだ。フクスケの、父親譲りの没個性な一面が大きく加担していたのは言うまでもない。彼のその突飛な風貌でもって、それにも勝る母親の突飛な性格が全面に受け継がれていたとしたら、ここまで周りのものは彼を呑み込むことはできなかったであろう。

何事においても、彼は過不足のない少年時代を過ごした。黙り込みもせず騒ぎすぎもせず、運動能力に関してだけはその体格のバランス面において多少問題がなくはないが、そこそこの学業の成績と絵や音楽に対するセンスの良さが、それを十二分にカバーした。

彼はサラリーマンになることを夢見ていた。

生家の家業は有名なある商品の卸し問屋であったが（なんの卸し問屋であるかは本編にほとんど関わりがないのであえて記さない。思い思いの問屋を楽しく心に描いていただいて結構である）、フクスケは商売にも商品にもまるっきり興味を示さなかった。

ただひたすら彼は「背広を着て」「出勤する」ことに憧れた。

フクスケはいつも大きめなお守り袋を首に下げていた。
その中には母親が死ぬ前に描いたあの背広姿のフクスケ像が納められていた。

5

母親の死後、件《くだん》の特徴のない父親は独身を貫いた。ただし、貫く、という言葉の凜としたたたずまいが、この際的確かどうかは少し怪しい。母親は美しい女だったが父親が彼女のことを愛していたかどうかは誰にもわからないし、この物語にとってそれはさほど重要なことではない。かつまた、妻への貞操を守りぬくみたいな、ある意味おこがましい思い込みを父親が実践していたとも想像しにくいことだった。ただなんとなく、結果として貫いてしまったと考えるのが順当であろう。「なんとなく」という言葉の弱さと「貫く」という言葉の強さの距離に父親という人物の人となりがある。弱さにも強さにも傾かない。正しく無味な男だった。

しかし、乳母をはじめとし彼とフクスケの身の回りの世話をする女中だけはなぜか次々と変わった。

父親の無口が耐えられないとある女中は逃げた。商品を盗んで解雇される女もいた。父親の没個性という名のブラックホールが「特徴の激しい女」を引き寄せるのか。ある女はやってきた次の日テレビでデビューした。ある女は突然笑いが止まらなくなった。ある女はプイと家を出た。

給金が悪いわけでは決してないのにとにかく女中がいつかない家なのだった。

「当方女中求む。条件。なかなか辞めない人」

フクスケが中学校を卒業する頃、父親が塀に半ば自棄気味の貼り紙をしていると、突如として大きな影に覆われ視界が暗くなった。

背後に縦にも横にもでかい女が身体以上に大きな荷物を抱えて立っていた。

「これって……あの……あれですか。……私でもいいですか？」

それがフキコだった。

三十はとうに越えていると思われた。

後れ毛、サンダルからのぞく足の親指の絆創膏、お洒落なのかなんなのか手首に巻いたカラーの輪ゴム、小麦粉を塗りたくったような安いおしろい、そのおしろいを下から力強く押し上げる口髭、鼻の横の愛敬の限度を遥かに超えた大きさのほくろ、なぜかこめかみににじむ脂汗、丸太のように太い足首、ウエストをゴムで絞めた子犬柄のスカート。

どこをどう細かく切り取っても貧乏臭かった。貧乏臭さの金太郎飴だった。

「働くんですか？」。父親が聞いた。

「いいんですか？」。フキコが答えた。

その途端嘘のような大雨がどっと降りだし、フキコのおしろいとマスカラを洗い落とした。

そして、その日からフキコはフクスケの家に住み込むことになった。

下女繚乱

1

フキコは掛け値なしの不細工な女だったし、またフキコ自身もおのが不細工の前で抵抗すらせず素直に無条件降伏を呑んでいるふしがあった。彼女にはもててやろうなどという魂胆は初めて鏡を見たその日から微塵もなかったわけで、その点では悪あがきしない分むしろいさぎよいともいえた。なにしろそれはもう、前から見ても後ろから見ても横から見ても上から見ても、見事に隙がない醜女っぷりであり、後ろ姿を見るだけで正面のだめさ加減が演算できてしまうという「期待すらさせてくれない」女だったのである。

人が不細工な女に求めるのは性格の良さであり頭の良さであり能力の高さである。なんだか嫌なものを見せられた代わりに別のもので埋め合わせしてくれよと。で、フキコは家政婦としてなかなか頑張っているように見えたが、仕事の要領はすこぶる悪かった。ようするに一つ一つの作業に通常の人間の一・五倍くらいの労力を要するため、一日の仕事を一日以内に終わらせるには、結果的に他人の一・五倍頑張らざるをえないのである。その頑張る姿が不細工ゆえにまたうっとうしいという弊害を呼び起こす。まあ、不細工というものは哀しくも三六〇度どちらを向いてもうっとうしい。花を愛でても窓辺にたたずんでも小石を蹴ってもフルマラソンに出場しても、時にはそこにいなくてもいないなりに、うっとうしい。フクスケの父親には弟がいて、弟夫妻もその広い敷地に同居していたのだが、鈍重なフキコの所作は高血圧でエキセントリックな傾向にある弟の神経をことごとく逆撫でし、ものの三日で彼女はその引き出し豊富な悪罵の餌食となった。例えばもたもたふうふうフキコが土間で朝餉《あさげ》を作っているとしよう。弟はすかさず背後に忍び寄り罵倒するタイミングをうかがう。

「ほれ。なんでおまえはそうやって作るもの作るものに砂糖を入れて甘くするかな？　何？　おまえの国じゃ味つけって言葉は甘くするって意味なの？　これはおまえ、このほうれん草は、おかずじゃないよ、おかずの甘さじゃないよこれ、おやつ、おやつの領域に土足で踏み込んでる甘さだよこれは。え？　スーッて言うなスーッて。だから、歯をセセるなっつってるの、なんか言われるたんびに。声に出せ。言葉は声に出せ。音で主張するな。また、やっつけ仕事な歯並びだなおまえの歯は。なんだその歯は？　神様が目隠しして二人羽織で作ったのがおまえの歯か？　いいから、無理に隠さなくて。おいおい。包むな。上唇で歯を包むな。おまえ全体のおもしろさが増すから。そうやると今度は口髭が目立つんだからさ。笑うんじゃないよ。笑ってる暇があったら剃りなさいよ。口髭なんて十秒もあれば剃れるだろ。なんか意味あって伸ばしてるのか？　親の遺言か？　ったく、どっちか一つにしろよ。歯ぁガチャガチャか、口髭伸ばすか。欲張りだな本当におまえは。二兎を追って二兎を得てるじゃないかよ。だから笑うんじゃないっていうの。怒られながらも仕事しなさいっていうの。何？　洗うのか？　甘く煮たほうれん草洗うのか？　何それは。どこの宗教の儀式なの？　食うのか俺たちはそれを。いいから捨てろって。もったいない？　え？　白汚しにする？　なんだそれ？　え？　豆腐をくずして？　ほうれん草にまぶす？　いいよ、そんなことしなくて。顔で笑わせてんだから料理で笑わせてくれなくていいよ。ほらもう、こうしているうちにほうれん草と豆腐を無駄にしたろ？　何も生み出してないだろ今朝俺と出会ってから。ったく。義姉さんて人も何もできない人だったけど、あれはあれでいいんだよ、できなくて、綺麗だったんだから、何でもありですよ。そこんところの認識からやり直しましょうよ。バランスをとりなさいよ。おまえの愚鈍さはバランスくずしてんだよ、生態系の。ほれまた、傷ついてもないのに黙り込むんじゃないって。傷ついたふりして休憩してんじゃないよ。タフだね、ある意味。黙れば黙るほどうるさいんだから、おまえの顔は。沈黙で何かを語ろうとするんじゃないよ。俺に読ませるなよおまえの心のヒダを。そんなヒダめくりたくないんだから。心には給料払ってないんだからこっちは。おまえの心のヒダをめくるくらいなら、カレンダーめくるよ俺は。庭石めくって丸虫見つけるよ本当に」

そんなバラエティーにとんだ辛辣通り越して詩に近づいているような罵声を毎日堅い雹《ひょう》のごとく浴びながら、怒るでもなく泣くでもなく辞めるでもなくましてや何かに熟練するわけでもなく、フキコは黙々と目の前にある仕事をその丸い背中でのたのたとこなしていった。その鈍感さがまた弟のか細い神経に火をつけ、彼をより一層サディスティックにさせるのだった。

　しかし、悪罵の日々はそう長くは続かなかった。

　弟はフキコが家にきて半年で死んだのである。

　高血圧による脳溢血が原因だった。弟の妻は誰にも言わなかったが死因を聞いた瞬間「これは自殺だ」と思った。弟は医者に激昂することを禁じられていたのだ。結婚前、彼が「死ぬなら〝怒り〟で死にたい」と洩らしていたのも忘れていなかった。それが「自分にあった死に方だ」とも彼は言った。そう思っても妻に感慨はなかった。彼女は夫を憎んでいた。蔑んでさえもいた。そもそも人生そのものにくたびれ果てていて、何かを考えるのがおっくうでしょうがなかった。曇天の葬儀の日、妻は意味のない眼差しで夫の死体を見つめた。その隣でフキコは、もっと意味のない眼差しで葬儀に参列する人々を眺めていた。誰が見ても「何も考えてない」女がそこに二人いた。疲れてそして考えなくなった女と、なんだかとにかく考えない女が、曇り空の下、この後何食べるかなと時間を数えながら読経の眠たさをやり過ごしていた。

　さて、これでようやくフキコに平穏な日々が訪れたかというと大間違いである。

　弟の死の代わりにフキコに訪れたのは、彼の一人息子による飽くなき暴力だった。

2

弟夫婦は数年来息子の家庭内暴力に悩んでいた。

その暴力の多くは父のほうに向けられていたものだった。一年三百六十五日、弟が息子に殴られない日はなかった。

単純なエネルギーの流れである。息子は世界の何かへの鬱憤を父親で晴らした。父親はその鬱憤をフキコで晴らした。父親が死んだ。はけ口のなくなった息子の暴力は横滑りしてフキコにシフトチェンジした。

一人息子は突然フキコにランドセルを背負わせ（彼は小学六年生である）その背中に跳び蹴りをくらわす。

一人息子はタコ糸でフキコの足の親指を縛り鬱血させる。

一人息子は熱い湯にフキコを浸ける。

一人息子はフキコをとにかく針で刺す。

一人息子はフキコに早口言葉を言わせて失敗すると定規で殴る。

一人息子はフキコに「十年後に殺していい」と誓約書を書かせる。

一人息子はフキコにオナニーを強要する。

一人息子は貯金と称してフキコの性器に百円玉を挿入する。

一人息子はフキコに健康管理と称し毎日大便日記（排便の時間、形、色、臭い等の事細かな記載）をつけさせる。

一人息子はフキコにフェラチオを強要する。

まあ、弟が死んだことでようするにフキコはうっとうしい家政婦から一人息子の奴隷の立場に成り下がり、と同時に一人息子はフェラチオ奴隷つきの暴君に成り上がったのである。弟はかつて俺が死んだら世の中大変なことになると酔っ払ってほざいたが、実際変化が起きたのは先の二つの「人事異動」だけで、哀しくもその他はなんにもこれっぱかしも変わることはなかった。

にしてもフキコの毎日はとかくハードなものになった。それはある意味彼女の人生の中でも突出して充実した日々ともいえた。

朝五時半に起床。庭と店を掃除し、弟の妻と共に朝食を作る。

六時十五分に一人息子を起こし、朝の気合いと称するビンタを左右十回ずつ受ける。その際、一人息子が朝立ちしていればビンタの代わりに気合いのフェラチオとなる。

朝食後、通学前の気合いと称するビンタを左右一回ずつ一人息子に受けて後、洗濯。洗濯しながら昼食の支度。

昼食後、夕食の買い物をして、休む間もなく一人息子が帰宅する前に大便日記を一時間かけてふうふうと執筆。

午後四時。帰宅した一人息子の部屋で大便日記を朗読。声が小さいと尻をバットで打たれる。つっかえると尻をバットで打たれる。内容がお粗末だと尻をバットで打たれる。大便が出てないと尻をバットで打たれる。よくできた文章だとご褒美に尻をバットで打たれる。とにかくバットで打たれる。

午後四時半。夕飯の支度。

午後五時半。いったん一人息子の部屋に出向いて晩飯前の気合いと称するビンタを左右十回ずつ受ける。

午後六時。夕飯。

夕飯後、食器を洗ってから、家族がテレビを観ている間に今日の反省文を執筆。

午後八時。一人息子の部屋で反省文の朗読。おおむね反省が足りないと腹を蹴られる。その後、フェラチオか、オナニー。気分によっては貯金。

午後十時。一人息子が飲むためのコーラを買ってきてから、熱湯風呂、もしくは水風呂に入れられる。理由は、汚いから。

午後十一時から午前零時まではフリータイム。ようするに一人息子の気分のまま、自由に殴っていい時間。

午前零時。一人息子が寝入るまで横で正座。彼が眠る前にフキコがうとうとしたら、もちろんビンタ、そして蹴り。

これがフキコの主な一日だった。とにかくスローモーな彼女にとってこのスケジュールはつらいとかバカバカしいとか思う以前に、ただただ忙しかった。

　さて、読者の皆さんの中には「足枷つけられてるわけでもないのに、なんでこの虐待の日々から逃げ出さないんだこのバカ女」とか「結局マゾなんでしょ？」とか、そういうふうに思われる方もおられよう。だが、彼女は少なくともマゾではない。鈍いなりに痛いときは痛いなと思うし、なぜかどうしても口元が半笑いになってしまうのだが「やめてくださいよお」と十回に一回くらいは抵抗を試みる。じゃあ、どうしてこの家から逃げないか。彼女はある理由で働かなければならない身だったが、それなら無理にこの家でなくてもよかったわけで。

　答えは一つ。

　逃げ出すという選択を思いつく暇がなかったからである。

　何しろ朝が早くて夜が遅い。普通人が「なんで私はこんな目にあうのだろう」と思い悩まねばならない時間帯にはすでにお眠むという頃合いになり、気がつけば次の朝で、たちまちその日のスケジュールをこなさなければならない。その繰り返しであって、もっと言えば「この余計なことを考えなくていい日々」というものは、まさにこの女の習性にドンピシャリとはまったのであった。そう、実は彼女自身が考える自分に最も適した居場所は軍隊だった。あの何から何まで上官の命令に従っていればいい日々。右と言われりゃ右向いて「自分」などというわずらわしいものを放棄し続けることが美徳とされる実に便利なシステム。フキコは「できない」学生時代、ほのかに軍隊に憧れていた。そして、気づいてこそいなかったが、「不細工」という抽象的なものへの服従から一人息子という具体的な人格への服従に立場が移行した瞬間から、あの憧れの日々が実は密かに実現されていたのである。重ねていうがマゾだったわけではない。服従して生きるほうが楽。ただ、その一言につきた。

驚くべきことにこの一連の虐待を一人息子は家族の誰にも気づかれずに遂行していた。彼がそこそこ高いＩＱの持ち主だったおかげもある。が、家族の誰一人たりともフキコに興味がなかったという事実が、一人息子の小さな君臨の大きな勝因だった。ともあれ世界の誰も知らない「小さな小さな、何と戦う予定もない軍隊」がフクスケの家の片隅の夜の底深く、ヒンヤリと孤独に、その頃あった。

しかし、もっと誰にも知られていない驚愕すべき、そして生意気な秘密をフキコは隠し持っていた。

男がいたのである。しかも彼は美しかったのである。

当時フクスケの町には「コーラ売り」というのが夜、自転車で路地を流していて、毎日フキコが一人息子のためのコーラをその美しいコーラ売りの所に買いにいくうち、二人はネンゴロになってしまったのである。

一人息子には「服従」だったが、男に関して彼女は「絶対服従」となった。フキコの中の宇宙では男が恒星で一人息子が惑星だった。その二つの星の下で、彼女は清々しいほど自分を捨て去ることができたわけである。

しかし、コーラ売りの男は全方向性不細工のフキコとネンゴロになるほどであるから、当然一筋縄ではいかない人間だった。

その件に関してはおいおい書かねばならない。それがフクスケが十五歳で家を出なければならないという窮地に追い込まれた原因なのであった。

3

特別ガリ勉したわけでもない。しかし、中学を卒業する頃、フクスケの学業の成績はなかなかなものになっていて、名家である彼の親類縁者は「容姿はともかく、久々にうちの血からなんとかなりそうな人間が出てきた」と色めき立った。早くに家を出、市議を務める長兄はともかく、生家に留まり安穏と家業を継ぎ栄えさせるでもすたれさせるでもないフクスケの父やその弟は、ある意味凡作であると無言のうちに一族の間では値踏みされていて、早くも次の世代への期待が高まっていたのだ。

ここに来て、実の我が子に関して思考停止を決め込んでいた亡き弟の妻がフクスケに多大なる関心を寄せ始めた。

フクスケを有名校に入れることが、もはやこの家で彼女の存在を意味づける唯一の証であるように思われたのである。彼女はフクスケの一挙手一投足に干渉し家庭教師をつけ塾に通わせ地元の有名校である「松築高校」に合格させようと目を釣り上げていた。その執着ぶりは主演女優に入れ込む映画監督にも似てある種性的な匂いまで漂わせるほどだった。

実際、本来執着すべき一人息子はIQは高いくせにやんぬるかな成績が悪かった。フキコをいたぶることで彼は日々、もう、いっぱいいっぱいだったのだ。授業中はフキコが書いた作文に赤を入れ添削指導せねばならなかったし、休み時間には今日はどういうメニューで彼女をいたぶろうか、机に突っ伏して献立を組み立てる作業に追われていた。「フキコにぼんやりする時間を与えてはよくない」。そんな強迫観念が無意識に学校での彼を急き立て、とても勉強や友達づき合いどころの騒ぎではなかったのである。いつのまにか暗黙の内に築かれた戦わないがゆえに無敵の軍隊。その維持こそが彼に与えられた至上の任務だった。

それと引き替えに、彼はクラスから完全に孤立した。何かに夢中になっている男の人は素敵、とよく人は言うが、こんなことに夢中になっている人間が素敵なはずがない。が、孤立しても彼は平気だった。

フキコと自分との間にある完璧な世界。父親を殴っていた頃とは比べものにならない充足感が彼の日々を満たしていたからである。人間ちょっと油断すると何で充足されてしまうかわからない。実際ある種の強迫的人間は一日中ドアノブをガチャガチャやることで充足されてしまう。くだらないが、とりあえずフキコをなぶっている瞬間こそが一人息子にとって唯一無二の時間であることには変わりなかった。哀れにも彼を遥かに上回る絶対的権限を持った「上官」が存在することを、彼は知らなかった。フキコは男が「死ね」といったら「ああ、死ぬしかないかなあ」と本気で思っただろう。

一方、息子の成績が下がっても弟の妻にはどうということもなかった。

極力息子の姿を視界からはずす。それが、我が子に自分の伴侶を殴られているという悲劇的な状況に対して平静でいるために妻が身につけた一つの技だった。だから、息子とフキコがミニマルな軍隊を我が家で作っていても、そんなものは到底彼女の視界に入るものではなかったわけである。

「お参りにいきましょう」

ある日、突然妻、つまりフクスケの叔母は盛装してフクスケを神社に連れ出した。

「あの家にはとりあえずよくないアレが憑いているから」

よくないアレとは、フクスケの母、というより母の自殺をめぐる「まがまがしさ」のことを言っているらしくて、彼女は母の自殺によって家に「よくないアレ」が憑き、そのことが自分を取り巻く様々な、息子の暴力や成績の降下、夫の間接的自殺、などの不幸を巻きおこしていると、半ば本気で思っていた。

「あんた、ちゃんとこのまま勉強してれば『松築』に受かるらしいけどね、念には念を入れなきゃ。一生のことなんだから」

そんなことより、フクスケは叔母と一緒にお洒落をして歩くのが嬉しかった。彼女はフクスケの母親には及ばぬもののなかなかな美人だったのである。何よりその日はお祭りだった。二人は学問の神様を祀ってあるということで有名な三キロほど家から離れた神社にいそいそと向かった。

神社の周辺には様々な露店が並び大道芸人がしのぎを削り敷地の端のほうには見せ物小屋まで建っていた。叔母は焼きトウモロコシの匂いや香具師《やし》の口上に目をうばわれノロノロとそぞろ歩きたいフクスケの手をひっぱりずんずんと境内のど真ん中を突っ切って祭壇へと向かい、立ち止まるなりいつ取り出したのか電車の切符を買うとき実にスマートな人がいるように素晴らしい段取りで一呼吸もおかずに百円玉を賽銭箱に投げ込んで鈴を鳴らし柏手を打った。

「ほら、あんたも。松築松築松築って」

せかされもたもたと財布を取りだしたのはいいものの彼は躊躇した。財布の中には一万円札しか入ってなかったのである。

遠くの幼稚園のメガホンから五時を告げるなぜだかとても人を陰気な気持ちにさせる楽曲が聞こえ始めたので境内は慌てて気がついたように黄昏《たそがれ》色に染まり雨が近いのか分厚い雲が東の空に現れもして、そんな空の重さに後頭部をグリグリとこづかれるようにフクスケは首をたれ財布の一万円を見つめたまま弱くつぶやいた。

「弱った」

隣の叔母に五十円玉でも借りたいところだが彼女はすでに目をつぶり眉間に皺寄せぶつぶつと暗い声で「松築」の名を連呼し、欲望への狂暴な集中力を発しているのであって、到底これは声がかけられない。フクスケはぼんやりと賽銭箱を見つめる。賽銭箱は古いお金から出る独特の悪臭をその暗い穴の底からワラワラと放ちながら無表情にフクスケを見つめ返す。

「一万円……」

地元の名士であるフクスケの家は当然裕福であり、一万円という数字がそこらを往くマンガ柄のTシャツを着た中学生たちと同じ重みを持つわけではなく、「ポロシャツ一日だけ貸して」みたいなありふれた軽いお願いの一つとして「一万円頂戴」が口をつくのも「まあ、あり」とされて育ってきたフクスケでもあるが、戸惑いはあるにはある。そもそも神頼みなどといった大げさな事態にならずとも現在の偏差値を見れば自分が「松築」に落ちるということはありえないという大前提もあったし「偏差値をクリアしている上に、一万円、賽銭箱に放りこんでまでも人を押し退け有名校に入るべき自分なりや？」という素直でない美徳も中学生なりにあった。なにしろ一万円というのは一億円持っている人にさえ「大きいお金」と呼ばれる不思議な魅力を持つお金である。賽銭として「これ以上ない」というサイズのお金である。下手すれば「一生幸せでありますように」などといった壮大な願いも「話し合いによってはなくはない」といった金額なのである。願いがかなわぬときには草笛くわえて川辺で黄昏てよい金額である。で、これ以上ないサイズの賽銭を放りこんだからには、これ以上ないサイズの願い事をするのが筋なのだけれど、どう歩み寄って考えてもフクスケの現在の願望は「松築合格」などというものではなかったのである。というか、生来、彼は欲というものにあまり頓着がない子供ではあった。だけど頓着に憧れはある。隣で一心不乱になっている叔母がうっとうしくもあるが肉でできた人として生まれた以上あんな風な身も蓋もない状態も経験したい。それに不思議とこれはどうしてか。ここでこの一万円がその賽銭箱の中に納まることは、もう、ずっと昔から、いや、初めから決まっていたことのような、そんな気がしてならないフクスケでもあった。母親が電車に飛び込んだときのように「なぜかなすすべもなく決まっていること」は人生の中にいくつかあって、そういうことには抗わないほうがよいということを、彼は薄々知っていた。「ならば何か別の願望を」フクスケはその大きな頭を今まで向けたことのない方向へとひねった。

「ボクは何がほしいのか」

「ボクはどうなりたいのか」

何も浮かばなかった。

♪タアアラリラライイララアア……

まず耳が逃避する。

香具師たちの名調子にBGMを乗せるがごとく遠くからフェイドインして来るチンドン屋の調べ。あれは、あの曲はなんというタイトルだったろう。拝殿から後ろを振り返ると広くにぎやかな境内の向こうの通りを、独特なスウィングをしながら歩くその行列は、今まさによろめきつつそこを横切ろうとしていた。「絶対これ何度か聞いた曲なんだけど」。通り過ぎるまでに思い出したい。いつしか彼は身体丸ごと逃避して、そのチンドン屋のクラリネットが繰り返し奏でるフレーズを鼻で歌っていた。

♪タアアラリラライイララアア……

「何をしているの？」

気がつくと叔母が鋭い目でフクスケをにらんでいた。

「何呑気なことになってんのあなた。お賽銭あげたの？」

「あ、今」

「早くしなさい。こっちも必死なんだから」

言うなり叔母はどさくさに紛れて一回の賽銭でもう一度柏手を打ち祈り始めた。「五十円貸して」の絶好のチャンスが消えた。

雲の向こうからドロドロと雷のくすぶりが聞こえる。全世界が「ケチケチすんな。早く一万円入れろよお」とフクスケをあおっているような、不平不満に満ちた音色だった。

フクスケは観念して誰にともなくこう思いながら財布の中の一万円を賽銭箱に投げた。

「コノオ金ガ箱ノ中ニスベリコムマデニ何カ思イツケバ、ソレガ私ノ願イデス」

一万円札はその小振りな手の平から離れるとゆっくりヒラヒラと宙を舞った。フクスケの目にはそれはとてもスローモーで美しい動きに見えた。彼の頭が今高速回転している証拠であった。何カ願イゴトヲ。一万円を目で追いながら彼は集中した。

4

「うどん食いたい」

まず頭に浮かんだのがそれだったがあまりにもしょうもなさ過ぎるのですぐに打ち消した。別に本当にうどんが食いたかったというわけでもなく、ただ単に何かの弾みでポッと心に浮かんだしゃっくりのような言葉だった。だいたい何で一万円も出してうどんなど食べねばならないのだ。

で、次に頭に浮かんだのがこれだった。

「うどん食べねばならないのだ」

考えまいとする反動で余計強く考えてしまった。軽いパニックが起きているに違いない。慌てて打ち消し別のことを考えようと頭にギュッと力を入れた。このままではまずい。

「まずいうどん食いたい」

ますます困ったことになっていた。「まずい」という気持ちと「うどん食いたい」が合体して碌でもない願いになってしまっている。どこの世界に神に願ってまでまずいうどんを食いたいものがいるか。違う違う。こんなんじゃいけない。

「いけないうどん食いたい」

なんなのだろう、いけないうどんって。などと考えている場合ではない。一万円はすでに賽銭箱の桟に落ち風のせいか一度バウンドして穴に向かってすべりこもうとしている。フクスケは脳の中の使ってない部分までフル動員して願いを考えた。

「やばいうどん食いたい」

パス。

「どんどんうどん食いたい」

だめ。

どうしてこうも次から次へと意味不明なしかもチマチマした願いばかりが頭に浮かぶ

のか。確かにとても面倒なことが物凄いスピードで起きているのは明らかだった。明らかでそして腹立たしくもあった。なぜ、存在するかしないかも明らかでないものへの願いでボクはここまで一喜一憂せねばならないのか。

もう、どうでもいいや。

心をよぎる馬鹿な願いをチェックしてチェンジして全て却下した果てに彼は空っぽになり、その空っぽな空間にポッカリ浮かんだのが、こんな言葉だった。


「在るのか。無いのか」


その瞬間、スルスルと一万円札は艶かしい生き物のように賽銭箱の中にすべりこんでいった。気のせいかどうなのか紙幣が箱の底に着地した際の「カサッ」という音を聞いた。同時に空気の色が少し変わったように思えた。横目で見た叔母が小さく叫んだ。「あんた一万円も！」。彼女は感激していた。「そうそう。その根性。心意気。それが大事。ささ、これ持って」。叔母は拝殿の鈴から垂れた綱をグイと力任せに引っ張ってフクスケに渡した。

「鳴らしなさい。一万円分鳴らしなさい！」

言われるまま半ばやけくそ気味に綱を振り鈴を揺らすと「ガラアン、ガラアン」と予想を遥かに上回る大きな音が天に届けとばかりに響き渡った。

「いけね。これ、一万円分超えてるよ」。境内をそぞろ歩く人々、カラス、猫、虫、菌、果ては入り口の狛犬までもが一斉に拝殿をグッと振り返った。振り返ってその姿勢のままなぜか彼らはピクリとも動かなくなった。

そして、無音。静寂。

いや、正確にはチンドン屋のクラリネットの音だけがかすかに聞こえたが、それ以外の全ての音が何かダムのようなもので堰き止められてフクスケに届かなくなっているように思われた。

♪タアアラリラリイイラアア……

あれはなんて曲だっけ。

何かおかしなことが起ころうとしていたが、それがなんだかわからなかった。

ただ、古くなっていたのだろう、力まかせに振ったせいで綱は天井のつなぎ目のところで千切れ、直径30センチはある大鈴がゆっくりとフクスケの頭めがけて落ちてきていることだけは確かだった。

「ガン」

フクスケを直撃しその額を割って鈴は再び宙を舞い、次に拝殿の階段に打ち当たり真っすぐ跳ねて、バウンドしてバウンドして、なぜか一度も障害物に当たらずに境内の入り口を出たところまで転がっていってチンドン屋の先頭で幟《のぼり》を持っていた白塗りでピエロの扮装をしている男の足を止めた。フクスケの頭から噴き上がる鮮やかな血飛沫がわずかに鈴の後を追った。

そうだ。あの曲がなんだったか思い出した。

『天然の美』だ。

フクスケはコマ落としの映像のようにカクカクと身体を揺すって拝殿の床に膝を着いた。その反動で後ろに大きく下がった手が跳ね返って二度、偶然にも柏手を打った。

ポン。ポン。

それに許しを得たように、全ての音が、祭りの人々のざわめきが、動物たちの鳴き声が、通りを行く車の走行音が、木々が風に擦れ合う音が、身体の内外を流れる血液の音が、どっと、フクスケに戻ってきた。

「お母さん、風船買ってよ」

「親の因果が子に報い」

「じゃ、イカ二本」

「これにとりいだしましたるはガマの膏《あぶら》にござい」

「おい、なんか変なものおっこってないか？」

「安いよ。安いよ」

「二つで充分ですよ」

「わかってくださいよ」

「ニャア」

「カア」

……エトセトラ。

そんな声を聞きたいわけじゃない。

薄れ行く意識の中でフクスケはつぶやいた。彼は今賽銭箱を背に尻餅をつきながらグッタリともたれ、足を大きく伸ばして、薄目で水平に境内を眺めていた。確かに気は確かでなくなりつつあるが、視界は妙にクッキリしている。

その視界の一番遠くからピエロの扮装をしたチンドン屋が鈴を脇に抱え大股で真っすぐに歩いてくるのが見える。白塗りの顔に大きく赤く笑っているように口紅を塗って、目の下には涙が描き込んであった。だぼっとしたつなぎの服には赤と白の斜めの格子柄。靴は大きく黒く、尖っていた。

ピエロは拝殿の階段をピョンピョンと上りなぜか律儀にフクスケに鈴を手渡すと、誰にも聞こえないように耳元でささやいた。

「了解」

いや、違うことを言ったのかも知れない。

だが、フクスケにはそうとしか聞き取れなかった。どの道、彼はその後すぐに気を失い、その言葉を忘れてしまうのであるが。

ピエロは来たときと同じように真っすぐに大股でチンドン屋の列に混ざっていった。

全てが正常の状態に戻ろうとしたとき、叔母もやっと正気を取り戻し、残り三十五年ある生涯でこれが最後にして最大となる金切り声を振り絞った。その声が雲を切り裂いたように、突然の大雨がドウドウと神社一帯に降り注いだ。

雨は雷を伴い深夜まで降り続けた。

フクスケはすぐに気を失ったが、依然耳の中にはあの『天然の美』が鳴り続けていた。

5

その日、「なんにもお願いしない最大サイズのお賽銭」というものが、誰にも知られず静かに静かに、その神社の賽銭箱の歴史の中に初めてカウントされた。

6

夜。気がつくとフクスケは自宅の二階の自分のベッドの上で頭に氷嚢をされながら横になっていた。部屋にはフクスケの「普通趣味」を反映した「当たり前なもの」の数々がいつものように当たり前に配置され、物事が当たり前な様子に戻っていることを暗示させた。いとこである叔父の一人息子の部屋に貼ってあるような悪魔やゲシュタポの格好をして顎が痛くなるほど大口を開けたロックスターのポスターだのドラキュラの手がコインをまさぐる貯金箱だの、そういった「個性的」なものをフクスケは好まなかった。当たり前な机、当たり前な壁紙、当たり前な文具、当たり前なアイドルのポスター。当たり前なものに囲まれていることが彼には心地よかった。

ただ当たり前でないことが彼の部屋で一つだけ起こっていた。

傍らにフキコが座っていることだった。

フクスケと目が合うとフキコは「目が覚めたんですね」とどうでもいいようなことを言って曖昧に笑った。「頭、どうですか」。フクスケが額に触るとそこには大きな湿布が貼ってあった。

「あ、もう、痛くない」

「そうですか」

「うん」

「じゃあ」

「何？」

「治ったのかしら」

「……」

すぐに気まずい沈黙が訪れた。なんのメリットがあってこの人と気まずくならねばならないのだ。気まずず損だ。フクスケは少し腹立たしかった。

「私、今日一日ついてろと言われました」

「ああ。ありがとう。でも。多分もういいから」

「奥様の、あれですから」

「うん、あの、でも」

「痛かったですか？」

「え？」

「鈴」

「あ。うん」

「大きいですからね。神社の鈴は」

「フキコさん。あの本当いいからボク」

「神社の鈴は」

「何？」

「なんでできてるんですかねえ」

「ええと。やめない？　無理して喋るの」

「じゃあテレビ点けていいですか」

フクスケに有無を言わさずフキコはよつんばいでテレビの所まで歩きスイッチを入れた。

なんだ、テレビが観たかったのか。

揺れる尻のでかさが偶蹄類の鈍重な動物の後ろ姿を想わせ、どうにもやるせなかったが、なぜだかフクスケは少しホッとした。

別にテレビならいくらでも観てくださいよ。それよりあのピエロ。彼が何を耳元でささやいていたのか。それを思い出したかった。

「大きいぼっちゃんは優しいから」

フキコはテレビを観ながらポツリとつぶやいた。フキコはフクスケを大きいぼっちゃん、叔父の一人息子を小さいぼっちゃんと呼んだ。

「大きいぼっちゃんは、人に分け隔てないもの。大きい旦那様に似て」

フクスケも自分の性格は父譲りだと自覚していた。自覚しているだけにわかっていた。あれは分け隔てなく優しいのではない。人に厳しくすることに興味がないのだ。

「大きいぼっちゃんは、いいですよ、本当。やっぱりあれよ。ほら、顔があれだから。ね。そういう人ほど、人の痛みがわかるんですよ」

フキコが彼を自分のフィールドに呼び寄せようとしているのを見て取って、ちょっと違うんじゃないかなとフクスケは思ったが、まあ、そういう風に思わせておいても特にまずいことにもならないので曖昧にうなずいた。

「わたしね、大きいぼっちゃん」

テレビでは安物のテレビ俳優によって安物の恋愛ドラマが安物の歌謡曲に乗せて演じられていた。

「わたし、処女じゃないんですよ」

フクスケは安物のコメディアンのように目を丸くして身をよじった。

「ええ、わたし、処女じゃないんです」

自分を納得させるように何度もフキコはうなずいて見せた。

夜はまだ始まったばかりだった。

「早かったんですよ、失うの。意外とねー」

フキコは未だテレビの画面から目を離してはいなかったが、後ろから見てもわかる彼女の頬肉のギュイーッとした盛り上がりから、口元には隠微な笑いを浮かべているだろうことが十二分に見てとれる。おそらくそれは「直に」見るにはあまりに危険な笑顔だった。

しかし、なんだ？　だからなんなんだ？　というのがある。フクスケは相手に気づかれないように心臓の鼓動を右手で確認してみる。窓を叩く雨音のリズムに追いつき裏打ちせんばかりの速さ。慌てて『天然の美』のダウナーなメロディーを頭に呼び起こし、努めてクールダウンを試みる。

「……ねえ。いくつだったと思いますぅ？」

フキコは今度は首だけ振り返り、そんなことを言いつつ、ベッド上のフクスケの目を下方斜めから幼女の性器のごとく飾りっけのない奥一重の視線でネメネメとねめ上げた。クールダウン撃破。

「……助けてー！」

そう叫びだすギリギリのラインで、フクスケはパジャマの裾をつかみ、堪え、やっとのことで誤魔化した。「いや……いくつとか、そういうのは……ね」。とっても知りたくなかったのである。それを知らないと堤防が決壊し町が川に沈むとしても、もう、まんべんなく、ことほどさように、知りたくなかったのである。

「照れてんですかあ？　照れないでくださいよお」

何をどうしたいと言うのだ、この女は。

よくわからないが「勝ち」にきている。今まで見たこともないような勝負師の「押し」が、その夜のフキコにはあった。にしても、いったい何に勝とうとしているのか。これで「勝ちきられた」日にはいったい何が起こるのか、想像だにできないのであって、「あの……」、思い切ってフクスケは切り出してみる。

「テレビ、観ない？　観ようよ。せっかく点けたんだから」

その瞬間である。

ほんの刹那、雨音が大きくなり、そして、一気に、やんだ。フクスケは天気に向かって思わず「えっ？」と聞き返す。

一方、フキコはスイッチが切れたように真顔になり、ついに体ごと振り返った。「テレビ？」。鼻で笑って例の奥二重の目線を動揺しているベッド上の少年にロック・オンした。

「なめんなよ、大人を」。唇をほとんど動かさずにささやいた。

ブスノ、中身ガ出タ。

フクスケは自分の唾を呑み込む音を聞かれまいと硬直する。

雨はやんだはずなのに点けっぱなしのテレビの中はどしゃぶりであった。人工的な雨の中、頭から血を流している女が何かありきたりなセリフを絶叫していたが「開き直って中身を出したブス」を目のあたりにして恐怖の真っ只中にいるフクスケにはこんなふうにしか聞こえない。「ものほんでれしてよ！　そんなにしっけぼれるのなら。わたしを、ものほんでれしてよ！」。同じように頭から血を流している男が女を抱いてやはり叫んでいる。「すっけれ、でへるから！　ボクがきっと、ずっとずっと、キミをすっけれでへるから！」。テレビの俳優たちは、そんなふうに聞かれても「まったく問題ございません」といった風情でもってフクスケとフキコの狭間でサクサクと自分の仕事をこなしてゆくのだった。

7

フキコは魔法にかかったようにフリーズするフクスケを確認しておいて、「なーんって、冗談ぷりっ」と、笑った。

その笑顔がまた困ったことに、ことのほかかわいくないのである。それはもう「笑顔」というより「事件」として処理してしまいたいかわいくなさなのである。もちろん「民事」でなく「刑事」事件なのである。そのあまりのかわいくなさにお許しを得たのだろうか。外の雨音がおずおずと再開。ここ、この女、天気、自由にできるのか？　フクスケの背中を汗がツウと伝う。汗をかいているにもかかわらず、とてもとても、寒かった。「冗談ぷりっ」て、ちょっと待って、整理させてくれよ。いったん解散しようよ。わけがわからないよ。

「♪テレビ……。テレビね」。フキコはほとんど独り言のようにまったく感情のない声でつぶやく。

なんだ。テレビがなんだ。今度はどう来るんか。フクスケは表情を堅くして身構える。

「♪テーレビ。テレビテーレビ。テーレビ。テレビテーレビ」

嗚呼。歌い始めた。

「♪テーレビ。テレビテーレビ。テーレビ。テレビテーレビ」

聞き覚えのあるそのメロディーは、ある製薬会社のつまらないＣＭソングだった。

「♪テレビ。テーレービーーー」

フキコは最後まで歌い切り、フクスケは半泣きになりながらも拍手するしかないのであった。

「♪テーレビ。テレビテーレビ」

二番が始まってしまった。

仕方なくフクスケは手拍子を打った。

「♪テーレビ。テレビテーレビ」

チャッチャッ。

「♪テーレビ。テレビテーレビ」

チャッチャッ。ボクは何をやってるんだろうか。

「♪テレビ。テーレービーーー」

監禁。というのはきっと、こういうことなのだ。フクスケの頭にそういった揺るぎない確信が宿り、宿りつつ、やっぱり拍手するしかないのだった。

「あたし、テレビ好きなんですよね」

歌い終わり、到底普通の人間には想像もつかない何かに決着をつけて満足したフキコは、再びブラウン管のほうに向き直り、拍子抜けするほど普通のトーンでつぶやいた。

やった。とりあえず「処女喪失話を聞かせたがる不細工」の波は去り、ようやく「ただの不細工」に戻ってくれた。「長時間食べていられる軽いタッチの袋菓子が大好きであろう不細工」に戻ってくれた。とホッとしたのも束の間のこと。すぐに振り返ったフキコは、神をも恐れぬ話を切り出したのである。

「あたしさあ……。あたしっていう人はさあ」

「……」

「テレビ女優になりたかったんですよね」

「……あ……う」

「あたし」の後の唐突な「さあ」もさることながら「あたしっていう人はさあ」もすこぶるさることながら「テ・レ・ビ・女・優・になりたかった」って。その物凄く思わぬ方角から来た重いジャブのような発言に、というかアジテーションに、フクスケは本当に「あ」と「う」しか発語できなかったのであった。

「うん。テレビ女優になりたかったですよ……」

今までどこに隠してたんだというような遠い目をしてフキコは語りに入る。しかし、これほど「殴りたくなる」遠い目が他にあるだろうか。殴られてしまう遠い目に、なんの「遠さ」の価値があろうか。遠い目の価格破壊。二〇〇〇円スーツのような遠い目というものが、そこには確実にあった。

「……なんなんですかね、そういうのって。あたしね、高校出たら、なんかいいこと待ってる、絶対待ってるって思ってたんですよね。バーカ、高校なんてバーカ、やっとつまんないのが終わったって。でもね、なーんにもないことに気づいたんですよね。だって高校がバカなんじゃなくて自分がバカなんですから。高校は卒業できても、バカは卒業はないですから。で、むしろ、これから一生もう、終わらないつまんなさが始まっちゃったって結論にね、達しちゃった、達してしまったんですよ。それで、『アーッ』てなった。とりあえず。だからせめて好きなことしようって思ったんですよ。すいません言ってることまともで。まともなこと言ってすいませんですこんな顔して。でね、自分何好きかなって考えたら、笑ってしまうことに、いきなりなんもない。あいた、あたしなんもないなって思って、また『アーッ』てなって、あ、でも、自分テレビ観るの好きだ、家にいるときズーッとズーッとズーッとテレビ観てたそういえば、ってやっと思い出したんですね。こっからね、バカなことなんですけど、そんなとき、新聞の、チラシにですね、あのあれ、テレビ俳優養成所っていうのがあったんです。あるでしょ？　そいだ、あ、そいだだって、……そいでえ、それの広告に載ってた女がまたブスだったんですよ。ああ。でも出てるな。ブスもテレビ出てるわそういえば。眼鏡かけて長ズボン穿いてほっぺた赤くして。出ていいんだ、ブスもテレビに、って、ポンポンポンと珍しくあたしの中で話がはずんだんです。テレビ観るのと出るの、全然違うのに。なんか体がホカホカッてなったんです。学校の連中、なんて言うかってのも考えるとまたおもしろかったんですよね。『げ。フキコが出とる』。凄いおもしろいですよ。そういうの想像するの。自分の葬式もおもしろいですよね。『げ。フキコが死んどる』。おもしろいですよ、そういうの考えるのって。あたし、それでもう、体がホカホカーッてなって、親に嘘ついてだまって願書書いて、東京に行ったんです。わたしがね、東京行くって言ったらもう、えらい話ですから。犬が宇宙に行くみたいなもんですから。犬って、ちょっとかわいすぎましたね、すいません。いや、兄貴がね、バカ兄貴がもうすでに東京にいたんですよ、それを頼って。その兄貴が、本当にバカなんですよ冗談でなく。凄いこんな銀ぶちの眼鏡かけて髪横わけで、でも、偏差値低かったんですよ。意味わからないですよね。銀ぶちの眼鏡かけて髪横わけで、頭悪かったら。なんのための銀ぶち横わけか、聞きませんけど聞いてみたかったですよ。その兄がね、東京で新聞配達をしていたんです。朝夕。住み込みのあれで。何かやりたくてそのためにそうしてるのか、新聞配るのが好きでそうしてるのか、聞きもしませんけどね。コミュニケーションのない家庭でしたから。いや、ま、バカだったからでしょうね。いられませんよ、銀ぶちの眼鏡かけて髪横わけで頭悪かったら田舎に。体裁が悪いですもん。田舎でバカは、坊主ですから普通。まあ、それはいいんですけど、あたしはね、東京出て兄貴の寮の部屋に荷物置いてそのテレビ俳優養成所にね、行ったですよ、来た足で。凄い、もう、びっくりするような立派なビルでした。もう、俳優養成するより井筒屋にしたほうが儲かるんじゃないのって感じで。井筒屋って、あの、デパートね。でも、中入って面接室っていうとこ行ったら、困ったことになってるんですよ。来てる俳優希望の人たちがみんなあたしみたいなんで。垢抜けてないんですよね。これが東京か？　みたいな。私の知る東京じゃないー、みたいな。実力出してないだろう、東京、みたいな。みーんな、トレーナーにウエストポーチなんですよね。ケミカルウォッシュのGパンを穿いているのですよね。まるであたしみたいな東京なんですよね、そこは。生徒たちだけならまだよかったですよ。教える先生たちもウエストポーチにケミカルウォッシュですよ。ニコルを着てないんですよ東京なのに。コムサデモードじゃないんですよ。これはなんなんだろうと思いましたけど。とにかく面接してなんか朗読とかしたら翌々日に来たんですよね、合格通知が。今考えたら選考なんてしてないですよね。わたし朗読で漢字五個、読めませんでしたから。で、入学式に全員いましたから、面接会場にいたケミカルの人たち。あたしそれで即日入学式の日に十五万円学校に入れたんですよ。高校のとき工事現場の警備員のバイトで中卒にバカブスバカブス言われて貯めたお金、全部ですよ。それで終わりかと思ったら違ったんですよね。十五万円はあくまで入所金であって、毎月授業料として三万入れなきゃいけないし、卒業公演準備金とかわけわかんないけど特別講師料やらなんやらで年間六十万円いるってわかったんですよ。もう、分割にしてくださーい、って即行そういうあれにしてもらって、もらったのはいいけど、もう、困ってしまいましてね。でも、周りのみんなは凄く幸せに嬉しそうにしているのですよ。誰かが、なんでそう思ったのか、『タモリが来る。タモリが挨拶に来る』とか騒いでましたけどね。来ませんでした、結局。とりあえず、寝床と仕事は確保できたんですけどね。新聞屋の兄貴の寮に一室空いてたのと、あと、そこがたまたま配達員の賄いさんを募集してたんで、都合がいいんでそのままそこに住み込みで働くことになったんです。ところがね、これが大変だったんですよ。だって朝がとにかく早いし私は仕事がねえ、なんだか遅いし、配達の人たちみんな朝三時に起きて働いてからあれするんですけど、わたしも一緒に起きないと到底食事が間に合わないですもん。バカブスバカブス言われて。兄貴もなーんもフォローしてくんないし。朝三時って言ったら寝るのは夜九時ですよ。でも学校は『働きながらコース』っていうのにわたしは入っててそれが授業は九時半までなんですよね。で、授業でも周りから『痛い。フキコ、痛いそれ』とか、よくわからないことばかり言われて。帰ってなんやかんやしてたらもう十一時ですよ。四時間しか寝られないんですよ。好きなテレビを観る暇もなくて、なんですかね、好きなことしようと思って東京出てきたのに好きなテレビも観れなくてバーカみたいって、涙出てきますよね。でもなんか実は、はまったんですよ、あたし、そういう生活に。凄いね、充実してたんです」

賢明なる読者の皆さんはもうお気づきだろう。そう。フキコは繰り返す女なのである。もちろんフクスケは叔父の一人息子と彼女のミニ軍隊生活など知る由もない。未だ彼女の雄弁の理由をつかみ切れず「いつ帰ってくれるのかな」とボンヤリ聞き役に回るのみなのであった。

8

「寮に入って三ヵ月くらいしてからですかね。もう、仕事が忙しくなって。優先順位が学校学校仕事だったのが仕事仕事学校になって。半年くらいしたら、仕事仕事仕事になって。そのうちなんだかね、学校のほうは行かなくなったんですよね。ヨッちゃんていう一人だけ仲良しになったのがいて、彼女も三ヵ月くらいでやめたクチなんですけど、ていうか実際一年で残った生徒四分の一だって聞きましたけどね。そいで、わたし、ヨッちゃんて子と凄いもう、仕事のないときはズーッと部屋で遊んでました。遊んでましたって、部屋でテレビ観てただけですけど。私の部屋四畳半でしたけどヨッちゃんち三畳だって言ったから居心地良かったんじゃないですか？　配達の男たちとも仲良くなって。でも、そのうちね。ヨッちゃんは『便所』だ、って噂が寮にたち始めたんですよ。配達員に誰でもカレー一杯でやらせるって。カレーですよ。戦時中みたいなことになってるのですよ。ヨッちゃんに聞いたら、なまじっか嘘でもない、と笑うんですよ。でも、わたしはまだ、そのときは、まだだったんで、便所かあ、こーれはまいったな、と。

ヨッちゃん、ヨッちゃんなりの出世はしていったんですよ」

フクスケはここに来てハタと気づいた。

コノ女モシカシテ、コレ、ドサクサニマギレテ「処女話」ニ力業デモドシテクツモリカ。

気づいたときにはもう遅かった。フクスケは来るべき瞬間に備え体にギリギリと力を入れた。

「だってヨッちゃん、最初は入ったばかりのニキビ面の中学生とやってたんですよ。それが高校生になり大学生になり、で、古株の高須さんて、ちょっと斜に構えたような文学崩れの人とまでつき合って、最後は店長、いきましたもん。中学生に始まり、店長と不倫。着々とヨッちゃん的サクセスストーリーの階段は上っているわけですよ。で、ある日、酔っ払ったヨッちゃんがね、店長、あたしの部屋につれてきたんです。瀬野木定夫さんて人でしたけれど、奥さんは智子さんて普通の人でしたけど、店長ももう、ずいぶんごきげんな、よい感じになってらして。ずーっと言うんですよ。オマンコをせねやいかん。女はとりあえず二十前にオマンコをせねやいかん。そういうこと言う人じゃ、全然なかった普段。長い前髪っていうの？　横髪？　それを禿の頭にシューッて持ってきて一生懸命やってなさった、そういう人ですけどね。そいでなんか二人でいやらしい感じになっているんですよ。これは、なんか、止められませんよ、っていう。もう、わたしあれでしたから。布団被って寝てしまったんですよね。無理矢理睡眠しました。そしたらヨッちゃんがゴソゴソ帰っていく音がして、店長だけ残って。その夜、あたし、店長にやられちゃったんですよね」

来た来た来た来たあああ！

体中から力が抜けていくのをフクスケは感じて大きく息を吐いた。

もう、守るものは、ないや。

「オマンコせねやいかん。オマンコせねやいかんて、やられちゃったんです。すいませんね。エッチな言葉を言って。それからね。あたし『便所二号』になったんです。配達の男とほとんど全員やりましたよ。今のおばさんになったあたしで考えたらいかんですよ。あたしだって二十歳前のときがありましたから。全員ですよ。ほとんど。ま、わたしの場合一番最初が店長だからサクセスストーリーもないですけどね。階段下りてゆくだけですけどね。なんだろう。性欲が好きなのかなあ。ヨッちゃんが『洋式』あたしが『和式』って、呼ばれてたみたいです。もう、どうでもよかったんですよね。忙しくて、考えられなくて。どうでもよかったんです。入って一年くらいで、あれですよ、部屋に鍵もかけなくなりましたもん。電気消したらそれが合図みたいな。配達員の友達の友達みたいなわけのわからん顔もわからん人もいましたけどね、もう、よかったですよ。考えられませんでしたから。考えよう、ということ自体が考えられませんでしたから。

……でもね、ある晩だけは、我慢できなかったんですよ。あれはきつかったです。寒い夜でね。ヨッちゃんもいなくて。禁止されてたんですけど、ストーブ焚いて寝てたんですよ。電気消して。オレンジ色の明かりが綺麗でね。今日は誰も来ないかな、とか思いながらもわたし睡眠してしまったんです。しばらくしたら、股のほうでフーフーいう声がしたんですよ。起きて、ああ、誰か来たと思ったら、わって入ってきて。せっかちな人だなあと思って顔を見たらね。兄貴だったんですよ。バカ兄貴が横わけでね、オレンジ色の顔してね、フーフーフーフーわたしに入れてきて、腰を一生懸命動かしているんですよ。たまらなかったですよ。いくらあたしでも、それだけは切なかったですよ」

フキコの目には涙があふれていた。

泣きブス。

フキコはハッと我に返ったように涙を手のこうで拭い「これ以上の泣き顔は不細工の臨界点を越える」というブスなりの自己判断によって無理に顔をゆがめ、痙攣したような笑顔を作ってみせたが、その「こみいった笑顔」は、彼女をまた新たなジャンルのブス顔の荒野へ放り投げてしまっただけだった。フクスケはもはや困惑していいのか笑っていいのか、とにかくこの意図のわからない痛々しい告白が早く頭上を通りすぎますようにと、布団の模様をひたすら目でなぞり、一心に願った。

「あたしも……わたしもね、なんぼなんでもっていうのがあったんですよ。感じますよ。男の人に入れられたら、あたしは感じるんです。腐っても女ですから。たかが便所されど便所でしょ。でも、兄貴に入れられたら感じてる場合じゃないんです。感じてる場合じゃないのに感じてしまったんです。これはいけません。もう、本当。『ギャア』って叫びました。何やってんのおって。二度は叫べません、てくらい叫んで、兄貴をね、突き飛ばしたんです、思い切り」

拭ったはずの涙がまたもやフキコの瞳にあふれそうになり、フキコはポケットから子犬柄のハンカチを取り出し力任せに洟《はな》をかんだ。

「あ。鼻血が出た。いいですね、もう、鼻血出しても、こんな案配ですから。いろんなもの出してもありですよね。で、そしたら、やっぱり兄貴、バカですから。バカはいざというとき一番悪い選択をしますから。当然一番悪いところに転がるわけですよ。あのバカ、石油ストーブに体ごとぶつかってストーブごと引っ繰り返ったんです。上だけパジャマ着て、立ったチンコ丸出しで靴下はいて、兄貴、燃えてました。怪獣ですね。あの声は怪獣。燃えるチンコ丸出し怪獣です。火がついたように泣くって譬《たと》えの実写版ですから。それからあっという間ですよ、本当。最初に畳に火がついて、あれ、お菓子って、燃えますね。お菓子が次から次に燃えて、カールもプリッツも歌舞伎揚も燃えて。雑誌も凄いです。『マーガレット』も『別冊マーガレット』も『微笑』も燃えて、それからわたしだらしなくて男の人と終わった後のティッシュとかも床に散らかし放題だったから、畳とそういういやらしい奴のついたゴミを伝ってカーテンに燃え移って。それがドロドロと天井に上っていってですよ。わたし恐ろしくて。財布と上着だけ取ると、窓から、二階ですよ、二階の窓から飛び降りたんです。ブスだって『生きたい』ですから。もう、アメリカ映画の黒人みたく飛び降りました。ドアには、立って火のついたバカ兄貴が貼りついてましたもの。貼りついて踊ってましたもの。あんな、あれですよ、躍動的な兄貴を見たのは生まれて初めてでしたよ。凄いですね、『生きたい』って凄いです。あんなバカでも、やっぱり黒人みたいな動きをしますから。ええ。そいで、いっぱいいろんなとこ怪我しながら表通りのほうに逃げようとしたら、どっか法事かなんかに行った帰りの定夫店長と奥さんの智子さんが玄関の前でぼんやりと立ってるんですよね。

『家が燃えてるね』

『うん、燃えてるね』

って、定夫さんと智子さん、つぶやいてました。人間て凄いときに限って凄いこと言えないもんなんですね。普通でしたよね。わたしさすがに隠れて、二人を見てました。わたしね、そのとき生まれて初めて悪いこと思ったんです。『ばーか。自分の家焼けておもしろいことも言えないで』って。『奥さんいるのにわたしにチンコなんか入れてきたくせに、家焼けてもおもしろいこと言えないでやんの』って。ホントね、家一つ焼けたらもっと気のきいたこと言ってほしいですよ、火をつけた側としては。新聞屋ってよく燃えるんです。紙ばっかりですから。ね、悪いこと思ったでしょ。わたし『勝った』って思ったんですよ。全焼ですから。母屋も店先もゴンゴン燃えました。わたし東京で何もできませんでした。でも、できなかったこと全部燃やしちゃったんですから。兄貴も新聞屋もテレビも漫画も、いやらしいティッシュも、全部燃やしちゃったんです。すっごいきれいでした。夜の火事があんなにきれいだとは思いませんでした。東京来てなんもなかったけど、わたし、あんなにきれいなもの作ったんです。これ。ちょっと『勝った』じゃないですか？　ねえ、そう思わないですか？」

ひとしきり喋り終わるとフキコは「ふううううっ」と長い長い吐息をついた。「わたしそれでまあ、とりあえず、東京にいられなくなったんですよね」。そぞろにはわせた視線の先のテレビでは相変わらずびしょ濡れの俳優たちが「しっけれでへるから」「ものへんでれしてよ」とわからないことを叫んでいる。

フクスケはフキコが我が家にきてから、町に二、三件の火事があったことを思い出し、少しぞっとした。雨音がほんの少し強くなったような気がした。窓の外の夜の闇の強さを黒く研ぐような音だった。夜は黒光りして、フキコの頬に無秩序に生えた産毛を意味もなくそのときだけは美しく、照らしていた。

9

フクスケの重い憂鬱を見て取ったのかフキコは、「ちょっとだけ空気」と言うと、正座したまま壁のほうまで不思議な筋肉を使って歩き、少し窓を開けた。途端に雨つぶを含んだ風が勢いよく吹き込み、手入れのまったく行われていない彼女の髪を吹き上げ、顔面に縦横無尽な線を描いた。縦横無尽になり終えると彼女はゆっくりと窓を閉めた。「空気を入れる」と言うよりも、おのが不細工に現代美術のような難解さを与えるために窓を開けたようなものだった。

フキコはそしてフクスケにつぶやいた。

「秘密を共有してしまいましたね」

ね。ななな、何を言いだすのだ。今度は本当にフクスケはベッドからずり落ちた。ベッドと壁の隙間に尻からすっぽりとはまった。これを待ってましたとばかりにフキコはフクスケに駆け寄り抱きすくめた。

「大丈夫ですか。大きいぼっちゃん」

「大丈夫。大丈夫。絶対大丈夫」。フクスケは呪文のように唱えつつ必死にフキコの手を振りほどこうとした。「だめなんです。それはだめなんです」。フキコは信じられないような力で、もはやフクスケを羽交い絞めしていた。

「何がダメなんです？　何がダメなんですか！」。やっとのことでフキコから逃れフクスケはベッドの脇の狭い隙間を這うように逃げた。「もう、わたしたちは何も隠す処のない間柄なんです」。フキコは横っ飛びしてゴミ箱を蹴倒しながらフクスケの足首をつかんでそう言った。「いや、あんたになくてもボクにはあるんだから」「もう、ちょっと前とは違うんです。元の二人には戻れないんです」。フクスケは重心を失いゴミの中に頭から突っ込む。

「がが！」。フクスケは叫んだ。

　フキコが、つかんだ足首を悪意のある整体師のごとく正確に捻ったからである。

「あいたたたた」

「ごめんなさいね。ごめんなさいね。ほんと、今のはごめんなさい。今、治しますから」

　そう言いながらフキコは足首をマッサージするふりをしつつ、同時にフクスケのパジャマをグイグイ脱がせにかかる。「ちょっと待って。何やってんの？　ちょっと。パジャマ関係ないでしょ。関係ないでしょ」。必死に抵抗するが、しかし、無駄であった。

彼女の長年の力仕事で鍛え上げられた二の腕はフクスケの倍は太かった。「やめてー」。もがきながらドドーンと雷の鳴る音をフクスケは聞くが、それが本物なのかテレビの薄っぺらな効果音なのかわからない。なにしろ、もう、彼のパジャマは90％ほどはぎ取られ、白いブリーフがすでにあらわになっているのである。この世で最もブリーフをあらわにしたくない女の前であらわになったブリーフほどナーバスなブリーフはない。フクスケは生涯で初めて暴力というものをふるった。

仰向けになった体勢のままフキコの顔面を蹴りあげたのである。

フキコの顔は〇・二秒だけそっぽを向き、凄腕の猟師が散弾銃の弾をリロードし、獲物を狙うような俊敏さで、またフクスケのブリーフを射程距離にとらえた。テレビではさっき血を流していたトレンチコートの男がアタッシェケースを持って雨の中を走っている。

「どれまかせ！　後三十秒で、ごへれだんが、むはってしまう」

ごめん、と擦れた声でフクスケはやっと発声しつつ、暴力をふるった自分を嫌悪し、自分に暴力をふるわせたフキコをさらに嫌悪した。暴力は自分とは最も遠いところにあるはずのものだった。

「フキコさん、やめましょ、もう、ね、やめましょ。寝ましょ」

すでにブリーフまでも半分ずらし、その白く柔らかい尻を見せつ隠しつつ部屋を這いずりながら懇願するフクスケを「もう、遅いんです。秘密ができたから。二人に秘密ができたから」とわけのわからないことを口走りながらフキコは追いすがり、ドアのほうへ行こうとする彼の上に覆いかぶさる。

「ボクは何にも聞かなかった。それでいいじゃないか。でないと、あの、あれですよ。家の人呼びますよ」

家の人を呼ぶ。フクスケは、極力この家でおとなしい人間としてやり過ごそうと思っていた。けれど、もういい、叫ぼう、叫んで終わりにしようと思い、大きく息を吸い込んだ。

その瞬間。それを待ってましたとばかりに、信じられないようなスピードでフキコの分厚い唇がフクスケの口をふさいだ。ふさいだだけならまだしも、微塵の躊躇もなく鰹節のように太く生臭い舌が喉元奥深くグイと差し込まれてきた。

初めてのキスである。

そんなとき、人はどう感慨するだろう。

フクスケの場合は、完全なパニックに陥って白目を剝いていた。

「溺れる」

フキコのほうも興奮しきっていて、キスをしているのだか寄生しようとしているのだか何をしているのだか、やってる自分でもよくわからなくなっていて、堅い舌は、フクスケの食道にまで届かんばかりにグリグリとねじ込まれてくる。「これは、死ぬかもしれない」と思った頃、頰に掛かるフキコの熱い鼻息に「そうだ。この手があった」と、ようやく鼻で息をすることを思い出すと同時に、風邪気味で鼻が詰まっていることも思い出した。

「がは」

渾身の力を振り絞って舌で舌を押し出し、顔を背けて大きく呼吸しようとしたフクスケの口を手でふさぎ、ついにフキコは彼の下腹部をまさぐり始めた。ブリーフ越しに性器を鷲掴みにされフクスケは「だふ」と言葉にならない声で抵抗する。「むほほ」。つられてフキコも完全に日本語を忘れる。握られたままの性器を中心に回転しながらじたばたと抵抗するフクスケに蹴られた本棚の本が、バッサバッサと二人の頭上に降り注ぐ。

ここから先、フキコがフクスケの性器を口に含み、鍛え上げられたフェラチオで無理矢理に隆起させ馬乗りになり、ついにおのが性器にググイと押し込むまでの描写は、ちと、あまりにも過激であるので、読者諸子は音声だけでその場面を想像願いたい。

「なぐふ」

「めは……」

「ぞすべし！」

「ではれ」

「まかさ」

「なるしそ」

「いえ……べす」

「ふんどら」

「みば！」

「まが……がほ」

「てへらん」

「むぼっ。むべっ。ほはっ」

「ふに……くり」

「むっぼ。むっぼ。むっぼ」

かくして、若いフクスケのそれは、何人もの新聞配達員の精液を呑み込んだフキコのそれに、完全に納まりきったのだった。

フクスケを組み敷き、含み入れ、がしと肩を押さえこみ、その半ば観念した顔を覗き込んでフキコはやっと日本語を思い出した。

「……ごめんなさいねえ」

テレビのドラマはいつのまにか終わり、どうでもいいようなコマーシャルを垂れ流している。

「今日もおでん。明日もおでん。こんなにおでんで、大賛成！」

フキコはゆっくりとその吹出物だらけの巨大な尻を上下に動かし始めた。全てにおいて鈍重な女であるが、どう辛く見てもその慣れすぎた腰の動きだけは「見事」としか言いようがないものだった。

悔しいかな。

悔しいかな、フクスケは、その生まれて初めての快感に声をあげずにいられなかった。

中学卒業間近にして彼はマスターベーションすらしたことがなかったのである。「うう」。

しかし、嫌悪感とは裏腹にフクスケはフキコの腰を抱き、というより腰まわりのだぶついた肉をつかみ、呻いた。「こうするしかないんです」。つかまれた腰だけを、独立した生き物のように自在に動かしながら、フキコは涙ぐんでいた。

「気持ちいいですか？」「ダイトクのハンバーグを一週間食べられないなんて。だからボクはハワイに行かない」「うう」「ああ。大きいぼっちゃん」「日本の資源は後三十年で枯渇します」「やめて」「一から考えよう原子力発電」「やめてほしいですか？」「男ならゴリンビール」「ううん」「女だってゴリンビール」「やめますか？」「うううん」「やめますか？　大きいぼっちゃん」「大きい大きい、具が大きーいー！」

フクスケはついに上体を起こしフキコの発達しすぎたブラウス越しの乳房にむしゃぶりついた。

「気持ちいい」

「ぼっちゃん」

フキコは「勝利」の感慨にむせび泣きながらさらに腰を動かした。

「ダップンダップン」と、何の肉がどこの肉に当たって出るのかはわからないが、とにかく鈍い肉の音が二人の体の間で機械的に響いていた。フクスケは「もっともっと」とせがむようにフキコを下から突き上げた。何のコマーシャルなのか音声を聞いているだけでは皆目見当もつかないが、テレビからは「シロクマー！」という叫び声が何度となく繰り返されていた。

「フキコさん！」

「ぼっちゃん！」

「シロクマー！」

「ダップンダップン」

「フキコさん！」

「ぼっちゃん！」

「シロクマー！」

「フキコさん！」

「ダップンダップン」

「ぼっちゃん！」

「シロクマー！」

「フキコさん！」

「ぼっちゃん！」

「シロクマー！」


これはなんだ。どういうことなんだ。ここから何が始まるんだ。様々な想いが脳内をグルグルと虚ろに回転する中、フクスケはフキコの膣内に勢い良く射精した。セックスの、というより格闘した時間で体力を消耗していたフクスケはがっくりとうなだれたが、フキコが再び腰を動かすとまたすぐに復活した。結局その夜五回。彼の精液はフキコの口に膣に、呑み込まれていった。どうでもいいことだが、フキコの体内にぶちまけられた精液の中でもそれはおそらく最も偏差値の高い精液だった。

フキコは「本当にお邪魔しまして」と言い残してフクスケの部屋を去った。

「とにかく忘れよう。整理するのは不可能。完全に忘れて今日のことは全てなかったことにしよう」。そう自分の中でとりあえずの決着をつけ、汗まみれのパジャマを着替えようとして、フクスケは愕然とした。

左手の小指が動かない。

というより左手の小指が折れている。

折れ曲がって、あらぬ方向を向いている。

そして、全く痛くないのである。

実はフクスケが神社で鈴を頭にぶつけた瞬間から、彼の左手小指の痛覚は失われていたのである。その後、彼は体の至る所の痛覚を失っていくことになるが、それはまだまだ先の話だ。

フクスケ都へ行く

1

かくしてフクスケは松築高校を受験し、見事合格をはたす。はたすが、高校には一日たりとも出席することはできなかった。

やんぬるかな、である。

フキコが妊娠してしまったのである。

「中学生の男子が三十路を過ぎた女中を胎ませた」

などという話は、それはもう田舎では恰好のスキャンダルなのであって、旧家でもあり名家でもあるフクスケの家では、叔母を中心に産むの産まないの堕ろすの堕ろさないの出てくの出てかないのどうするの？　みたいな、そんなどろどろした怨恨困惑憔悴入り乱れた議論が一週間の長きに渡って繰り返され、時には誰かがヒステリーを起こし時には誰かが原因不明の熱で寝込み、もはや誰しもが思考能力を奪われ力つき果てなんとする頃、ようやくこんな結論が出たのであった。

「フキコには一千万円の慰謝料を払う。でもって、産む産まない育てる育てないは当人の自由とするが、今後一切フクスケの実家には関わらないとの念書を書いてもらう。そして、フクスケは汚名を避けるため、というのは名目で本当は今やフクスケの実家の実質的主権者である叔母の逆鱗にふれたためなのであるが、松築の合格をキャンセルし、はるか東京のはるか遠い親戚のもと、一年間の浪人生活を過ごしたのち全寮制の高校に入りなおす」といったようなことで、まあ、四方丸く納まるのではないかと。そういうところに行き着いたのである。

しかし、この、フクスケに辛くフキコにかなり甘い判断には、もう一つ理由があった。フキコの兄と名乗る人間の出現である。

彼女の妊娠を知った叔母は、額に鉢巻き腕には襷《たすき》、右手に十万円ほどのなけなしの手切金、左手にはなぜか大きな黒砂糖の塊というとち狂った出で立ちで、フキコの部屋にドアを蹴破らんばかりの勢いで飛び込み、顔を見るや肛門にカラシをすり込まれた虎もここまでは吠えぬだろう勢いで、一気に吠え立てた。「堕ろして。お願いだから堕ろして。とにかく堕ろして。嗚呼、堕ろして。もはや堕ろして。ねえ、ねえ、堕ろして。今、堕ろして。O・R・O・S・I・T・E。ここで堕ろして。ここに堕ろして。あんた何、腹が立つこの色気違い。ああああ、悔しい。ね、ちょっと堕ろして。試しにちょっとだけ堕ろしてみて。犯したんでしょ、あんたが。まだいたいけな中学生をあんた。何考えてるの？　フクスケの顔？　こいつなら自分にお似合いと思った？　バカじゃないの。違うのよ。あんたとは血筋が違うの。堕ろして。考えられないの、うちの血があんたの血と混じるなんて、ほんと、勘弁してっつう感じで。地獄よそれ耐えられないの本当堕ろして。パーッと行って堕ろしてきて。分でしょ。分を考えて、わきまえて、ほんとお願いよ、女中はどうあがいたって女中なんだから。女中の道があるんだから。人に迷惑かけないで、女中道を勝手に歩いてちょうだいな。もう、ど━━━にも、ね、ど━━━━にもならないんだから、あ、そうだ、悪い児、産まれるわよ。悪い児。あんたとフクスケの子なら、これ、も、十中八九悪い児《こ》。申し訳ないけど太鼓判押すわよ。押させていただきます。産まれた悪い児に直接押します。育てられませんて。三つ目よ。キュ━キュー泣くのよ。指の股から常に緑の汁出してるのよ。背ビレに鱗にエラ呼吸よ。主食は眼鏡のツルよ。その子に咬まれた子も、その子になるのよ。外歩けません。出せませんて。ね、わかったでしょ。そういうことなのだから、堕ろしてください。堕ろしてスカッとしてきて。もう、お願い！　フキコさん！」

叔母には、日頃の鈍く特に美貌である自分にはことさらに卑屈な態度をとり続けていたフキコなら、ポンポンと言いくるめればなんとか丸め込めるのではないかという勝算があった。何しろあれほどフクスケの松築合格に血道を上げていた叔母である。フキコがなんとか子供を堕胎してくれれば、とりあえずこの一件はなかったことにできるのではないか。そんな一縷《いちる》の望みにかけていたし、それ以前にとにかく彼女への憎悪で心がもんどりうって、それでこのような、悪意の最果てのラップを吐いたのである。

フキコは黙って叔母の悪罵を彼女が疲れ切るまで耐え、というか、ボーッと聞き流し、そして「一晩だけ考えさせてください」と言ったきり、その日は頑固に黙りこくった。もはや誰にもフキコの真意ははかりかねた。

さて、次の日、フキコの兄と名乗る人物から直接届いた小包みを開けて、叔母はその場にガクリと膝から崩れ落ち痙攣および大失禁するほどに度肝を抜かれることになる。小包みから出てきた「とりあえずこれをご覧ください」と書かれた不自然に分厚い封筒を開けると、そこにはギッシリと写真が入っており、それは「自室でフキコにフェラチオさせている一人息子」であり「フキコにビンタしている一人息子」でありまた「フキコのバギナにコインを挿入している一人息子」の艶姿のオン・パレードなのであったのだ。

もちろん賢明な読者の皆さんは、フキコの兄と名乗る人物が彼女がフクスケを襲った夜にとうとうと語ったバカ眼鏡兄のことでないのは百も承知である。彼は石油ストーブの火でかつて火だるまになり生きているかどうかすら判然としないのであるし、このような企みを実行できる人間では到底ありえない。

これは実はフキコの「本当の」恋愛相手である美形のコーラ売りの仕業なのだった。このコーラ売りは名を鮫島と言って、昔何か後ろめたいことをやらかして顔を整形手術しているような男である。彼が言うには「わざわざ悪く整形した」というその顔のわけは、ちと長くなるのでここでは割愛させていただくが、とにもかくにもこの男が相当な悪人であることだけは確かなようである。

フキコと鮫島の思惑はひとまず置いておくとして、とりあえず、その「いきなり王手」な写真を見たそのときから、叔母はフキコの言い分を100%呑むしかないという崖っぷちに立たされたわけで、そんなこんなで先のごとく「女中一人勝ち」の結論と相成ったのであった。

ややや大きくなったお腹を抱えて、フキコは「ほんとにあの、お世話になりました」とだけボソリと言い置いてそして出ていった。

まあ、こういった諸般の事情でもって、フクスケは学生服にボストンバッグといった出で立ちで、齢十五にして一人家を出、未知の大都会東京に、青雲の志を持つでなく、さりとて失意のうちにというほどでもなく、ただただひたすら途方に暮れて、嗚呼やんぬるかな、旅立つはめになったのであった。

2

見おくるものとてない駅までの道程をフクスケは小さな頃大好きだったテレビ番組『魔法少女エムコ』の主題歌を鼻歌ってつぶした。

いいこと探して　ここまで来たの
不思議な力の　不思議な女の子
大人になれない　呪いをかけられて
魔法　ひとつに　望みをかける

神様　お願い　しるしを見せて
愛と勇気の　しるしを見せて
ああ　さまよう　さまよう
魔法少女エムコ　魔法少女エムコ

そして一人、故郷の町のホームに彼は立ち、見知らぬ土地東京へ行く特急列車に乗り込んだ、としたら、この物語はあっさりとここで終わっていたかもしれない。

フクスケが乗るはずであった特急列車は、発車後間もなく脱線転倒し、乗客のうち十二人が死亡、百六十三人が重軽傷を負うという、町始まって以来の大惨事を引き起こしたのである。

犯人は叔母の一人息子だった。

もはや生きがいとまでになっていた奴隷教育の相手フキコを失い、その上それが母親にばれ悪罵の嵐を叩きつけられ、ルサンチマンの権化と化した一人息子は「フクスケ絶対殺ス計画」を着々と練っていて、そして、ついにその日が来たのである。

計画は儀式がかったことの大好きな一人息子にしてはシンプルなものだった。
①犯行の動機を隠すために複数の犠牲者を出す。
②よって、フクスケの旅立ちの日に切符を買った列車の線路に置き石をし、乗客を巻き添えにする。
それだけ。

しかし、列車は一人息子の思惑を大きく上回った派手なパフォーマンスをやってのけた。一人息子が頃合いを見計らって置いた10センチほどのコンクリートの塊に車体を乗り上げそのまま脱線し線路脇に無法に建てられた住居群を住人ごと粉砕し住人と住居のミックスジュースを作りつつ踏み切りを突き破りたまたま隣を走っていた救急車を跳ねとばして中に収容されていた瀕死の怪我人松田清四十五歳にとどめを刺し新築の民家を突き破りその脇のドブ川にひねりを入れながら滑落して、やっと止まった。

地味なこの町の中でも一際さえないその辺りは一瞬にしてトルコ絨毯の上で引っ繰り返った鍋焼きうどんもかくやといったカラフルな阿鼻叫喚の地獄絵図と化したのである。

しかし、その列車にフクスケは乗っていなかった。

彼はその頃東京までの旅費を浮かしてしまおうと駅に着くや切符を払い戻してもらい、無謀にも東京まで歩いていこうとしていたのである。

フクスケは歩いた。で、一駅も歩かぬ内に順調に疲れ果て、独り立ち後わずか二十五分にしてその最初の野望を打ち砕かれたのである。かつまた、打ち砕かれた腹いせなのかどうなのか、二駅目の駅前の道で彼はタクシーを拾い、そのまま東京まで向かうという新たな野望にシフトチェンジしたのだった。であるから、彼は乗るはずだった列車が大脱線したことも、それが従兄弟の仕業であることも知らずに東京に向かうことになった。もっとも、その後フクスケはその生涯において一度たりとも実家に連絡することはなかったので、従兄弟の地獄の業火のごとき悪意は永久に知らぬままとなる。

一人息子は目撃者の証言により、その二日後、部屋にいるところを捕まった。

一人息子は殺人容疑で少年鑑別所送りとなった。

その上、その後請求された多額の賠償金を払い切れずフクスケの実家はとんとん拍子で破産。げに恐ろしきはブスの繚乱。こうしてこの一族は水を張った樽に落とした油の一滴が一瞬で散るように、半ばきれいに、ハラリハラハラと、離散していったのである。

3

話を旅の途中のフクスケに戻そう。

彼の唯一の旅じたくであるそのボストンバッグの中には、支度金として父親が持たせた百万円と東京で居候させてもらうことになったフクスケの遠い縁戚関係にある「マキガメのおじさん」なる人物の住所を書いた紙、着替え、雑誌のたぐいなどが入っていた。

マキガメのおじさん。

フクスケはこの人物のことを全くといっていいほど知らなかった。東京の大塚というところに住んでいて何かの会社を営んでいるということ以外、マキガメというのが名前なのかそれとも経営する会社の社名なのか住んでいる番地の地名なのかはたまた単なる渾名《あだな》なのかすら判然としなかったし、そもそも遠縁と言ってもどの程度の縁なのかもわかっていなくて、ただ「東京に行けばマキガメのおじさんというのがいて、彼の所を訪ねれば、とりあえずはなんとかあれしてくれる手筈になっているから」というような極めて弱々しくアバウトな情報だけが今後の彼の生きるよすがだったのである。しかも不思議なことにそのマキガメなる人物は電話というものを持ちあわせておらず、フクスケは初めての東京でいきなり彼の住所を訪ねなければならなかったのだ。

何もかもがあやふやな旅なのだが、ともあれ「はいここ。東京の道は俺わかんねえから、土地のタクシー拾って」と、二日かけて到着した東京駅の前で車を降ろされたときには十万円近くの金が旅費で消えている事実だけは確かなところだった。

せっかく東京に着いたのだからビルの大きさや人波の凄さに「おう」とかのけぞればいいだろうに、フクスケは持ち前の育ちの良さでもって東京の景観を「テレビでよく見るところだ」という淡白な感想で無感情に呑み込み、長旅の疲れもあるし飯でも食おうと、駅の近くの喫茶店と食堂が混ざったような思う様パッとしない『ボンジュール』というこれまたパッとしない名前の店に入った。

店には五十がらみの長髪を不思議なふうに束ねた店長と、二人連れのそれぞれ別の方向に「くすんだ」ジャンパーを着た男性客がいた。有線から聞こえる当時流行っていた『どっちにしたってフォーリンラブ』というどうでもいい歌謡曲が、店内にたゆたうどうでもよさを一段とヒートアップさせていた。

「うん。味も香りも、まさにどうでもいい」

運ばれてきたうまくもまずくもないカレーに一応満足して、ひとまず肩の力を抜き、バッグの中の地図を取り出したところで、彼は男性客の内こちらに背を向けているほうがチラチラと先程から自分を振り返っていることに気がついた。ついでに黙々とカツカレーを食っている自分を見ていないほうの男がどこか中近東辺りの国の人間だということにも気づいた。

　フクスケが視線を外すとすかさず日本人のほうが声をかけてきた。二十代前半とおぼしいが目つきの曇り具合から時折四十代にも見える。

「何？」

「え？」

「何？　中学生？」

「あ、はい、あ、いえ」

「え？」

「中学生じゃありません」

「高校生？」

「どっちでもありません」

　確かにその通りなのである。今この日本で自分ほど身分のあやふやなものがいるだろうか。なんとなく思った。

「就職するの？」

「……というわけじゃ」

「ま、つまるところあれだね」

「え？」

「どっちにしたってフォーリンラブだね」

男は言って、一人で腹を押さえて声に出さずに、ウケた。

「旅行？」

「旅行じゃないけど」

「何？　じゃ、どこよ、おいおいおいおいおい少年よう。どこに行きたいって言うのチミは？」

男はついに立ち上がった。妙な好奇心の強さと、眠そうな眼差しは非常にアンバランスな表情をその男に与えていた。男はフクスケの隣の席に座ると「どれどれどーれどれどれ」と地図を覗き込んだ。

「大塚。大塚に」

「おーつかー！」。男は天を仰いで地図をグシャグシャと畳んだ。「んなもん、地図見なくてよろし」

そこで、やっとこちらに興味を持ち始めた中近東の男が声をかけた。彼の格好はくすんではいるが二十歳ほどに見えた。

「カネコさん。何やてる？」

「ああ。まあ……うん」

男は曖昧な返事をしてから、自分はカネコという人間で今日は一日暇なので公園を散歩していたらベンチに腰掛けて日本語の勉強をしているアボルガセムさんという出稼ぎのイラン人に出会った、で、日本のことがよく知りたいという彼のために今東京駅を案内しているところだ、ものはついでで、どうだろう、君を目指すところまで案内してやる、と言うのだった。

「彼には何で声をかけたんですか？」

「同じメーカーのジャンパーを着てたから」

「……ボクには、どうして？」

「いや、なんか、おもしろいから」

カネコと名乗る男は無表情に答えた。

その頃、店のテレビでは故郷の町で自分が乗るはずだった列車の脱線事故の犯人が捕まった由の報道をやっていたのだが、全ての音声は店の上を通る列車の喧騒にかき消されていた。

結局フクスケはカネコについて店を出ることにした。

カネコはフクスケが一万円札で払った飲食代のお釣りを、運の悪い人間が外出後十歩で痰を踏むようなナチュラルさでもって店長から受け取ると、サクサクと東京駅で三人分の切符を買い「どーぞ。ま、どーぞ」と、恭《うやうや》しくもフクスケとアボルガセムを電車に押し込んだ。

全てフクスケが東京に到着して一時間以内の出来事である。

さて、このカネコという男の見てくれについて面倒臭いが書いておかねばならない。

痩せて骨張った体にこれまた骨張った大きな頭と顎を細い首で不安定に接続し、細く短い手足をヒョコヒョコ動かして歩くいびつな体型のこの男が、フクスケには図鑑で見る巨大翼龍（プテラノドン）に思えて仕方なかった。翼龍の化石に無理矢理人間の皮をかぶせたら、こんなふうなモノになるやもしらん。

また、翼龍らしく時折カネコはトリッキーな奇声を短くあげ、その大きな顎を右上にヒクヒクと痙攣させる。チックの持ち主である。生まれいずる瞬間に極度のストレスを感じたものがチックになるという説をフクスケはどこかで聞いたが、その暴力的に発達した顎がかわいそうな母親の狭い産道と丁丁発止の「やられたらやりかえす」みたいな格闘劇を演じたのは容易に想像できた。

「これはかなり間違った生物だぞ」

そういえば、子供の頃、初めて翼龍の絵を見たときも同じ感想であった。「飛ぶという一点のために犠牲にした様々な『動物のフォルムを洗練させるための秩序』が、そのデザインに取り返しのつかないダメージを与えている」。昔、ラジカセとテレビを合体した『ラテカセ』なる強引なネーミングの商品があり、それがまたごてごてとして中途半端なバロック建築といった見てくれだったのだが、それに通ずる「余計なものは過剰であるが大切なものは欠落している感じ」が、翼龍とカネコにはあった。

一方、肉体労働で鍛え上げられた精悍で均整の取れた体つきに小さく鋭角的な顔を持ち、頭髪を短く清潔に刈り込んだアボルガセムは、そのたどたどしい言葉、極度の無表情、妙に正しい姿勢と歩き方などもあいまって、どこか古いＳＦマンガに出てくるサイボーグを思わせた。

翼龍、サイボーグ、巨頭の少年。少女を見失った『不思議の国のアリス』の異形の一行。はたして彼らはもちろん虹も越えずワンダーランドにも行かず、まあ、そんな派手な所には行かなくてもいいとして、目指すは地味な町大塚にすら、辿り着かなかったのだった。

いや、正確には電車は何度か大塚を通過していた。

三人は山手線をグルグルと幾度もバカのように回転し続けたのである。

まだ、カネコを信用していたからでもあるが、フクスケは「第一回目の大塚通過」の瞬間、ボンヤリしていて「そのこと」に気づかなかった。だが、第二回通過の直前に彼はカネコの異変をやっと察し、そして、狼狽した。

カネコは泥酔していたのである。

カネコは酒を手に持っていたわけじゃない。酒を体に装着していた。

後でわかったことであるが、彼は腰に巻いたウエストポーチの中に加工した哺乳ビンに入れたウォッカを常時忍ばせていて、そこからビニールの管をジャンパーの裏地にヌメヌメとはわせ、吸い口を襟の所に縫いつけていた。こうすることによってちょっと襟元をいじるだけでそうしたいときはいつ何時なりともアルコールを体内に注入できる自動アル中製造装置が作動するのだった。

実を言えばカネコはアボルガセムを公園で拾った時点からすでに酔っ払っており、『ボンジュール』でフクスケを誘ったときには丁度ごきげんのクライマックス、そして電車に揺られるうち「矢でも大塚でも新大塚でも持ってこい」といったグデングデンな状況と相成っておったのである。

早く「マキガメのおじさん」の所に辿り着きたいフクスケにとって極めて面倒なことが起こっていたが、一つ心の救いがあるにはある。カネコの行動が、いまだかろうじてかそけくも「善意」というものを発信基地にしているであろうという一縷の望み。たとえ、お釣りを踏み倒されようと大塚に案内するという約束を反古《ほご》にされようとフクスケの大事な上京資金の入った鞄をしっかり握っていようと、カネコには邪気とか悪意というものが終始一貫して全く感じられなかったのである。といって彼が善人に見えるというわけでもない。ただ、純粋に、凜として、足しもせず引きもせず、無邪気なのである。外見のいびつさと反比例してその何と言えばいいだろう「カラッポな感じ」は信用にたるものがあった。もっとも、彼がそれほどに無邪気であるからこそ、何度目かに大塚に電車が着いたとき、前後不覚の東京人と片言がやっとの外国人という、もはやお荷物以外の何物でもない彼らを捨てて、電車から一人飛び降りることができなかったフクスケなのだったが。

悪意のないお荷物ほどタチの悪いものはない。なにしろ彼はこの後十年、カネコの「無邪気」とつき合うはめになるのである。

は、ともかく、電車は、床の上を自分の吐いたゲロでつるつる滑りつつブレイクダンスしながら「やだ、もっと乗ってる。俺は電車が好きだ！　好きなんだ！」などとわけのわからない駄々をこねているカネコと、困り果てたフクスケ、何を考えているのかさっぱりわからないが一向に帰ろうとしないアボルガセムを乗せて、延々東京のど真ん中を回り続けた。

二度吐いてもカネコはごきげんだった。

「俺は気持ち悪くて吐くんじゃないからね。これ、次にお酒を入れるためのウォーミング・アップだから」

池袋通過。

「俺、自称前衛芸術家に『人間芸術』として雇われてるのね。え？　ヌードモデルやってたときに知り合ったんだけど。うん、もちろん、ホモの。そいつにつけられたんだ。これ。一年前。『自動純粋アル中製造機』。とっちゃいけないの。契約だから。酔ってることが芸術なわけだからさ。一ヵ月四千円。しらふに戻った時点で契約切れなの。まあ、あれだ、痛しかゆしってとこだね。五分五分だね」

目白通過。

「実家はそうよ。俺だけ高校中退。父親も母親もみんな大学教授。みーんなエリート。うん、姉ちゃんも。猿の研究やってる、猿のなんか博物館みたいなとこで。猿が檻にいるでしょ？　んで、檻についてるボタン押すと姉ちゃんが出てきて説明してくれるのな。ああ、これ、ここよ。やるわ。このパンフレット。川崎霊長類科学館っての。ここ行くとさ、俺の姉ちゃんに会えるよ。え？　会いたくない？　だってボタン押すと会えるのよ」

高田馬場通過。

「おえ」

新宿通過。

「ざっくりしたセーターが好きだね」

原宿通過。

「うぷ」

渋谷通過。

「高校中退して俺は、芝居やってたの。いや、わかんない。もう、その頃には毎日酩酊してたから、あんま、記憶にないんだけど。中学の頃から筋金入りだから。なんか気がついたら絵描いたり芝居したりとか、そういう連中しか周りにいなかったのね。偏差値高いけど、生きてく上でなんの役にも立ってないような。どうせ、世の中の役に立たないんだから、芝居でもやろうかって話じゃないの？　でも、なんかクスリとかお金のあれとか女の、まあ、そういうことで結局みんなバラバラになってさ。そういう時代でもあったしね。そいで、なんか何時の間にか劇団の借金二百五十万、俺が全部背負うことになっちゃって。いや、つらかった。だって、そんとき俺、まだ二十歳だもん。で、しょうがないからって言うんで、知り合いに紹介してもらった歌舞伎町のバーで働くことになったんさ。まあ、よりお酒の近くにいましょうってことで」

目黒通過。

「あ、ただいま」

五反田通過。

「あ、ただいまじゃないよ。電車だ、ここ。だははは」

品川通過。

「だ、俺、住むとこだけはちゃんとしてるよ。あの、大久保に親が買ったマンションがあって、１ＬＤＫの。管理費も払ってない状態なんだけどさ。そこに今、えと、あー、えと、八人で住んでる」

新橋通過。

「愛だと思うの、最終的に」

有楽町通過。

「愛だっつうしか説明つかないもの。俺の一連の不可解な行動は」

東京通過。

「いや、偽善かな。悪い。偽善と言っても全然説明つくわ」

神田通過。

「まあ、どっちにしたってフォーリンラブだね。だははは」

秋葉原通過。

「その俺が働いていたバーっていうのが、なんか知らないけど外国人の客がよく来る店でね。アングロサクソン、ヒスパニック、ネグロイド、チャイニーズ。それから外国人ホステスも多く飲みにきてて、そういうのはタイ人とか韓国系が多かったかな。客席ぐるっと回ったら一日で世界一周したときもあったよ。そいつら、客とつき合ううちに俺、なんかしら英語喋れるようになったの。あ、ＩＱ１１０だからね、ちなみに。で、話聞いてるとみんなね、孤独な人が多いのよ。ギチギチなのよ。俺ね、在日のホステスのビザのために二回結婚したもの。タイ人とブラジル人一人。あれは結構大変。入国管理局行ったり来たりで」

　上野通過。

「でも、その店のオーナーってのがヤクザじゃないけど、かなりそっちよりの人でさ、タイ人の、あの、売春の斡旋を裏でやってたのよ。で、ある日、いきなり警察がバーッと入ってきて家宅捜索。店長は即逮捕。俺も丸一日勾留されてさ。戻ってきたら、もう、営業停止でね、借金は残ってるのに俺どうすべえって、店の前にしゃがみこんで丸くなってハイサワー飲んでたら元ホステスのテル子ってタイ人の子がさ、噂聞きつけてやって来て、俺の横に座って身を丸くして、言うのよ。カネコ、ナントカナルヨ。アンタ外国人ニ優シイヨ。ダカラ外国人ガナントカスルヨ」

　日暮里通過。

「ソノ前ニ、コノ子ナントカシテヨ。って、テル子が俺の家に連れてきたのが、ビザの切れたタイ人の売春婦でさ、その頃歌舞伎町の外国人売春婦の取締が厳しい時期でね、俺、その子を自分ちに匿《かくま》うことになったのね。とりあえず家賃だって二万円貰ったから、ああ、飲める、って、目先の快楽に飛びついて」

　田端通過。

「そいつが次の日、友達のフィリピン人ダンサー連れてきて、まあ、売春もやってたんだと思うけどそいつもビザが切れてて居座ることになって、二万円くれるし、そのうちにカネコに二万円払えば匿ってもらえるって評判が立ってたね」

　駒込通過。

「あ、ちょっと待ってね。今……なんか、なんかね、体の奥でゴボボッて音した。これは、何？　革命？　体調革命？」

巣鴨通過。

「あ、ん、大丈夫。だいじょぶだーいじょぶ。大丈夫だって。ナントカナルヨ。ケンチャナヨ」

大塚通過。

「大塚？　何？　大塚って。え？　だいじょぶだいじょーぶ」

池袋通過。

「で、気がついたらさ、ああ、俺いつも気がついたら身の回りの雰囲気が違うことになってるんだけど。ホステス、売春婦、ダンサー、それから、地方の寒村に嫁に行ったのはいいけど旦那の暴力に耐えかねて逃げ出してきたフィリピン人もいるね。外国人ばかり七人。一緒に住んでるよ。まあ、勝負は夏だね。今年の夏、暑くて、どうなるかって話？　あのグッとくる狭さは。どうするよ、カネコって話。でもね、テル子がナントカナルヨ、ってってたけど、なんとかなったもんねとりあえず。みんながくれるの。小遣い。イヤ、ヤル。カネコ、トットケ。それで生活できるもの。カツカツでも酒は飲めるもの。トータルでどうよ。愛。愛の介在はぬぐえないでしょ、俺をめぐる一筋縄では行かないこの、これ、これって、愛のエピソードなわけじゃない」

カネコは語り続け、そしていつしか夜が訪れた。

フクスケたちは電車が新宿に着いたところでようやくいつまでも降りない客がいるこ

とに気づいた車掌に、ホームに叩き出され、そして、深夜の新宿にそぞろ出た。出たとたん、

「ヘイ!」

と、誰にともなく声をかけるや、カネコは新宿のネオンの中にこけつまろびつ駆け出した。

フクスケとアボルガセムはそんなカネコの背中を茫然と、小さくなり消えてゆくまでどこまでも見送った。というか、他にすることもなかった。彼の姿が消えても、まだ例の奇声は聞こえているような気がしたが、多分気のせいだろう、別の知らない誰かがあげている奇声だろう、もう、カネコと会うことはない、そうフクスケは思った。思って息を吸い込むと、いまだ無数の酔っ払いの喧騒の止まぬ新宿であるのに、それにしてもひんやりとした静けさが、フクスケの鼻から肺を通って脊髄を冷やしつつくぐり抜け、かつて人類にも生えていただろう尻尾の痕跡から飛び出し、酒臭くも狂騒的な宇宙に混じっていった。

4

とりあえずの収穫。

初めて東京を訪れたその日のうちに、フクスケは山手線の駅名を全て言えるようになっていた。知らず知らずに「秋葉原／電気店の町」「有楽町／ビルの町／生活感なし／サラリーマン多し／夜の泥酔者率高」「高田馬場／学生多し／駅前に力士とマリリン・モンロー」。そんな風に覚えた一駅ごとに町を把握してもいた。知らず知らずのうちに覚えたことは、なかなかに忘れない。体に残る。グレイト。

こうして、このいびつでよるべなき十五歳の少年は、上京半日にしてあたふたと、東京の裏と表を体で理解し始めていたわけだ。

5

アボルガセムが、帰りのタクシー代が無いというので、マキガメのおじさんの家に一緒に連れていくことにした。びっくりはされると思うが一晩くらいならなんとかなるだろう。何はともあれ彼は外国人だ。よくわからないが、目の前に連れ出せば「インパクト」という名の説得力がある。そういう楽観があった。

フクスケは、まだまだ甘かったのである。

新宿駅前でタクシーを拾い60％ほどの「自棄」を声に忍ばせつつ「大塚のマキガメの

おじさんまで」、ぼんやりされるのを覚悟で、言ってみた。

物凄く意外な答えが待っていた。

「はい」

それは、これまでののっぴきならない状況から考えると、ほぼ超常現象と呼んでいいほどに御都合主義的な展開だった。

運転手は答えるとその後なぜか一切口を利かず「マキガメのおじさん」の家まで二人を案内した。

この件に関して説明をするつもりはない。

ダメでモトモト。という発想が、ほとんど「ダメ」のベクトルに向かうのが物語というものの現実である。しかし、鮫島という悪そうな名の悪人が存在する世界がある以上、ダメモトが説明不可能な功をそうする世界も、当然ある。しかもその運転手の名前をプレートで見れば「当田《あたりだ》」だ。どうだ。どうだと言われても困るかもしれないが、とにかくたまたま拾ったタクシーの運転手は「マキガメのおじさん」の所在地を知っていて、名前が当田で、それらの偶然は説明されない。

説明する気もない。それだけの話だ。その運転手は「マキガメのおじさん」の居場所を「とにかく」知っていたのだ。それ以上でも以下でもない。

かくしてタクシーは「マキガメのおじさん」の家に着いた。着いて初めてフクスケは自分の全財産が入った鞄をカネコに預けたままであることに気がついた。

ポケットに残っていたなけなしの数千円を運転手に払うと、いよいよフクスケは一文無しになった。

ダメモトの威力は一瞬にして尽きたわけで、そして時刻は知らぬうちに午前二時をまわっていた。

その家の近辺には街灯がなく、家のものはすでに寝入っているのか室内の明かりも根こそぎ消えており、手前の家の台所からかすかに漏れる明かりをたよりに目を細め見てみれば、玄関とおぼしき入り口の上に親の仇のごとくに錆びた看板が掲げてあって、そこには長年の青錆赤錆でできた芸術的複雑模様と共存一体化しつつも、かろうじて『マキガメ製作所』と読める文字が旧太ゴチック体でもって大書されていたのであった。といっても、はたして、『マキガメ製作所』が何を「製作」するところなのかは不明である。看板の隅に何やら小さな文字でいろいろとその仕事のあれやこれやが書かれてはいるようだが、暗さと錆とで今一つ読み取りづらい。

「重〇〇〇磁気〇コネクタ〇〇紙飴」

「再鉄〇圧力海苔〇〇マキガメ律〇立革〇造」

「一般〇鉛消毒〇レンズ式〇着色毒〇〇服（上下）」

「〇〇〇辨（2m）・〇餅型〇合成〇辨（5m）・果実様〇〇辨（16・46m）」

「〇放電〇シリコン〇〇攻撃飴〇耐熱〇〇〇管（対〇粘〇骨系動物時のみ）」

なんだかまったくわからない。わからないが、途方に暮れ果てていたフクスケには、その家の玄関のチャイムボタンを押すよりほかに選択肢はなかったわけで、たとえ、そのボタンが実は玄関にマギーブイヨンを貼りつけただけのモノであったとしても、彼はもうとにかくなんだか小首を傾げつつも押してみるしかない。疲労困憊し追い詰められていたし、とりあえずお腹が猛烈に空いていた。

数分後。多分「マキガメのおじさん」であろう極端に小柄で近眼の初老の男は、パジャマの上に袢纏を、温厚なフクスケがイライラするほど不器用にはおりながら、寝起き丸出しのクラッカーのように乾燥した顔でよろよろと、玄関先に現れた。ここ数ヵ月散髪していないと思われる白髪が大量に混じった伸び放題の頭髪は、寝癖で彼の頭上に小さな無政府地帯を暴力的に作り上げていて、その髪型と鋭く細いつり目のせいか、彼の容貌は「災」という文字に似ていた。

「わあ。よく来たね。わあ。うれしい。まあ、わあ。おはいり」

そりゃあそうだ。というべきか、嗚呼ねえ、というべきか、異邦人であるフクスケ少年を玄関先で迎える彼の唯一の拠り所「マキガメのおじさん」の開口一番は、そんな口当たりいいものではもちろんなくて、ましてや「もう着く頃だろうと思って居間においしいエクレアを用意してあるよ」などというようなことになっているわけも決してなくて、なにしろ深夜であるし、おじさんはどう考えても熟睡していたし、なんと言ってもフクスケはサイボーグ状の外国人を連れて、予定より一日近く遅れて現れたのであり「よく来たね」なんて夢のような話は、とりあえず、ありようがないと、ここの所、人生のノッキング続きであったフクスケは、少なくともそれぐらいの腹のくくり方を心得ていた。

「……どなた？」

眠そうに頭を掻きながら、おじさんは無表情に聞いた。掻いて髪型が変わるたびに大量の雲脂《ふけ》が落ち、そして似ている文字が変わる。

「あ、はい、えと」

「わかってるけど」

「……」

さあ、どうします、という話である。わかってるけど、どなた。なのである。ほとんど禅問答なのである。何か気の利いた答えを要求されているのだろうか。現在非常にはっきりしているのは、フクスケがまったくもってビタ一文、嗚呼、爪の先すらも歓迎されざる客であるということだ。

「あ、あの」

「はい。なんでしょう」

「今、東京に着きました。フクスケです」

「……ああ」

うつむいて、天を仰いで渋面をつくり、かぶりを振って雲脂を飛ばす。

「わかってたけど」

独り言のように言って、今は「業」に似ているおじさんはしばし沈黙し、左手をこめかみにあて「僕」という字に似つつ、フクスケとアボルガセムを交互に見て、結果、この先はアボルガセムのことは「見えないことにしよう」と決めてフクスケに照準を絞り、そして言った。

「今、何時」

「ええと、二時くらいだと思います」

「……ああ」

「すいません。マキガメのおじさんですか？」

それには答えず、おじさんはさらに激しく髪を掻きむしり、「藁」や「罪」、はては「鬱」にまで似ながら、低く青く黒くつぶやいた。

「なっちゃいないいやな」

爪にたまった雲脂を別の爪でこそぎ落としながらもう一度言った。「なっちゃいないいやな。……てんで」

いないいやな。てんで。なるほど、これが東京弁か。ここにきてなぜか呑気な感動を覚えるのはもちろん「逃避」が始まっているからである。無意識にフクスケは学生服の胸の辺りを触る。その裏には首から細紐で下げたお守りがぶらぶらとしている。お守りの中にはかつて彼の母が描いたまだ見ぬ背広姿のフクスケ像が、折り曲げて折り曲げて納められていた。

「荷物はどうしたの」

「え、あ、預けた。預けました」

「誰に」

「カネコ」

「……誰？」

「ううん。……ちょっと、わかりません」

「わからない」

「さっき会った人なんで」

「どこに」

「え？」

「その人はどこにいるの」

「……」

「カネコサン。イイ人」

初めてアボルガセムが喋るが、何しろもうおじさんは彼を「見えない人」と決定している。であるから、当然その発言は会話にカウントされない。

「金は」

「……その、預けたバッグの中に」

「……ああ。そう」

言っておくが、未だフクスケは靴さえ脱いでいない。下足未遂の立たされん坊のまま、春まだ浅いひんやりとした丑三つ時の玄関の三和土《たたき》で、それよりもなお冷たい時間が流れようとしていた。その時間の中でフクスケとアボルガセムの腹の虫が同時に鳴き、かなりその風景はマヌケ色に染まったが、とまれ、冷たい時間であることには変わりなかった。

「で、どうして、こんなに遅くなったんだい」

「歩いて。……歩いて東京に来ようと思って」

「歩いて来たのか？」

「いえ」

「……じゃあ、どうやって」

「タクシーで」

「え？」

「タクシーで東京まで」

「……」

「あ、東京からは電車に乗ってきました」

「にしても遅かったね」

「山手線を、あの、ぐるぐる回ってたんで」

「……ええ？」

「山手線をぐるぐる回ってたんです」

「ぐるぐる回っていたのか」

「はい。半日ほど」

「どうしてぐるぐる回ったんだろう」

「山手線が、その、輪になってることを知らなかったもんだから」

「……そうなんだ」

「あと、あの、カネコが酔っ払っていたので」

「カネコって?」

「カネコサン。イイ人」

「すいません」

「謝らなくてもいい」

「そうですか」

「でも、今時分じゃ電車もなかっただろう」

「はい。あ、そうか。タクシー」

「またタクシーか」

「タクシーで、新宿からここまで来ました。あの、すみません」

「なんでしょう」

「何か食べるものがありませんかね。お昼にカレーを食べてから、何も口にしてないもんで」

「昨日だったら」

「お腹が、空いてしまって。あ、このイランの人も」

ここでおじさんはランドセルにつめた油粘土より重く蟹を食べ散らかした翌日の生ゴミより臭いため息を、深く深くついた。

「今日が昨日だったらよかったのにな」

6

「これが昨日だったら、すべてうまくいった。すべて丸くおさまったんだ」

おじさんは、昨日という日がまるで遥か昔の輝かしい栄光のときであるかのように遠い目をした。

「『嵩味』っていう割烹料理屋が200メートルばかり向こうにあってね、祝いごとなんかがあるときに専《もっぱ》らそこからいい弁当をとるんだ。懐石風の高い、いい奴を。安い悪い奴もあるけど、普段食い物に極力金を使わないんで逆にこういう場合くらいはいい奴をとるようにしてる。それを昨日はとって。それで君を待っていたんだが」

「そうだったんですか」

「ごみ箱に捨ててしまったよ。腐ってしまうからね」

「それは……そうですね」

「外のごみ箱だ」

「はい」

「見るかい」

「……いえ」

「デザートのプリンは冷蔵庫にとってある。あれは、あの、真空パックの入れ物に入っている奴だから大丈夫だから、もったいないから持っていってくれ」

持っていってくれ。はっきり口にした。そう。おじさんはもはや、僕の靴を脱がせて家に入れるつもりはない。上がり框《かまち》に腰掛けさせる気すらない。フクスケはなぜかそれがはっきりして少しだけホッとした。薄々は感づいていたが強引に頭の隅に押しやっていた問題。それが今やっと表舞台でスポットライトを浴びた。しんどいぞこれはと一瞬思ったが、良きにつけ悪しきにつけ、何かが明確になることはさほど悪くない。明らかに彼ら三人は、次のステージに進んだ。

「なーんつってね」

突然相好を崩し「冗談冗談」と小躍りしながらおじさんが廊下の突き当たりのドアを開けると、待ちかねた家族のとっておきの笑顔と『嵩味』の懐石弁当（松・プリンつき）がフクスケを迎えた。などと、都合のいい夢を心の中でつぶやけるほどの沈黙があって、またもやおじさんは沈痛な面持ちでこう言う。

「昨日までだったんだ」

「……昨日ですか」

「昨日までの間に私は君のひとまずの仕事を探しておいたんだ。うちは君の家と違って決して裕福じゃないんで、食費くらいは入れてもらわなけりゃいかんからね。近くの、私が十年以上お世話になってる取引先の桃園工場の社長さんに頭を下げて。あ、もちろん、君の田舎の赤ん坊の話なんかしない。喜んでたよ。中学を卒業して一人で東京に勉強しに来るなんて今時そんな真面目な子はいないって。そう言って彼は来てたんだよ、昨日、どうせ雇うんだ、ついでに歓迎会をやろうと言ってね」

桃園工場ってなんだろうと思いつつフクスケはそんな大げさなことになっていたのかと、おじさんの話を神妙に聞いた。

「私の母、妹、両隣のご夫婦、なんやかやと、総勢十五人。まあ、十五人といえば二十人みたいなもんだ。二十人がこの狭い家に集まってたんだ。君を歓迎し、君の今後をみんなで考えるためにね」

「……ああ」

「ところが」

おじさんは口をすぼめ細く長く笛を吹くように二度目のため息を吝嗇に吝嗇に吐いた。

「君は来なかった」

「すみません」

「連絡もなしだ」

「ほんとに、すみません。電話があのあの、ないと聞いていたんで」

「悪かったな。ないんだ」

「いや」

「どうして来なかった」

「だからあの」

「歩いて来たかったってか」。サディスティックな興奮に口元が生き物のように震えていた。

「はい。結果的には、タクシーで、でしたけど」

「どうして電車で来なかったんだ。電車で来さえすれば、何もかもうまくいって、私の顔もつぶれずにすんだんだ。総勢三十人の前で、私は私は、もう、ほとんどピエロじゃないか」

実際は電車に乗っていればフクスケは今頃ここにいず、下手をすれば命を落としていたかもしれないのである。どの道を選択しても、フクスケは『嵩味』の懐石弁当にはありつけなかったということだ。もちろんフクスケはそんな運命はついぞ知らず、ひたすら自分の気紛れを反省していた。

「いや、こんな、凄いことになってるとは思わなくて。もう、ほんとにそれは、なんと言っていいやら……」

おじさんは突然口をへの字に結んで一分間だまり、そしてゆっくり、搾り出すように言った。実際雑巾を搾るような声だった。

「いいか。フクスケ。これから、君はいっぱいいっぱい苦労するんだ。だから、頼むから」

「はい」

「頼むから、人生をなめないでくれよ」

「や。別に、そんな」

「なめているよ。なっちゃいないや。君は。なめているんだ。電車に乗らず歩いて来ようと思った。いいじゃない。だったら社長さんにも顔が立つよ。あいつは歩いて東京に来たんです。たいした奴だよ。笑い話にできるじゃないか。いやむしろ人気者だよ、いきなり。気骨に富んだ若者だ、なんつってさあ。しかし、なんだ。タクシーに乗った？タクシーで来た？　い、い、い、いったいいくらかかったんだ」

「……ええと、たくさん、たくさんだったので、ちょっと」

「たくさん払ったら覚えてなさいよ、人として。私なんか自慢じゃないが自分の金でタクシーに乗ったのは二十三歳のときだよ。十五の十五の十五のガキが。女中相手に遊びで子供つくって。タクシーで東京まで来て。おまえ、その、あのあの、あのなあ」

指を突きつけた。興奮のあまり人差し指を出すつもりが小指を突き出していた。これでは怒ってるんだか色っぽい話をしてるんだかわからない。わからないままおじさんは、ついに叫んだ。

「ふざけるなあ！」

頭を激しく振ったので雲脂が周囲50センチ四方に飛び散った。落ちてゆく白い塊をアボルガセムが無表情な目で追った。

「……すみません」

「人生をなめるなあ！」

「すみません」。腹が鳴った。

「お腹空くなあ！」

「すみません！」

「人生は時間との戦いなんだ。東京では時間を守らない人間は、もう、まったくだめだ。クズ扱いだ。いいか。おまえはもうスタート地点ですでにおまえを信頼して集まった五十人の人間の信用と『嵩味』の懐石弁当を失ってんだぞぉ。人間五十人と一弁当分出遅れてるんだぞぉ」

十五人がいつのまにか五十人に。景気のいい話である。「これは近いうちに百人を超えるな」。密かに思った。

「その上なんだ。山手線を？」

「ぐるぐる回りました」

「ぐるぐる回るなあ！」

「すみません」

「で、で、どうしたって？」

「カネコに荷物を」

「カネコって誰だあ！」

「カネコサン。イイ人」

「そもそもおまえ誰だあ！」

おじさんは頭を血が出るほどに掻きむしり、その髪型はもはや無政府地帯というより人外魔境の様相を呈して来ていて、さらに恐るべきことにおじさんはそうして爪にたまった大量の雲脂をもう一方の爪でピッピッとフクスケたちに弾き飛ばすという、人類が有史以来発明してきたさまざまな攻撃の中でも最高に感じの悪い攻撃をしかけてきたのだった。

「とにかくおまえみたいなふざけた人間は私は好かん。絶対に好かん」

「わ、わかります。それはもう、よくわかります」

一通り雲脂を飛ばし終わるとおじさんは、さすがに反省したのか息を整えるようにしばし沈黙し「とにかく」と低く切り出した。

「君は働く先を失ったし、今のままの君を快く迎えたのでは、絶対に君のためにならない。君はもっともっと苦労したほうがいい」

「はい」

「行きなさい」

「はあ」

「私たちは出会い方を間違えた」

「そうかも知れません」

「昨日だったら凄く良かった」

「本当に」

「さようなら」

「さようなら」

「サヨウナラ」

こうしてフクスケたちがマキガメのおじさんの家を追い出されたときには、夜中の三時をまわっていた。フクスケはチリ紙に包んだ一万円を、アボルガセムは真空パックに入ったプリンを、餞別にもらった。

二人はコンビニで肉まんを二つずつ買って食べ、近くの公園で言葉もなく眠りについた。

明日になったらどうしよう。

そんなことを考えないでもなかったが、今はともかく疲れすぎていた。東京に着いた頃は「疲れ」はまるで旅を伴する友達のようだったが、今ではほとんど凶器を持った敵と化し、眠るというより「疲れ」に寝技を掛けられて「落ちる」といった風情で、フクスケの長い長い上京第一日目は暮れなんとしていた。

7

次の日。

それにしても、いったい人類はどんな罪のどんな罰によってだいたい「次の日」目が覚めるのか。

とまれ次の日が来たとて、よるべない。

つい数日前までの不自由ない生まれながらのお坊ちゃま暮らしがまるで一夜の夢だったかのように、フクスケは上京後間髪入れず公園で野宿というワイルドな立場に凹マークが凸マークにはまるがごとき素直さでもってカッチリとはまりきっていた。はたして、フクスケのような境遇の少年にとって明けない夜はないという現実は、ちと酷だ。一度は夜の暗闇の奥に無理矢理しまいこんだ「行き場のなさ」という大問題が、完全修復の後再び御開帳され、しかもそれが朝の無神経な光に照らされて昨日以上にテカテカと輝いていたりする。もう「問題光り」している。自分はちっとも輝いていないのに問題だけが光り輝いている状況。それはいたってありがたくない。

そんな事情もおかまいなしに、公園は柔らかな陽射しの中、脳のとろけそうな平和にヒタヒタに浸されていた。いろんな種類のデブがデブ汗をかき「ボフッ。オウフッ」とデブ息を洩らしながらフクスケの横たわるベンチの傍らを猛スピードで走っては通り過ぎてゆく。フクスケは勤勉な減量ジョガーたちの地響きに寝込みを襲われ、目をしばたかせた。はて、いかがしたものか。野宿の寒さできしむ体をさすり、肉まんを買ったお釣りでも数えましょうとポケットをまさぐってみると、硬貨とともに見覚えのある不穏な二つ折りの紙片が出てきた。

そして彼は完全に目が覚めた。

何かに取り憑かれたように切迫した表情でシャウトしているチンパンジーの写真。その下に毒々しい朱色で「殴り書きの筆文字」をイメージしてレタリングされた「川崎霊長類科学館」の文字。そんなビジュアルの中に「牙!」「脳!」「吠える!」「投げる!」「檻!」「縦社会!」等のよくはわからないがショッキングと言われればショッキングなコピーが躍る。誰が人をどんな気持ちにさせようとしてデザインしたのか、幼児が見れば確実にトラウマになりそうなそのパンフレット（しかもさらに意味不明なことに絶叫するチンパンジーの口元には『猿って何？　ヒトって何？』と吹き出しがついていた）は、山手線で酔っ払ったドサクサにカネコがフクスケに手渡したものだった。

「そこで檻についてるボタンを押せば俺の姉ちゃんが出てくるから」

大事な上京資金のほとんどが入った鞄を持ったまま消えたカネコの居場所がわからない限り、今や、フクスケの「この世のよすが」はマキガメのおじさんの髪型以上に不吉なそのパンフレットに記された「川崎霊長類科学館」だけとなりはてていた。とりあえずヨイショと体を起こし公園の便所で顔でも洗おうと一歩前に出たとたん足元で寝ていたアボルガセムにけつまずいて、〇・二秒で彼の存在を朝起きてから今まで全く忘れていたことに気づき、それから〇・一秒で地面に激突した。その際、小指を思い切り突き指したが、神社にお参りして以来どういうわけかそのところの痛覚が完全に麻痺し続けているフクスケは、数時間後すでに一度骨折して変形しているところに持ってきて激烈に腫れあがり「ことの運びようによっては銭になる」ほどに非日常的な見てくれになるまで、小指に起きた大惨事に気づくことはなかった。

根拠のない呑気は幼い頃から友達を必要としない彼の唯一の友である。

東京供養

1

なぜかとにかく帰ろうとしないアボルガセムと二人、川崎の駅に降り立ち、パンフレットの地図を頼りにあっちに迷いこっちに迷いしながらそこに辿り着いた頃にはすでに陽が高くなっていた。

川崎霊長類科学館。それはフクスケがその語感から想像していたアカデミズムの誉れが薫る文化施設とはほど遠く、その建物のトータルイメージのベクトルは限りなく「秘宝館」の方向に傾いたものだった。まず、特筆すべきは建物の中心部であって、それはセメントでできた巨大な猿の顔なのであり、魂の叫びのようにカッと長方形に開かれた口腔部が入り口になっていて、訪問者は期せずして「猿の臓物」の内部の散策を余儀なくされる案配になっている。建物の上部にはいくつもの小窓があり、そこからは安っぽい機械仕掛けのメガネザルが一定のリズムで顔を出したり引っ込めたりしているのが、逆に何かこちらに向かって助けを求めているようで怖い。入り口の上にはこれまたセメントで立体的に作られた「川崎霊長類科学館」の文字が蛍光色の朱色でおどろおどろしくうねって見るものに不必要な動揺を与える仕組みとなっている。さらに、猿の顔の横にはスピーカーがはめ込まれており、そこから高音が割れるほどの大音量でおそらく自主制作であろう川崎霊長類科学館のテーマが「♪さーるさる、さーるさる、かわいい猿、愉快な猿、猿はいつでも元気元気。檻をガンガン叩いても、怒っているんじゃないんだよ。君に笑ってほしくって、今日もガンガン叩くんだ。さーるさる、さーるさるさる、さーるさる」と耳にこびりつくほどにのべつまくなし流れ、かなりの確率で夜中悪夢を見るだろうことを予想させる。とにかく全体に、いろいろと過ぎていて、一言でもってその外観を表すならば「地方の小権力者の下品な虚栄心」とでも言おうか、中年過ぎのオヤジ特有の勃起に至らない往生際の悪い色欲みたいな、むしろ建築というより贅肉と言い換えたいような、そんなオーラを建造物全体からギトギトと醸し出していた。どう考えてもそれは行政や教育機関や企業が建てたものでは微塵もなく「人を驚かせてやろう」とか「一泡ふかせてやろう」「あわよくばもててやろう」といった、救いがたい誰かのズルムケ精神の暗黒宇宙から舞い降りてきたものであることは一目瞭然であった。

アボルガセムは何かこの館の邪悪さがその外見からはわかりにくいデリカシーに触れたのか極端に怯えて入ろうとしないので、フクスケは意を決し一人でその建物の内部に入ることにした。

建物の外観の基本精神から考えうるに目に痛いほどの猿の嵐。

といったものをフクスケは覚悟したわけだが、内部は驚くほど殺風景だった。BGMにジャングルっぽいSEを流しているのはソレらしいが、「科学館」と胸を張り銘を打つには絶対的に猿の数が足りない。広い土間！　の敷地の中、ポツリポツリと鉄製の檻が配置され、その中に一匹、多くても二匹、首に「モン吉」だの「アレクサンダー」だのと名札をつけられた猿が覇気のない表情で雑巾のように横たわっているさまは、寂しさを通り越して痛々しかったし、はては、ただ檻があるのみで中の住人はもう何年も前からいなくなっているという霊感の強い人間なら叫び出しそうなものもいくつかあり、それらは館全体のタソガレ度をいやがおうでも加速させていた。もちろんフクスケ以外の入館者は一人としていない。

館の片隅には『モンキー博士とエイプ教授の部屋』とペンキで手書きされた木製のドアがあり、おそらくカネコの姉がいるとすればそのドアの向こうであるのだが、とりあえずチンパンジーがかつていたであろう空の檻の前に件の呼び出しボタンがあり、その傍らに「チン平君についてもっと知りたければボタンを押してモンキー博士を呼んでね」と但し書きされていたので押してみることにした。

『モンキー博士とエイプ教授の部屋』の奥からかすかにブブーとブザー音が聞こえたが一分待ってもドアは開かない。まあ、チン平君もいないわけだからモンキー博士がいなくても不思議はない。しかし、駄目もとで二度目を押したとき明らかに扉の奥でガサゴソと人の動く気配がしたので試しに三度、四度と押してみた。返事がない。自棄になって立て続けにボタンを連打していると突然部屋からバーンと何かを叩きつける音が聞こえ、そしてゆっくりとドアが開き、三十半ばの白衣の女がズリズリと出てきた。背は高く、どう甘く見積もっても１７０センチはある。面長の顔は青白く濃い眉毛が浮き立って見えた。黒のミニスカートから長くのびた足はそこだけ場違いのように美しかったが、ズリズリ、ズリズリと、まさに女は足だけでなくおのが存在すべてを引き摺るようにフクスケに向かって歩いてくる。具合が悪いのか杖を突き、ずいぶん洗ってないだろう薄汚れた白衣にはベットリと何物かの新鮮な血がついていた。その白衣に猿たちの首にかかっているのと同じ素材の名札が縫いつけてある。

霊長類学者・モンキー博士。

モンキー博士は胸まであるソバージュの髪をだるそうにかきあげカネコそっくりのどんよりと濁った眼差しでフクスケを睨みあげると、彼がこれまで出会った女の中で最高に低い声でゆっくりとゆっくりとささやいた。

「それでは……チンパンジー……のチン平君について説明……します」

いないのに。

2

「こんにちは」

勇気を振り絞ってフクスケは尋ねた。「カネコ……君のお姉さんですか？」

「……あんたは？」

「フクスケです」

「そう……」

「……」

しばらくの沈黙があって博士は再びノロノロと喋りはじめた。「……チンパンジーというのはアフリカ原産の類人猿で別名……」

「すいません」

「何？」

「カネコ君は」

「……キヨシとは、というか、カネコの家とはもう、縁を切った」

「はい？」

博士は白衣の内側をまさぐりハイライトを取り出すとマッチで火を点け、火の点いたままのマッチをヒヒの檻に指で弾き飛ばした。ヒヒの「小次郎」は寝転んだままマッチをキャッチすると慣れた様子で火を消して、興味なさそうに寝返りをうった。

「カネコ君にはものを預けてあって、ちょっと居所がわからないととても困るんですけど」

「そう……」

再び博士は沈黙しフクスケの目を見つめながら、低音の限界に挑戦するかのように低いトーンで聞いた。

「で？」

「あの人はどこに住んでいるんですか？」

ふと博士の足を見ると上のほうからツツと白い液体が垂れている。精液だった。「……ああ」。博士はフクスケの視線に気づき、しばらく何かを考えて、それからおもむろにこう言った。

「じゃ」

博士は踵を返し、来たときと同じようにズリズリと『モンキー博士とエイプ教授の部屋』に去っていった。

フクスケはドアを叩く。

「すいません。すいません。突然お邪魔して申し訳ないと思っています。でも、カネコ君にあの、いくらかお金を預けてあるんで、ちょっと居場所だけでも」

ドアには内側から鍵がかけてあり、いくら呼んでも応答がないので、フクスケは仕方なく今度はドアの近くのスロウロリスの檻につけられたボタンを押してから「あっ」と思った。そこには「スロウロリスのヒロアキ君についてもっと知りたければボタンを押してエイプ教授を呼んでね」と但し書きされていたのである。

ほどなくドアが開き「エイプ教授」の名札のついたやはりよれよれの白衣を着た神経質そうな若い男がズボンのベルトを締めながら現れた。

「エイプって聞き慣れない言葉だろ？　尻尾のない猿って意味なんだ。じゃあ、さっそくヒロアキ君について説明しようね。スロウロリスというのは……」

「あ、いいい、いいです、いいです。説明はいいです」

教授は仕事を中断され憮然とした表情で下唇を突き出してだまりこんだ。

「すいません、あの」

「……」

「……」

「モンキー博士を」

「自分で呼んだらいいだろう！」

なぜだかはわからんが物凄くプライドを傷つけられたらしい教授はそう吐き捨てると早歩きで部屋に戻り「どうせ俺なんか！」と叫んで荒々しくドアを閉めた。

フクスケは弱り果て、一度しゃがみこんだが、他にすることもないので立ち上がってチンパンジーの檻に戻り再度ボタンを押した。

三分ほどの沈黙の後、ガチャーンと何かガラス製品を叩き割るようなヒステリックな音がして、それから物凄くゆっくりとドアが開くと初めと全く同じテンポでズリズリと博士は現れた。さすがに太ももの精液は拭き取られていた。

「それでは、チンパンジーの……」

「すいません。ほんと、すいません。説明はいいですから」

「……説明を聞かないのなら……」。タバコを吸った。「帰るわ」。煙を吐いた。

「正直、本当に困ってるんです。カネコ君と再会できなければ、僕は飢え死にしなければいけません」

「死ねばいいじゃない」

「そんなこと言わないでください」

「死にたくても死ねない人間は大勢いるわ」

余談だが、カネコの姉であるこのモンキー博士はカップル心中の生き残りである。

一流大学の大学院を優秀な成績で出たこの女がいかな運命で死の誘惑に取り憑かれ、あげくこのいかがわしい館に流れついたのか、そして『モンキー博士の部屋』でなんでセックスをしているのか、それに関してはそれだけで一本の映画が撮れるほどワクワクするエピソードを用意しているのだが、本編の流れには直接関係ないのでここでは涙を呑んで割愛させていただく。

「とにかくカネコの人間とはもう関わりあいになりたくないのよ」。博士は鼻からエクトプラズムのように煙を出しながら再び踵を返した。

「待ってください。電話番号だけでも教えてください」

「いや」。振り向かずに言った。

「意地悪言わないで。なんでもしますから」

叫び、追いすがる。その真剣さが通じたのか、ドアノブに手をかけたまましばらくじっとした後、悪戯な笑みを浮かべて博士は振り返った。

「……そこまで言うなら教えてもいいわ」

「本当ですか！」

「ただし、条件があります」

博士はポケットから鍵束を取り出し、ヒヒの檻の鍵を開けると小次郎を抱き抱えた。

「こいつを引き取ってくれる？」

「ええ？」

「ここはね、ほらあそこの窓から古い建物が見えるでしょう。あれ、お寺なんだけど、あの寺が経営してるの。だけど、この間住職が脱税で捕まってさあ。追徴金てのをとられるのよ、物凄い額の。そうなったら真っ先にここは閉鎖だわ。ここが閉鎖されたらこいつらどうなると思う？　うまく行けば動物園送り。ま、十中八九薬殺だわ」

「……はあ」

「まあ、そうなってもそれは運命。別段私は心動かないけど、でも、こいつはちょっと違うの。こいつにはいろいろと実験を手伝ってもらったからね、借りがある。できればその借りの分だけでも生かしておいてあげたいわ」

「そうですか」

博士は小次郎を床に置くとくわえタバコのまま別のポケットからメモ帳とボールペンを出し、人が人のアドレスを書くということにおいて「未知の」とも言える猛スピードで住所と電話番号らしきものを書き込んだ。

「交換条件よ。これがほしければ、このヒヒも一緒に連れていきなさい」

フクスケは観念した。どの道意思の通じないものがもう一匹増えるだけの話である。

恐る恐る博士が小次郎の首につけてくれた鎖を受け取り出口まで見送られながら聞いた。

「何か、カネコ君に伝えることはありますか？」

「……早く死んだほうがいい。まあ、これは弟に限らずね」

「……はい」

出口のドアを開けると道端に別れたときと寸分違わぬポーズでアボルガセムがしゃがんでいた。

「あの、余計なことかも知れませんけど」

最後だ。と思ってフクスケは聞いた。

「ここが閉鎖されたらお姉さんはどうなされるんですか？」

「別に。どうもしないわ」

「……」

「私は恐れないの。……私は絶対に何も恐れないの」

そう言って博士は短くなったハイライトをヒヒにくわえさせた。ヒヒの小次郎は人差し指と親指でタバコをつまみ慣れた手つきで一服ふかした。

3

昨日はアリスのいない『不思議の国のアリス』の一行にどことなく似ていたフクスケたちだが、今は三蔵法師のいない『西遊記』に似ていた。

巨頭の少年と無口なイラン人、そして覇気のないヒヒは、川崎の駅でうどんを食った後、モンキー博士の書いたメモを頼りにカネコがタイ人ホステスたちと住む大久保を、電車を乗り継ぎ思い切り悪目立ちしながら目指したのだった。

さて。

徒歩をあきらめタクシーで上京、山手線数周、大塚遁走、明けて川崎と、いらいらするほどにノッキング続きなこの旅のパターンを考えるに、一行はここでまたとんでもないハプニングに巻き込まれ、寒空の下、猿も含めて睾丸丸出しの丸裸に、あるいは、アボルガセムの国際犯罪をめぐって読んだことがないのでよくはわからないが馳星周のような話に、はたまた、いつのまにか主人公が入れ替わってヒヒの小次郎を中心とする感動動物秘話に、そしてそれがどう転んだかやっぱり最終的に馳星周のような話に、といったふざけた展開になってもおかしくないところまでフクスケの往く東京は暗い迷宮の様相を呈し続けているわけだが、あにはからんやこのたびはそういうこともなくいたって順調で、フクスケたちは実に物足りないほどスムーズに、大久保の駅に到着したのであった。

しかし、何かしら、なのである。何かしら町の空気がおかしい。澱んでいる、というのではない。むしろ朗らかである。なめているのかおまえと詰問したいほどにウエルカムな雰囲気が過ぎるのである。遠くで何かのパレードが行われているのか、デキシーランドジャズ風のマーチが薄く聞こえるせいもある、が、それだけではない。腑に落ちず、フクスケはのけぞり空を見上げる。大久保の空はなんだろう。人になれ過ぎた猫が足元に媚びるがごとく、上目遣いに晴れていた。晴れ媚びていた。斬新なんだけど困った事

ちであるはずなのだが、カネコの弱り果てた身振りによると何やら内部がただならぬ様子であるのが容易に想像できる。

そのときだ。カネコは窓枠から空調のパイプに足をかけなおそうとしてバランスをくずし、「うひま」とか「ひへゆ」とか意味不明の単語を叫びつつ慌てて窓に掛かったプラスチックのブラインドを鷲摑みにした。ブラインドはバリバリと割れながら彼の身体とともにガクンと1メートルほど落ちてヒモ一本で止まり、泡を食ったカネコは引力にあらがおうとコンクリートの壁をつるつると裸足の足で虚しく引っ掻きつつもう一方の手でなんとか空調パイプをつかんだ。落下が止まったはいいものの、反動でカネコの身体はグルリと反転し壁に頭をザリザリザリと思い切り擦りつける。

「やがががが」

が、伸ばした足先は何度か空を切りながらも隣の窓の桟に届き、火事場のバカ力というがその足の指でグイと桟を挟んだ。もう一本の足はラッキーなことにかろうじて下の階の換気扇のダクトの上に乗っかっている。形としては平面横向きの古代エジプト壁画の人物のような素敵な格好となっているわけだが、その素敵さはあまりにも無意味であるし頭から血は出ているし股が裂けそうだしこのままでは十秒と持たない、と、体勢を立て直すため一瞬ブラインドから手を離した途端である。カネコは「ケケッ」とその姿にふさわしく翼龍のような奇声を発した。この期に及んで身体に巻きつけていた件の自動純粋アル中製造機のビニール管が首を一周して配管にからまり、首吊りのような状態になったのだ。管を緩めようと首筋をかきむしりもがけばもがくほどにそれはカネコの細い首を締めあげた。芸術と称するもののため、彼の身体の内部をゆるゆると打ちのめしていたアル中製造機は、いまや別の角度から本格的に彼の息の根を止めようとしていたのである。

さて、全く同じ頃、これは何の偶然なのだろう。川崎霊長類科学館の女便所で、カネコの姉のモンキー博士はトイレのドア上部にヒモをかけて首を吊っていた。

姉と弟が空間を超え同じ時間に首だけで体重を支え重力に身を投げついでに命も投げようとしていたのである。これも絆のなせる業だろうか。誰にも気づかれることなきシンメトリー。もっとも弟はまだ生への未練たっぷり、姉のほうは死ぬ気満々という違いがあって、あらがわない分早く、姉は首ごと下に伸びてそして息絶え、ただトイレの窓から吹き込む風にだらしなくブラブラする「もの」となった。想像するだに孤独な姉の人生の最後に向けてのこれは「運命」からのメッセージであろうか。

「ちょっとだけ孤独じゃない」

その死の瞬間、世界のどこかで血を分けた姉弟が同じポーズでもって死にかけているという偶然の共有。それは、まあ、確かに、

「ちょっとだけ孤独じゃない」

ここで一つ妙な話を。

よく言えば博士との共同研究者、ひらたく言えばセックスフレンド、もっと言えば彼女の日々沸き起こる黒雲のごとき性欲の処理係だったエイプ教授は、モンキー博士の死体の第一発見者となった。彼は半狂乱になって警察を呼び「遺書のようなものはなかっ

たか」と執拗に問いただした。彼女の部屋にはそれらしきものは一切なかったが、司法解剖の際、彼女の胃から一枚の紙片が見つかった。そこにはボールペンの強い筆跡で荒々しく何か公式みたいなものが書きつけてあったが、すでにインクが胃液で溶けかけており判読は不能だった。その紙は彼女がフクスケに手渡したメモと同じメモ帳から破りとられたものだった。

エイプ教授と名乗る男は警察に「猿を探してほしい」と一言伝言を残し、人々の前から姿を消した。たそがれにたそがれ切っていた川崎霊長類科学館だが、この事件を発端に「日本の存続をおびやかす悪の根源」としてそのキッチュな外観に分不相応な脚光を浴びることになる。それは少しだけ後の話だ。

そんなあれやこれやを「なんとなく」でよいので覚えておいてほしい。

で、話を元に戻そう。

ビニール管はグイグイと喉に食い込み、不自然な形で身体を支える四肢のすべてに興味深い痙攣が訪れ力尽き、あわやおだぶつ、先に逝った姉に追いつき追い越せ、と思われた刹那。カネコの身体を下からグイと持ち上げる者があった。

アボルガセムだった。

実は彼は窓枠からぶらさがるカネコを見た途端、脱兎の勢いで駆け出し、パイプや窓枠や換気扇、電気メーター等を足場に、超人的な筋力でもってぐいぐいとヤモリのようにカネコの足元までビルをよじ登っていたのである。

「カネコサン。……大丈夫ダカラ。ワリト」

カネコはアボルガセムに言われるままに彼の頭に足を乗せ体重をかけると、首に巻きついたビニール管を緩め身体からむしり取り、アルコールの入っている容器もろとも忌まわしげに地上へと投げ捨てた。フクスケがあっけにとられて一連の出来事を見上げている隙に、ヒヒの小次郎は敏捷に容器を空中でキャッチして、おそらくカネコの姉が冗談で教えた習慣だろうが、中に入れられたる安物のウォッカをちゅうちゅうとうまそうに吸い始めた。

一方アボルガセムは器用にもビルの突起物に足をかけながら頭や肩でカネコをグングン押し上げ、彼を屋上の手摺りにまで誘導し、とうとう助けあげたのだった。

フクスケはアボルガセムの腕力と手際の良さに我を忘れ興奮し、非常にめずらしいことだが一つ大きく「やった」と叫んで赤いビルに飛び込みエレベーターで一気に五階まで行き屋上への階段を駆け登った。

ちなみに当然その頃には彼の頭の中でヒヒの小次郎の存在は忘却の彼方にあったのだった。

4

「せつねえことになった」

同じ時刻に我が姉が自殺を遂げたことなど知るべくもなく白いランニングシャツを頭部からの出血で染めながらカネコは一時の放心状態の後、コトの次第を吶々《とつとつ》と語り始めた。

「実は去年の暮れ、フィリピン人のカツヨが死んだのな。風邪だった。熱がひどくて、医者に行けって言ったんだけど、亭主にたれ込まれると困るって本人が嫌がるから、ああ、えーと、あいつ、田舎の亭主から逃げてきたクチだからね、亭主の舎弟が嗅ぎ回ってるって言うのよ歌舞伎町から大久保界隈を。しょうがないんで布団に寝かしてたら、一週間で死んだ。なんかこう、人が死ぬときって一つヤマみたいなもんがあると思うじゃない、ウワアアっていう。そういうヤマがちょっとね、わかりにくかったんで気づかなかったの正直な話。俺医者じゃないし。まあ、これはあの、こういうこと言うとあれだけど、しょうがないなと思った。カツヨはかわいそうだったけどな、本人が嫌なもの強制するほどの、俺には気力ってものがない。常に自動的にアルコールが入ってるわけだしな。そういった芸術作品という側面も持っているわけだしな。気力のない俺の所じゃ風邪で死ぬ。それが寿命だ。医学じゃないよ。巡り合わせで決まるな、寿命ってものも。そういう点では他の子も納得してくれたよ。ショウガナイヨって。カネコに気力まで期待できないって。ケンチャナヨってな。あ、ケンチャナヨって気にすんなって意味の朝鮮語で。まあ、優しいよみんな、俺には気力はないけど愛があるからな。それはいいんだが、問題は死んだカツヨの死体の処理ですよ。どこにもってくアテもないしな。警察にあれすると、他の子も痛くもない、っていうか痛い腹探られるし。なんかまあ、いろいろ手をつくせばなすすべもあったんだろうが、何しろ、どうにもやはり気力がないんだ、俺には。で、しばらくはビニールで包んで押入に入れてたんだけど、これが臭ってくるんだ、当然。しょうがないから当番を決めて毎日彼女の身体をアルコールで拭いてた。それでも今年の二月に入ってからもう、見た目がミイラみたくなるし臭いが耐えられないことになって、その頃にはあれですよ、死体があるってことに耐性ができてるからさこっちは。もう、クールな眼差しでいられるからね、死体に。で、彼女も仏教徒だったってこともあって『仏教なら焼きだろう』『焼いてみよう』って『とりあえず焼いたらなんか方向性が見えてくるかもしれない』って話になったわけ。焼いて、考えようと。そうね、焼却炉みたいなものがあればベストだが、そんなわけにも行かないんで、風呂場で彼女の身体をノコで細かくひいてさ、一つ一つオーブンで焼いて、包丁で肉を落として、それで細かく始末していこうと、そういう結論になった。これには女の子たちも賛成してくれてね。自分が死んだときにも同じようにしてくれって。みんな言ったよ。そういうのに背中を押されたってのもあるけど、俺もやっと重い腰を上げてさ、池袋の東急ハンズでノコギリとペンチとハンマー買ってきてさ、カツヨの解体にかかったわけよ。最初は足から始まって20センチくらいずつ細かく切っては焼いて公園に埋めてっていうのをみんなに手伝ってもらいながら一週間くらいやった。内臓系にはちょっとさすがにウーッと辟易したけどな。しまいには慣れて。うん。ようは、慣れだね。そうです。気力はないが愛と慣れがあるのよ、俺には。昨日もそうだよ。肩の骨を埋めた後にアボルガセムさんに会ったんですよ、そういえば。でもな。困ったことがあったのよ。カツヨはフィリピンで食い詰めて国際結婚ブローカーの斡旋で山形のでかい農家の息子と結婚したんだけど、こいつがあれですよ、空手三段で、地元じゃ素人ヤクザみたいなもんでさ。そいつの遊びと暴力に耐えられなくて俺んところに逃げてきたって過程がある。しかし、その亭主がまあ恥かかされたってのを含めて物凄い執念で、地元の舎弟二人を東京に飛ばして探させてたらしくてな。どこをどう探したか、とうとう今朝の今朝ですよ、俺の部屋にそのチンピラが来たんだよ」

5

以下はその朝、ちょうどフクスケたちが川崎霊長類科学館を訪問している時間に起こった出来事である。

玄関で何度もチャイムが鳴っている。ピンポンピンポンピポピポピポ。かなりな剣幕である。にも拘らずカネコが春というのにまだかたづけていない炬燵から這い出てこようと決心するまで五分かかった。二日酔いで意識が朦朧としているが女を匿っている身として訪問者を応対するのはカネコの役目である。雑誌の山、カップ麺の食べ残し、なぜか商売用のスキャンティーが突っ込まれたポテトチップスの袋、花札、鬘《かつら》、汚れたぬいぐるみ、のど飴、ザボン、ズボン、聖書、いろんなサイズの生理用ナプキン、カネコが昔読んでいた演劇書や戯曲の山、キムチを本格的に漬けたつぼ、そして、毛布にくるまって様々な姿勢で眠る様々な国籍の女たち、約十二畳のフローリングの床いっぱいに広がったそういったものを押し分け蹴躓《けつまず》きながら、カネコはようやく玄関に辿り着き覗き穴から外を見た。

「どなた?」

見知らぬ男が二人立っている。

痩せ・若禿・チビ・派手な花柄のシャツ。もう一人は、ノッポ・ダブルのスーツ・頬にキズ。いずれも見覚えのない風体だ。

「カネコか?」

「はあ?」

「カネコかっつーの」

「……うう」

「答えりゃいいんだっつーの」

「いるんなら早く出てこいっつーの」

「おめ、カネコなんだろっつの、この」

「……はい」

二人は思う様なまっていてその点に関してはむしろ「かわいい」とさえ言えるのだが、その容貌から考えるに用件のほうはかなりかわいくない。それは明らかだった。

「カツヨいるんだろ?」

やっとカネコの酒浸りの脳が波打ち始めた。咄嗟に小声で女たちに合図をするが夜の遅い女たちは微動だにしない。仕方なくバカのふりをして白を切ることにする。

「カツヨ？」

「オハラカツヨだよ！　旧姓マリア。フィリピーナだよ。わかるだろ？」

「はあ？」

「とぼけるなっていうのおまえは」

「いいから開けてみろ。ここ開けてみろっつの！」

「カツヨ？」

「しらばっくれるな。ここが在日の駆け込み寺だってのはちゃんと調べがついてんだぞ、この」

「わかんないです」

とうとう若禿がドアをゴンゴン蹴りながら大声を出し始めた。

「ご近所の皆さん。カネコの兄貴は不法に在日してる外国人の弱みにつけ込んで、この部屋で淫らなハーレム生活を繰り広げています。はたして、このような破廉恥が許されて良いのでしょうか」

お見通し。だが実はカネコの住むマンションは、パチンコ屋建設を目論む不動産屋によってここのところ執拗な地上げにあっており、別にこんなボロマンション未練はないわと次々入居者が逃げ出している最中なのであって、特に彼の住む一階のフロアにはほとんど人がおらず、管理人すら週に一度しか顔を出さないというルーズな状況で、大きな声を出されてもさして困るということはなかった。それはともかく、一つ重大な問題があることを突然思い出し、カネコは泡を食って居間を振り返り何ものかと目が合った。今朝がた酔っ払ったまま解体作業をやろうとして炬燵の上に乗っけたカツヨの生首が剝き出しのまま物言いたげにこっちをボンヤリ見ていたのである。

あんまりだ。息を呑み、そしてドアの向こうに叫んだ。

「ああ、えーと、今ですね、非常にたてこんでまして」

これはちょっとあんまりだよね。カネコは自分に言い聞かせるようにもう一度口の中で呟いた。いくら「死体に慣れた」とはいえ、この状況はあまりにもあんまりである。

「開げろ！」

「あの、お二方。ちょっとだけ私に時間をください」

「だみだ。今開げろっつーの。〇・五秒で開げろっつーの」。若禿が丸出しの東北弁で吠える。

「せめて十秒」

「うるせ」

「五秒だけ」

「競《せ》りじゃねえぞ。くぬう」。ノッポは足元にあった消火器を手に取りドアをゴンゴン殴り始めた。「おどなしくカツヨを渡しゃ、オハラの兄貴も命まではとらねっぺが」

「だ、もう、ほんとにちょっとだけ」

「ちょっとじゃねえ」

「じゃ、ぜ、全部」

何が全部なのかまったくわからない。テンションは高いが非常に虚ろなやりとりを、さらにそれをもうこれ以上ないだろうという虚ろな眼差しでカツヨの生首が見ている。虚ろの重ね塗り。そんな中、カネコは慌て吃《ども》りうろたえながらもジリジリと時間を稼ぎ、その生首に向かって後退し始めた。とにかくアレを隠さねば。それが単なる急場しのぎであるのはわかっている。何しろ浴槽や冷蔵庫や電子レンジの中には未だ処理し切れていないカツヨの肉体のあれやこれやが「煮るなり焼くなり好きにしやがれ」とばかりに鎮座しているのである。にしても、炬燵に生首はさすがに圧倒的にまずい。臆面もないあと、数歩。カネコがカツヨの首に、にじりよったそのときである。

「あれ、なんだこれ」

ドアの向こうでふいの静寂が訪れた。続いてガチャリとドアノブの音。

「鍵開いてんでないの?」

カネコは超高速で昨夜の自分を反芻する。そうだ。最初から鍵を掛けてなかった。

背後でドアが開き、玄関せましとグチャグチャに脱ぎ捨てた運動靴やラメのハイヒールにつっかかりつっかかり二人が入ってくる気配がする。「あややや」。泡をくったカネコはホステスたちの脱ぎ散らかしたチャイナドレスやホステスが漬けたキムチ壺やホステスそのものを踏み散らかしながらどっと炬燵に倒れこみ、その大きな頭は炬燵の天板に叩きつけられ「ゴーン」と鈍い音を放った。

チンピラたちがとりあえず驚いたのはその異様な光景ではない。

「ななな、なんだよ、おい」
キムチ臭。酒臭。安物の化粧や香水臭。ニンニク臭。ニラ臭。タイ人の売春婦が料理に使う香菜やニョクマム臭。毎夜の乱交によるコンドームからの精液臭。世界各国の女のそもそもの体臭。そしてもちろんカツヨの屍が放つ圧倒的な死臭。チンピラとはいえ空気清浄なる田舎育ちでそういった複雑な臭いに対して「アマチュア」である二人は、もうプロ中のプロといってもよい臭いのただ中に心の準備もなしにいきなり飛び込んでしまったわけで、そのサイケデリックな臭いの奇襲攻撃に「きゃっ」と叫んで腰を抜かしかけた。

さらにかわいそうなのはノッポのほうである。

あまりの臭さに顔を両手でガードしようとしたその瞬間、テコの原理によって炬燵の天板から跳ね上がったカツヨの首がノッポの両手にスコンと落ちて納まったのである。生首のダンクシュート。ノッポは一瞬子犬のごときイノセントな目でそれを見つめ、数秒の沈黙後、ようやく状況を理解すると頭を千切れるほど振りながら絶叫した。

「ぎゃああ」
のけぞりながら思わず若禿に生首をパスした。で、若禿のほうはすでに絶叫の準備ができていた。

「いやああああああああああああああああああああああああああああああああああああ

あああ」。息が切れて、また吸いなおして「やあああ」。

6

「それで奴らね、デザインがかっこよすぎてなんかほんとに弾が出るのか出ないのかってな危なっかしい改造拳銃みたいなのを持っててさ、ノッポのほうは女の子たちをストッキングで縛り上げて一階に立て籠もってる。若禿は俺の部屋にいるのがどうにも我慢できないらしくて、たまたま鍵が開いてた五階の空き部屋に俺を監禁してたんだけど、なんか彼、ことがこんな大袈裟なことになってるって思いもよらなかったみたいでさ。ショックが大きかったみたいで鬱に入っちゃって。ドアにもたれてぶつぶつ言ってるから、俺、これ、もしかして、逃げれるんじゃないかと思って窓から脱出を試みていたの」

「死ぬところだったじゃないですか」

「ほんとにそう思うよ」

「で、どうしようって言うんです？　連中は」

「うん。ノッポが歌舞伎町のサウナにいるカツヨの旦那のオハラに電話をかけた。もうあと二人の舎弟と一緒にこっちに来るらしい」

「歌舞伎町ってどれくらい遠いんですか？」

「遠いというか、目と鼻の先だ」

嫌な予感がしてフクスケが屋上から道路を見下ろすが、未だそれらしきものの姿はない。

「とにかく女の子たちを助けなきゃいけない。あいつら、俺たちがカツヨを殺したと勘違いしてるからな」。そりゃ勘違いするよな、とは思ったがフクスケはあえて口にはしなかった。

「まいってる」。カネコは頭を抱えていた。

「ノッポの野郎、オハラが来るまで女の子たちを犯し続けるって宣言しやがった」

実際ノッポは状況への順応能力に長けた男で、現場の臭いにも凄惨さにもすぐに慣れ、反吐を吐き続ける腺病質の若禿を尻目に、外国人たちに欲情し始めていた。

「敵ハ全部デ五人ネ」

アボルガセムが口を挟んだ。

「ああ、下にいる二人とオハラともう二人だ」

「ナントカナルデショウ」

「みんなヤクザだぞ」

「ナントカナル」

「どうナルってんだよ、くぬ」

突然の方言に全員が顔を上げると屋上のドアの前に若禿がカネコの言った妙にデザインのかっこいいピストルを構えて、スーパーのチラシのモデルのごとくシャキーンと「いい姿勢」で立っていた。さっきまでカネコの傍にいたメランコリックな表情はかけらもない。覚醒剤を使ったのであろう。左腕には注射を射つ際に用いるゴム管がいけしゃあしゃあと巻きついたままだった。フクスケは息を呑んだ。若禿は動揺のあまりクスリの量を間違えたのかもしれない。彼の目は羽二重をした時代劇スターみたいに不自然に釣り上がっていたのである。業界でいうところの「てんぱっている」という奴だ。

「ここは日本か?」。カネコに聞いた。

「はい。……ええ」

「いったいおめえは何人俺に外人を見せりゃ気が済むんだくぬやろ」

「すみません」

「臭えんだよ」。若禿の声はクスリと怒りのせいで1オクターブほど高くなっている。

「すみません」

「俺はよお。昔六本木のデスコのトイレで意味もなく黒人に取り囲まれて中指立てられて小便ちびって以来、外人が大っ嫌いなんだよお」

そのとき、先程遠くで鳴り響いていたパレードの楽隊がいきなりマンションの真下で演奏を始めた。初め聞いたときはデキシーランドジャズだと思われていたその曲は石野真子の『ワンダー・ブギ』をマーチ風にアレンジしたものであって、花の形に装飾された角砂糖ほどにこの世にとってどうでもいい音楽だった。

「くぬ黒人の、くぬ野郎」

もはや解釈不能なこの状況が彼のほむらをあおったのか、若禿の怒りの矛先はアボルガセムに完全一点集中していた。イロイロマチガッテル。フクスケは吐息で呟く。この場における選曲も間違っているし、若禿がアボルガセムに銃を向けるのも間違っているし、だいたいアボルガセムは黒人ではないのであるし、根本的な問題としてそもそも自分は何故いかなる理由でこんな状況に出くわさなければならないのであるか。

二秒考えた。

不条理だ。

「死ね。黒人」。唐突に若禿は引き金を引いた。

ズギューン。

仕方ない。

何が仕方ないって、ここで若禿が発砲した銃の発砲音を「ズギューン」という漫画的な手法でしか表現しえないことがである。否、今やちょっと気の効いた漫画であれば「ズギューン」などという「かっこよすぎてかっこ悪い」効果音は用いない。いわんや「ドギューン」をや。しかし、彼のピストルは本当に「ズギューン」と発声したのである。本作品は非常にリアリズムを重んじるものであって、バカと言われようがこれだけはゆずれない。とにかく妙にかっこいいピストルからは妙にかっこいい音が出るものなのであるなと。これはもう、そう了解していただくしかない。

しかし、それにも困ったがそれよりももっと困った事態が起こっていた。フクスケたちと若禿の距離は5メートルほど離れていただろうか。

若禿の撃った弾は彼らに届かなかったのである。

届かず、アボルガセムの足元にカランコロコロとポケットからうっかり落とした十円玉のようにクルクル回転していたのである。

一瞬、全員が遠い目をした。その眼差しの遥か遠く、嘘臭く澄み渡った空にはパレードのマーチが朗らかに染み渡っていた。その旋律の清々しさは「これ以上の頭の悪さはこの世にはない！」といった陽気な確信に満ちあふれていた。

が、しかし、偉い。いや、偉いのかどうかわからないが、若禿はめげなかったのである。

「次は当たる！」

クスリが効きすぎていた。若禿は叫ぶやピストルを短刀のように腰にかまえ、脱兎の勢いでフクスケたちに突進してきたのであった。

「押しつけて撃てば、死ぬ！」

『ワンダー・ブギ』はもしかしたらとんでもない力を彼に授けたのかも知れない。

とりあえず三人は逃げた。が、もちろん集中的に狙われているのはアボルガセムである。

すでに若禿の中でカネコを見張るという任務は宇宙の遥か彼方に置き去りにされていた。

アボルガセムはバレエダンサーのように美しいフォームで真っ白なシーツが数枚ひらひらと風に揺れている物干し場に駆け込みながら「下ニ逃ゲナサイ」とフクスケたちに叫んだ。「心配ナイ。私、死ナナイ。イランデハ、部隊ニ五年イタ」。笑顔だった。カネコとフクスケは顔を見合わせ、階下に降り、二発目の「ズギューン」を聞き、なぜか「ん。これは当たってない」とホッとしながらエレベーターに乗り込み一階のボタンを押した。

ほんの「ひとまばたき」の間である。

アボルガセムは洗濯物のシーツの裏に逃げ込み、若禿は「隠れんな、くぬ」と追ってシーツを勢いよくパアッと跳ね上げて銃を構えた。

そこにアボルガセムはいなかった。

若禿は滝のような汗をその広すぎる額から流しながら屋上を三六〇度見回した。

ほんとにアボルガセムはいなかった。

「♪ブギウギシュワッチドュビドュワーってが」

所在なく激しく息切れしつつも口ずさむ。そういえば石野真子、好きだったな俺。長渕剛にやられて。それから、なんか二枚目な奴にもやられて。男運の悪い女っているんだよな。カツヨもオハラの兄貴のとこなんか来るからあんなふうになっちまって。いい女だったな。あれは。陰があって。俺、ああいうちょっとこう、なんていうの、目元に斜線入ってるっていうの。そんなのがタイプよ。女をグウで殴るから、兄貴は。せいぜいパーでしょ。クラッチにも遊びが必要でしょ。ギッチギチだもの兄貴は。パーで殴ってなんぼでしょ。女は。

「♪あ、ブギウギシュワッチドュビドゥワー」

鼻歌いながらも目玉だけは落ち着きなくキョロキョロと、獲物を探している。そんな若禿の頭の上にアボルガセムは降ってきた。

無言で。マンションの給水塔の上から。

7

「どうします。カネコさん」

「とりあえず女たちを助けなきゃ。あのノッポにやられちまう」

一階。エレベーターの扉が開くと赤紫のスーツを着た筋肉質の男と、顔色の悪い角刈りの男（以下、顔色）、もう一人、一生のうち何発殴られたらこんな顔になるのか、我々と同じ遺伝子を持つとは到底考えられないほどに顔面の造作の崩れた男（以下、何発）、そんな三人がどんよりとした眼差しで立っていた。

紫スーツが口を開いた。

「おめ、ガネコが？」

度胆を抜くなまり方である。

「なじょしてここさいる？」

目が据わりきっている。

「ま、た、て、よ、がす」

カネコはうろたえて意味不明な言葉を口走っている。フクスケも確信した。オハラだ。この人たちはすでに一階での事情を呑み込んでいる。三人の身体からはキムチの臭いがプンプンと香りたっていたからだ。フクスケは反射的に「閉」のボタンを押した。咄嗟に何発がドアに足を差し込んできた。

「させねえぞ、くぬ」。何発は泣いていた。いや、本人は笑ったつもりだったが泣いているようにしか見えなかったのである。その背後で顔色が胸元から短刀を取り出す。フクスケとカネコはエレベーターから引き摺り出され、静寂が訪れた。マーチが次第に遠ざかっていくのがわかる。その静けさの中、オハラが暗い絶望を湛えた声で呟いた。

「おりがどれだけカツヨを愛してたと思うよ？」

「……こりは、誤解なんです」

カネコは震える声で答えた。

なまりがうつっていた。

「俺は殺してない。カ、カツヨは、風邪で死んだんだ。ホントなんです」

「おい」

オハラはカネコの胸ぐらをつかむと泣き腫らした目でカネコを見据えた。

「どりだけ愛しで愛しで愛し抜いでだと思う?」

ゆっくりと上着を脱ぐとシャツを捲り右の二の腕を見せた。そこには青黒い刺青が施されてあった。

カシヨ命。

嗚呼。神様。

目の神様がどれほどの優しさで頑張ってそこにいる皆の視力を弱らせたとしても、それは「カツヨ」ではなくやっぱりどう見ても「カシヨ」だった。いっそのこと「ヤシE」とか、全部間違ってくれたほうが潔かった。

「間違ってるんです」

重い沈黙をフクスケが破った。

「ここにいるみんなが間違っているんです」

「何ほざいてんだ、くぬ頭デッカチ」

「ここには誰も悪人はいません。いないですよね。カネコさんあなたも、愛してましたよね、カツヨを。ただ、間違ってるんです。カネコさんもオハラさんも、あなたの子分の人たちも。いや、なぜかここにいる僕も含めて。外のあの音楽も。悪くないんです。間違ってるんです。ただ、もう、なんだか、いや、ちょっとだけ。とにかく、間違ってるんです」

「わげのわがらねごとぬかすな。ガキ」

顔色が吠えてフクスケに拳を振ろうとした。

そのとき「チン」と、いつのまに昇っていたのかエレベーターが再び一階に到着した。不気味なほど静かに扉が開いた。

中には血塗られたシーツに包まれた若禿が倒れていた。

「ミヤナガ！」。そんな名前だった。「何してんだおめ」。何発が駆け寄った。

ミヤナガと呼ばれる若禿は答える代わりにハプーハプーと息を吐いた。前歯がすべて折られていたのである。

耳と鼻は潰れ、右腕と左足が人体工学を無視した、ちょっと残念な方向に折れ曲がっていた。残念。そう。若禿はもはや「残念」という名の生き物に生まれ変わって、同郷の皆の前に帰ってきたのであった。中でも最も残念なのは両の目が完璧に潰されていたことである。

証拠を消したんだ。

フクスケはアボルガセムの冷静な残忍さに身震いを覚えた。

「また一人、間違っている人が増えた」

とにもかくにも誰かが何かをコメントするべきであってしなければ一歩も先へ進めないといった状況である。

「アオヤマ……」

その場で一番のボスであるという責任から、やっとのことで搾り出されたオハラの第一声は、キンキンに冷やしたビールを一気飲みした後に出る声のようにもんどりうっていた。オハラは慌ててひとつ大きく鼻を啜り上げると、努めて低い声を喉から搾り出しなおした。

「アオヤマ、おめはイレベーターで上さ行って案配見でこい」

アオヤマ。紳士服のような名前であった男「顔色」は、生まれつきの憂鬱顔をさらに蒼く染めながらも小さくうなずき、何発と二人でエレベーターから元は「若禿」そして今は「残念」に名を変えた瀕死の生物を引き摺り出すと、ノロノロとその血だまりの中に乗り込みドアの向こうに消えていった。

「おう、コイヌ。俺たちはこいつら連れてさっきの部屋に戻るっぺが」

今度はコイヌである。どういう字で書くのかというか本名なのかどうかもわからないが、とにかく「コイヌ」と呼ばれているらしい何発は、黙って残念を担ぎあげるとフクスケたちを顎でうながした。フクスケは、部屋の中でノッポが外国人ホステスたちを犯していなければよいなあ、その現場だけにはつくづく立ち合いたくないなあと願いつつカネコの後について部屋に入った。

案の定。

外国人ホステスたちがノッポに犯されていた。

色の濃いほうから順番に。オハラはその様子を見て気を取り直し、カネコに向きなおると眉を釣り上げ肩をすくめ小首を傾げておどけてみせた。

「さ。イッツ・ア・ショータイムだべ」

8

　エレベーターの中は負け犬の臭いで充満していた。

　そこは元若禿である残念の圧倒的な「負け」の歴史に抗いがたく支配された極めて密度の濃いなんというか「負け負け空間」と化していたのである。顔色はその負けの厚《あつ》みに耐えきれなくて、最上階のボタンを押しつつそのままエレベーターの壁にもたれかかり、深いため息を吐いた。

「なんでオリがこんなこと……」

　ふっと五年前、東京のデザイン専門学校に通っていた頃の感覚が蘇る。カッターナイフで削がれた三角定規。ポスターカラーのあいまいな匂い。ケント紙で切った指先。烏口というおもしろい語感。理由はわかっていた。アソコデ、イヅモ、オリハ、負ケ犬ダッタノナ。女生徒トロヲ利クトキハ、時間ヲ尋ネルトキダケダッタノナ。

「ごめん。今なんず？」

　作為を感じるほどにゆっくりと上昇してゆくエレベーターのパネルランプを見つめながら低く呻いた。

「なんでオリは定規使っても真っすぐな線が引けねえんだ。ていうか、なんで線引けねえのにデザイナーになろうと思ったんだって」。虚しかった。その呻きは切なくも、虚しすぎて、この世に〇・〇一秒も留まることなく、はるけき宇宙のブラックホールの彼方に吸い込まれていった。そんな気がして顔色はその四角四面の負け空間の中で短く叫びながら天を仰いだ。

仰いだら自分と目が合った。

正確に言えば、エレベーターの天蓋を開け顔色を見つめるアボルガセムの表情に乏しい大きなまなこに映る自分と目が合ったのだった。

外国人のまなこの中にあっても彼はまた、憂鬱な目をしていた。

アボルガセムはエレベーターの天蓋から顔を出し、言葉もなく見上げる顔色に「ロヲ開ケテ。ロヲ開ケテ」と囁いた。言われなくても先から顔色はほうけてあんぐりと口を開けている。開けてアボルガセムの褐色のまなこに映る自分のバカ面に惚れ惚れしている。そこにいるのはただし、ただ「女と口を利いたという記憶」をつくらんがためだけに、隣の席の女生徒に時間ばかり尋ねていた二十歳になったばかりの顔色だった。「ごめん。今なんず?」。顔色はその名前も覚えていない女生徒に専門学校にいた二年間で通算百二十一回も時間を尋ねていたのである。

おーい。おーい。

頑張れ。

声にせず、顔色はその見知らぬイラン人のまなこの中の自分に話しかけた。

田舎に帰ればおめえにもちゃんと女が抱けるべ。商売女、数に入れたらまあ五人。二十一まで童貞だったこと考えてみれ。みればなかなかに大した数ではないの。耐えろ。あだま抱えてさ。時間すぎるの待ってろ。大丈夫。とち狂ってさ、東京なんかにいる二十歳のおめにちっとばかし無理があるだけだっての。

「モット開ケテ。開ケレルハズ」

ことの次第を何一つ呑み込めぬまま言われるとおりに顔色は口を開けた。

「あーん」

「モット」

「あーーーーん」

アボルガセムは、顔色が十代の頃やりすぎたシンナーのせいで歯並びがガタガタであるその口の中に、屋上から拝借してきたステンレスの物干し竿を腹ばいの姿勢のまま、垂直にたたき込んだ。それは顔色の前歯をたたき折り食道を冗談のようにスムーズに通過し胃壁を突き破り腸を串刺しにして、ようやく止まった。アボルガセムはエレベーターの上に天蓋を跨いで仁王立ちになり、世界中の「最新負け犬情報」を受信すべく顔色の口腔から天蓋を突き抜け宇宙に向けるアンテナみたいにそびえたった銀色の物干し竿を、両手でさらに体の奥へグイとねじ込んだ。ポンポンといくつかの臓器が破裂する音が狭いエレベーター内に木霊《こだま》した。

「中学んとき流行ったんだよな。えと、ただ今よりセイコーがシチズンをお知らせしますってあれ、誰のギャグなんだっけか。えーと。……えーと」

もはや一本の人間田楽《でんがく》と化した顔色は、大切な最期の思考能力をそんなふうに思い切り無駄使いしながら失神し、先発の負け犬である残念の血だまりの中にドッと尻餅をついた。物干し竿が天蓋の縁にひっかかり上体を起こしたままの姿勢で顔色は血とゲロの泡をゴボゴボと吐き出し、そして新旧の負け犬の血はいつまでも仲良く混じり続けた。

9

「ごめん。今なんず？」

「俺に聞ぐなよ」

10

「顔をよ、顔ってものの立場をよ、まんずわかんねば、まんず第一に考えなばならないんでないのこれ？　よう、カネコさんよ」

きれい好きの何発の手によってテキパキとかたづけられた部屋の中央で、炬燵に腰掛け、機械のように正確なリズムでコロンビア人の娼婦に恥骨も割れよと腰を打ちふるうノッポを横目に、ネクタイで縛られ正座させられたカネコの蒼黒く腫れあがった頰をなでながら、紫色の憎悪をはらんだ声で、オハラはネチネチと囁いた。カネコの顔は、何発に何発も何発も殴られ、殴られるほどに限りなく何発に似続けた。

「でも、おめえにはわかるっぺよ。コケシ君」

オハラはフクスケに向き直った。「おめえはよ、顔ときちんと向き合ってきた。そういうたぐいの人種だべ。また向き合わざるをえない顔だべ。そうじゃないと嘘って顔だべ。実際のところそうだべ」

そうだろうか。自分に問うてみたが記憶がない。オハラにコケシ君と名づけられたフクスケは「殴ったら破裂するような気がする」との理由で、ただ「要注意人物」として縛られ台所に放置されていた。「人間てホレ、顔が物差しでしょ。これ、このコイヌ見て、小せときから人に殴られることばっかす覚えてぎたから、人を殴ることすか知らないのな。そういう顔な。どんぴしゃりそういう顔だもの。だからバカだけっともよ、品があるよね。顔からはみだしてないっていうね。やってることが顔以下でなし、顔以上も望んでないし。ばっつし顔サイズだもの立ち居振る舞いが。そういうのがアレだっていうの。人として喜ばしい生きざまだっていうのな。ヒットラーがよ。ユダヤ人をいっぱい殺したな。あれ。違和感感じねえでしょ。写真見てよ。ああ、こいつユダヤ人をいっぱい殺す顔だ。こーりゃ、殺すわ。ガス出すわ。誰もが納得するでしょ。いい悪いでなくて。力道山。ああ、チョップする顔だ。こりはチョップ顔だ。チョップチョップしてるもの。だからもう、もっとチョップしてください、ああ、チョップしてください。って思うものな。俺だってそうよ。分相応よ。フィリピーナが好きだがら稼いだ金でフィリピーナをめとった。鏡で見てそう思うもの、そんな『身の程』だって。フィリピーナが好きだがらがぜん痛い思いすて刺青も入れた。カシヨ命。間違ってるけどアリだもの。心情的には納得いかねっけど、全然アリだもの顔的には。何もアメリカだのヨーロッパだのゴージャスな夢物語は語ってないっぺ。俺のこの顔の履歴書に直《ちょく》でつながってる道を直に歩んできたにすぎないよ。極めてスンプルな男よ。でもよ。なんぼこの顔でも、おめのその爬虫類面に嫁寝取られるほど不様ではないと踏んでいる俺だっていうのよ」

「いや。寝取ったっていうか、……それはね」

「これよ。外人ハーレムつくってよい顔か？　ますて、人の女房殺すてよい顔か？」

「殺してな……」

何発がカネコのみぞおちを土足で蹴り上げた。カネコはのけぞってえずいたが、もうもはや、吐くものは血しか残っていなかった。

「張りぼてみでな顔しやがって、くぬ」

もっとも張りぼてみでな顔にはついさっきなったのだが。

オハラの傍らではノッポがコロンビア人娼婦を昇天させ、間髪入れず隣の韓国人のマッサージ嬢のパンツをずり降ろしにかかっている。外国人たちは事情を一切把握しないまま寝起きの頭なりに「おとなしくやられないとカネコに迷惑がかかる」という思いやりでもって、この突然の絶倫男に素直に股を開いた。「部屋にいながらチンポコの世界一周だっぺよ」。ノッポはカネコにげびた笑いを投げつけ、マッサージ嬢の髪を摑む。

「ほれ、濡れてねのなら自分で唾しろ。ペッてやれ、ペッて」

「とにかく地均しをせねばならね」。オハラが改造拳銃を玩《もてあそ》びながら言った。

「じ、じならし」。カネコは剝き出しにされおのれの唾液で光るマッサージ嬢の陰部を目で追う。

「んだ。おめの顔からよ、はみ出た『分』を……」

「ギャア！」

いきなり後ろからノッポに貫かれてマッサージ嬢が痛さのあまり絶叫した。

「……」。咳払いしてオハラが続ける。「おめ、今、顔トゲットゲになってるべ。こう、ホヤみでくなってるべ。顔以上の部分がくっつき過ぎてるべ。人の嫁を寝取って殺してハーレムつぐって、顔がもうお祭り騒ぎしてるべ。それをよ」

「アンアンアンアン！」

ズバババババンとノッポがマッサージ嬢の冷えた尻におのれを叩きつける音が響く。

「均等によ」

バババババン。

「ワアアアア！」

「おりは均してやろうって」

「ギャアアアア！」

バンバン。

「うるせっての！」

オハラが叫んだ。「バンバンバンバンさっきから」。銃を床に叩きつけた。「人の講釈の邪魔にならねえようにやれよおめ。ベゴみでく元気いいのはわがってるから。くぬやろくぬぅ」

「……すんません」

「神経がおめ、カネコ攻めたい気持ちとエロ見てえ気持ちに分断されてよ、気持ちバラバラだっての。ったぐよ」

「ほんと、すんません」

「……おい。ちょうどいい。あれ、持ってこ」

オハラはシャツを脱ぎ血管の浮いた大胸筋を見せながら玄関を指差した。何発が傘立てに無造作に突っ込まれた金属バットを持ってくる。

「これでも甲子園出場高校の出身よ」。手に唾をつけバットを握り、絞って、素振りを始める。「俺は空手部だったけんじょもよ」。バットの先端が蛍光灯のスイッチの紐にヒットするたびに部屋の明かりがチカチカと点滅する。

「ホントにホントに殺してないんです」。血と涙と鼻汁でグチョグチョになった顔でカネコは哀願した。

「だめ」

「ホントにホントにホントに」

「だめ」

「あのカツヨをね、切った、切っちゃったことは、謝ります。ハイ。心から。でも、他にどうしようもなかったんすよ。あの、この子たちもいろいろと、事情のある人たちだから、処理の仕方がね」

スコン。

そんな音だった。

カネコは大きな顔をゆがませて倒れた。ややあってこめかみから血が噴き出た。「プスプス、プースプスプス」。何がどうなって出るのかよくわからない音が血の泡の中から洩れた。冷ややかな目でそれを見下ろしながらオハラはバットの先でカネコの傷口をグイグイ押した。「まんだまんだ。こんなもんじゃね。出っぱってっとこイロイロありそうだな。カネコさんは」。再びオハラは素振りを始めた。

「ヤメテヨ！」。マッサージ嬢がノッポを尻から引っ剝がし、後ろからオハラにつかみかかった。不意をつかれ体勢を崩し、ノッポは「アウフ」と短く叫んで空中に射精しながら床に転んだ。白濁した液体が弧を描いて何発の顔に飛んだ。何発は「がっかり」としか形容のしようがない切なさに包まれてふさぎ込んだ。

「なんで庇《かば》うかな」。背中に爪を立てるマッサージ嬢の顔を肘で突いてオハラは叫んだ。

「この人殺しのどこがいいっていうの」

「カネコサン、イイ顔ヨ！」

床に倒れ、鼻血まみれの顔でマッサージ嬢は叫んだ。「トテモイイ顔ヨ」。丸出しの性器は仕事のためかきれいに剃毛されていた。

さまざまな紐状のもので縛り上げられた女たちはそれにつられるように口々に叫んだ。

「カネコサン、ハンサムネ」

「カッコイイヨ」

「顔、イイデスネ」

「持ッテ帰リタイヨ。持ッテ帰リタイヨ」

「やがましい！」。オハラがバットで炬燵を殴った。

女たちは黙った。

「こいつの何がいい顔なんだ！」

女たちは押し黙った。

「答えてみれ。何がいい顔か！」

マッサージ嬢が口を開いた。

「ダッテ、チンコガデカイヨ」

皆が一斉に大きくうなずきながらがなりたてた。

「ソウヨ、カネコサン、チンポコデカイヨ」

「チンコデスヨ。チンコデスヨ」

「(絶叫)チンコネ！」

「持ッテ帰リタイヨ。持ッテ帰リタイヨ」

「うるせえよ！」。オハラは体をくの字に折り曲げて怒鳴った。「どこに持って帰んだよ！」

女たちはまた黙りこんだ。

オハラは頭をかきむしり、眉を思い切り八の字にして息を吸い込むと身を捩るようにして言葉を搾り出した。

「……顔と、チンポは、関係ねえだろう」

バットを一振りした。

バンと音がして、マッサージ嬢が大きくのけぞり、茶だんすの中に頭を突っ込んだ。かわいそうなその韓国人は、それきり動かなくなった。

「チンコガデカイヨ」

まさかそれがこの世で最期の言葉になろうとは夢にも思わぬままに。

取り返しのつかない静寂が部屋に訪れた。

オハラは灼けるような憎悪で眼圧をパンパンに上昇させながらカネコを見据えた。

「おめのチンポがでかいせいで、一人死んだぞ」

彼は猛《たけ》っていた。

「猛省を要求する」

カネコはぐったりと倒れたまま虚ろに口を開く。

「プスプス」

「懺悔せろ」。バットを振り上げる。

「プースプスプス」

「カツヨの魂に懺悔せろ」

「プス」

お互いがお互いの言葉を聞いちゃあいないのに会話が成立しているように見える不思議。

その頃、フクスケは事態を横目に見つつじわじわと玄関のほうににじり寄り、脱出を試みようとしていた。なにしろ誰も彼に注目していなかった。両手両足を縛られているので背中の筋肉を蠕動《ぜんどう》させドアの下まで辿り着いた。なんとか足の指でドアノブを回そうというのである。肩で体を支えながらかかとでドアをにじりのぼる。これで開けられたとて、何がどうなるのかまったく見えないが、とにかく何かアクションを起こさねば。なにしろ自分はまったくの部外者なのである。鞄を返してもらいにきただけなのである。なのに時間がたてばたつほどこの場の関係者化してゆくのは非常に剣呑《けんのん》なのである。あと5センチ。爪先を震わせながらドアノブへ。

いかん。

足が攣《つ》った。

しかし、ここに来てフクスケはこの物語始まって以来のふんばりをみせることになる。後頭部と肩だけで身体を曲芸的に支えシャチホコのような格好になりつつしかも足を攣らせているという、もう、多分読者の皆さんもどんなふうになっているのかなんだかよく想像もつかないであろう心身共に進退きわまった状態で、それでもゴソゴソあがくうち、足の指を複雑に使ってドアノブの下のロックをカチリとはずすことに成功したのだ。この努力。醜女フキコの強姦にほとんど抵抗できなかった彼にしては目覚ましい進歩であると言えまいか。足指の腱の痛みと緊張のあまり腰の辺りから濃い汗がいくつもの支流をたばねて首筋に太くドウドウと一本流れこんでくるのがわかる。

もうあと少し。

といえば察しもつくだろうが、こういうサスペンスな局面には必ず横槍が入ることになっている。それはもう、そういったものなのだ。

「おい。ちゃんと見張ってるのが？　コケシ君が逃げるべ」

カネコの股間に灼けた眼差しを落としていたオハラが、その視線をそらさぬままに意図的にはった甲高い声で叫んだ。

顔に貼りついたノッポの薄い精液を背広の袖で拭《ぬぐ》いながら何発は、ドアの真下で複雑なことになっているフクスケと目が合って一つ軽いため息を吐いた。フクスケは仕方なく逆立ちしたままニヤニヤしてしまう。なんで笑ってるんだ、この子。常日頃、三種類くらいの感情で表情をやりくりしている何発には到底理解できない。ああ。帰りたい。が口には出さない。怒られるから。

「おりはよ」

オハラはしゃがみこみ、カネコの股間を視線でグリグリとえぐり続けている。

「おりはな、こんなキャラクターじゃねえんだぞ、普段。日曜日に気がむきゃよ、近所のガキたちに竹とんぼの作り方なぞ教える、そんな、お父さん的な男よ。祭りとあらば飛んでいって神輿をかつがなきゃいられない、そんな、一本気な男よ。餅見りゃもつろんつく男よ。ついたら屋根から撒く男よ。志村けんで九十分かっちりもれなく笑えるみでな、開げっ広げさが売りな男でもある俺よ」。またもやオハラは目を赤く泣き腫らす。

「そりが、なんでこんなおめ、くんぬやろ、バッドでおめ、バッドでバッドでよ、女ぶち殺すようなよ、つぶしのきかねえ感じのキャラクターに転じているわけよ。おめえのせいだべ。おめえが超えた『分』に追いつけ追い越せの気持ちが俺にあるっていう話だべ。マッチポンプだべ。おう。ガネコ。なじょして俺をそんな男に変えたよ」

「プスプスプス」

相変わらずカネコは顔の傷のどこからか空気の洩れるような音を出し続けている。プスプスプス。「あんだよ?」。その一見意味をなさない空気音をオハラは素早く怒りで充血した脳に取り込み、録音したのち超スローで再生してみる。「多分ね。俺のチンポがあんたよりでかいから」。それは、そんなふうに、聞こえるのだった。また洩れる。プスプスプス。録音。再生。「分が顔に出るってオハラさん、あんた言ったね」。プスプスプス。録音。再生。「だけどさ、それは顔に自信があってチンポに自信がない男の言い分でないの? 男の分はチンポにある、そういう説のほうがむしろ成立するんでないの? あんたのチンポがでかけりゃよ、元々こういう始末にはならなかったんじゃないの? カツヨは逃げなかったんじゃないの? 原因はすべてあんたのちっちゃいチンポにあるんじゃないの?」

「そうかい、そう言うかい」

顔を上げてオハラはカネコの潰れた目を見据え、何度もうなずいた。

「おめがそう言うならば、顔でなぐてチンポの地均しをせねばなるまいよ」。バットを両手で逆さに持ちかえてゆっくりと立ち上がる。「もう、お互い後戻りさできね。そうだべ?」。もはやオハラは自分の妄想とだけ会話をしているのであって彼が何を言っているのかもちろんカネコは全く理解できず、とにかくイヤイヤをするように弱々しく首を振るばかりだった。

一方、何発はその太い腕で逆さになったままのフクスケの足首をつかんでグイと持ち上げ、なんの因果かマイケル・ジャクソンそっくりな声で囁いた。「ふでぇガキだなっしぇ」

囁いてみたらこの度の登場人物の中で最もなまっているのだった。

「じろすごも、んそう、さんだ蠅のばえではんで、もでぇまだ、すろすてえものだなしぇ」

全くわからないのだった。

ぐしゃ。

何発がフクスケの頭を床に叩きつける音なのか、オハラがカネコの陰茎をバットの握りで潰す音なのか、ほとんど同時であったので判別はつかないのであったが、その後の「きいいいいい」という電車の急ブレーキのごとく悲壮な泣き声は明らかにカネコのものだった。顔を潰されてもプスプスとしか言えなかった男から、これほどの悲鳴を上げる余力を引き出したのである。まさにチンポコにはバカにできない未知のエネルギーが宿っていると称賛せざるをえない。同時に、恐怖で押し黙っていた女たちが一斉に金切り声をあげて部屋はまたしても騒然となった。

「チンコ！　チンコガ！」

「だまれくぬぅ！」

「ツブレタヨ！　チンコツブレタヨ！」

「チンコガヨー！　チンコガヨー！」

「ナニヲスルカ。ナニヲスルカナ」

「チンポ、ソレ、マズイヨ！」


あまりのうるささに逆上したノッポが改造拳銃を天井に向けて一発ぶっ放す。しかし、またも無念。拳銃はあっけらかんと暴発し、弾は飛ばず、ノッポの指が四本飛んだ。「ぎゃあああああああ！」。蛍光灯が爆風で破裂し外国映画の結婚式で撒かれる米のように舞う。「さっきから何やってんだ、おまえは」。軽い目眩を覚えてオハラは頭を抱えてしゃがみこむ。「どいづもこいづもどいづもこいづも」

背後であたふたと起きる惨事にさすがに動揺した何発の隙をついてフクスケはついにドアを開けた。ガツン。しかし、ガツンなのである。ドアにはまだチェーン錠がかかっている。で、もたもたするうちに何発に首根っこをつかまれまたしてもフクスケは床に引き摺り倒されたのであった。「ああ、詮ないなあ。僕のやることは逐一詮ない」。フクスケは泣きそうになった。なったが物心ついて以来ほとんど涙を流したことのない彼は、切ないことにどうやってよいやら泣き方を思い出せないのであった。顔をしかめても歯を剝き出しても目を寄せても、いかんともしがたい。「ああ、悲しい。これほど悲しいことがあるだろうか。度し難い。度し難く僕は無力だ」。ことを悲しもうとすればするほどに悲しみ方がわからない。泣こうとすればするほどに、目が寄り目になる。滑稽な悲しみほどの不幸があろうか。「無力だ。無力だ。無力だ」。ドア一ツ開ケラレナイ。フクスケは思わず天井を仰いで手を叩いた。

「今世紀始まって以来の無力だ」

どうだろう。

次の瞬間、パーンと金属が激しく弾ける音がしてチェーンが飛び散り、ドアが開いたのである。どう思われよう、これを。してまた開いたドアから、灯りが消え暗く澱んだ部屋の濁りきった空気の中に煌々といく束もの光の筋が長く美しく差し込んだのである。何発に叩きつけられ頭を強く打った挙げ句の幻覚だろうか。それとも。奇跡か。そうではなかった。チェーン錠は先ほどからフクスケらの知らぬところで超人的かつデモニッシュな大活躍を展開していた浅黒い外国人が少し開いたドアを蹴飛ばし力任せに引き千切ったのであった。フクスケは完全な愚鈍のごとく口を開けてそれを見つめた。何かに気づけそうだ。何か閃きそうだ。だがまだ、それが何かはわからない。後少し。時間がほしい。

「が……、がんだめー?」

相変わらず聞き取れない怒声をあげながら突進して来る何発に、アボルガセムは残念よりもさらに残念なことになった顔色の身体を投げつけた。顔色は、七色の血反吐を口と肛門から吐き出しネズミ花火のように回転しながら何発を伸し倒し、彼がせっかくかたづけた部屋を汚しに汚して散らかして散らかして、そしてピクリとも動かなくなった。アボルガセムは茫然とするオハラの横を無表情に擦り抜け、まるで部屋には他に誰もいないかのように無頓着につかつかとカネコの元に歩み寄った。

「カネコサン……。マダ、ガンバレルカ？」

プスプス。

「ソウカ」

「わがるのか……」

頭から血と反吐を浴び赤鬼のごとき形相となりはてたオハラは脳天から湯気をあげながら再びバットを持ちかえユラユラとアボルガセムに歩み寄る。

「おめも、そうが。……おめも、ガネコのファンか？　チンポ仲間か。教えてくれよ、くぬ黒人野郎。いったいよ、この中で、誰がこいづのチンポを吸って誰が吸ってないのが？　だいたいチンポとは、そも何なのか？　チンポは今、どんな位置に来ているのか？　今すぐ答えろ。黒人」。もう、怒りと混乱で自分でも何を言っているかわからない。

フクスケは玄関で尻餅をつきながらこの光景を眺めつつ、ボンヤリと思う。この無意味な質問がオハラの口から搾り出されるために使われた怒りのエネルギーは約80キロカロリーくらいだろうか。それを燃焼させるには彼が今朝例えば食べたかも知れないサバの味噌煮一匹分ほどが消費されるのだ。この無意味な争いにつき合わされるサバの尊い命。かつて大海原を自由闊達に泳ぎ回り、あるいは愉快なサバ一家の大切な長男坊であり将来を嘱望されていたであろう、水揚げされたときには甲板でさぞやピチピチと反ったであろう、そのサバのあっけない命。それが「チンポ」という言葉に変換され垂れ流されるその命の無駄遣われ具合。いやさ。ほとんどの命は、しょせん無駄遣いである。ほとんど詮ない。ほとんど無力だ。はかない。悪あがき。だからこそその魂にせめて一縷の幸よあれ。頭を強く打ちすぎたのか。フクスケは本気でそんなことを思っていた。気づいた。

幸あれ。

この無力な自分にできることは、この大いに混乱し、かつまたほとんど間違った状況に巻き込まれ消費された命を弔うことだけか。ことだけだ。サバ。韓国人娼婦。顔色。残念よ。

ハレルヤ。自問自答の末、ごく自然にそんな言葉が口をついてくる。

まあそれはともあれ。

自らの怒りの圧力で自らの脳細胞を何十億も大量殺戮しながらオハラがアボルガセムにバットを振り上げ振り下ろす刹那。その敏捷なイラン人はオハラのふところにヅイと入り込み、彼の厚い胸板を両手でズドドンと力任せに突いた。260キロカロリー燃焼。肉まん、ドーナツ半分、葡萄パンに幸あれ。オハラは2メートルほど窓のほうに向かって後ろ向きに吹っ飛び、180キロカロリーほど燃焼。バター11グラム、マスクメロン190グラム、枝豆55グラムに幸あれ。慌てて身を立てなおそうとじたばたしたが、かろうじて踵でブレーキをかけようとしたそのとき、床に這いつくばって吹き飛んだおのれの指をオロオロと捜すノッポの背中に蹴躓き、宙で一回転、床で二回転、そのままカーテン越しに窓ガラスを頭で突き破った。合計1475キロカロリー燃焼。イカ一杯、ハマチ35グラム、いちごジャム60グラム、どら焼き一ケ、塩煎餅五枚、牛肩ロース180グラム、クレソン450グラムに幸あれ（適当に参考『食品80キロカロリーガイドブック』女子栄養大学出版部）。下半身を室内に残し、残りの半分を地面に打ちつけ、ゴンという苦い響きを脳に感じ鉄錆の味が口に広がる。強靭な彼はそれでも意識は失っていない。その代わり不思議なものを見た。

うつつか。幻か。脳震盪による夢か。

眩しいほど澄み渡った青空の下、猿が自分を覗き込んでいる。「なじょして、猿が……」。オハラは低く虚ろにつぶやく。耳の穴が暖かい。嫌な血が流れている。

小次郎はそもそも赤い目をさらに充血させて、したたかに酔っていた。かつまた、たちの悪いことに彼は酒乱だった。

「誰ダ。オマエ」

そのとき、一陣の清涼な風がマンションの割れた窓から室内に吹き込み、入れ代わりに部屋の中の憎悪と殺気と死臭にまみれた空気がドッと屋外に流れ出た。その悪意の澱みの全てが泥酔した小次郎の小さな身体に降り掛かる。その臭い。それは川崎霊長類科学館でのモンキー博士の生体実験による虐待の日々を思い起こさせるに充分な起爆剤となった。押さえに押さえこまれていたなけなしの野性が蘇る。ガルル。としか表記しえない唸りがもれる。

小次郎は鮮やかに狂っていた。

小次郎の狂気に費やされたカロリー消費量。160キロカロリー。カネコの自動アル中製造機の中のウォッカ160ミリリットルに、嗚呼、幸あれ。

しかし、たかが酒にあおられた160キロカロリーのささやかな狂気だとて、あなどってはいけない。彼の体内にはモンキー博士の言い知れぬ人間の生への嫌悪感によって創造された核兵器よりも破壊力を持つ「戦争」が仕掛けられていたのである。

彼の体内にグログロで巣くうそれは、モンキー博士とエイプ教授が極秘裡に研究開発していた後に「ヒヒ熱」と呼ばれる病気を引き起こす新種のウィルスだった。これに感染した人間は一ヵ月の潜伏期間を置いた後、十分の七の割合で発病し、発病患者は一日のうちに高熱と激しい嘔吐と下痢に見舞われる。その後三日で、激烈な痛みをともなう皮下出血と内臓の融解を引き起こし、同時に脊髄を骨折するほどの痙攣を頻繁に繰り返す。五日たつと患者は幻覚症状を起こす。それは科学的には説明はできないが決まって「地獄絵図」の夢である。そして一週間後、目、耳、鼻、肛門、体中のありとあらゆる穴から出血したのち、死にいたる。とにかくウィルスの悪いところ全員集合といった、そういうものが小次郎の体内に注射されまくっていたのである。

11

自分のボスのピンチも漫《そぞ》ろに、なんとか自分の中指を捜し当てたノッポは、歓喜の叫びをあげながらそれを高くつまみあげた。カミサマ。またオナニーできるでしょうか。

小次郎は部屋に入るなり中指をつまむノッポの二本の指をその鋭い牙で齧りとった。

「ぎゃああああああああ」

両指合わせて哀れ四本。ノッポはあえなく失神した。気を失いながら「一生オナニーできません」。誰かの声を聞いたような気がした。がっかりだ。半開きの目から一筋涙がこぼれ落ちる。オナニーできないどころの騒ぎではもちろんない。ノッポは一月後、栄えあるヒヒ熱罹病患者第一号として、凄絶な死をとげるのであった。

齧った指を吐き捨てると小次郎は一歩で窓の桟、二歩目で蛍光灯のコードにぶらさがった。天井を見上げて縛られたままの女たちが悲鳴をあげる。

ボスハ誰ダ。

赤い目は部屋中を見渡した。

「小次郎……」。かすれた声でフクスケはつぶやいた。「おまえ、どういう状況なんだ」。見当もつかないが尋常でないことだけは確かだった。

腰を抜かすほど驚いたのは何発である。彼は、幼少の頃近所の山で野生の猿に頭を咬まれ、一晩中熱と嘔吐に苦しめられて以来の猿嫌いだったのである。叫びをあげながら部屋から飛び出す何発を小次郎は白けた視線で追う。幼い頃のトラウマのおかげで何発は命をとりとめたわけである。奴ハボスジャナイ。小次郎はすぐに興味をなくす。となるともはやこの部屋で立っているのはアボルガセムだけである。猿の歴史の中でおそらく最強のそのヒヒは、筋肉質のイラン人に向け金属質の雄叫びをあげ、壁を蹴りトリッキーな角度から飛び掛かる。意表を衝かれたアボルガセムはあろうことかオハラの落とした金属バットに足を取られて転倒してしまう。倒れたアボルガセムの頬に小次郎はその5センチはあろうかという犬歯をズブリと食い込ませ、極悪ウィルスをしこたま注入しながら思い切り頬の肉を2センチばかり食い千切る。

ボスハ俺ダ。

よせ。

フクスケが震える声でかろうじて叫ぶ。

おまえが暴れる意味は全くないだろうに。その声色がかつて一度は自分のボスであった少年のものであることを思い出し、一瞬小次郎はひるむ。隙をつきアボルガセムはその突然現れた猿の側頭部に拳骨をたたき込む。勢いでタンスに頭を叩きつけられ、ひるんだ小次郎の後頭部にもう一発。パシュという骨のひしゃげる音と共に、殴られた猿の鼻から噴き出した血が、縛られた女たちのうち四人に降り掛かる。このウィルスは空気からは感染しないが、体液を媒介に感染する。これによって三人の外国人が発病して死ぬことになる。もっとも発病を免れた一人のコロンビア人娼婦は、その後仕事で五十四人の男と寝ることになるわけで、そのうち三十八人をヒヒ熱に罹らせ死にいたらしめた挙げ句、まったく関係ないインフルエンザで二年後あっさりと死ぬはめになる。

ともあれ。

そろそろこの長い物語の「始まり」が「終わり」を迎えようとしているのは確かだ。そりゃあそうだよ。今や、歩く「芸術作品」カネコのマンションで始まったあくなき戦いの主役のほとんどは息絶えるかもしくは遁走、はては戦いの初めのほうで負けに負けた「残念」などは生きてるのか死んでるのか描写しても全然話の展開に無関係、というか、もうめんどくさいよおまえの生き死になんか追いかけるの、といったような状態であり、最後の死闘を繰り広げているのはことの当事者では微塵もなくて、カネコとオハラをめぐる一連のトラブルに関して「完全なるゲスト」であるイラン人と猿、のみなのである。しかも、かつてこの一人と一匹は、つい最前までカネコのマンションまでの道程をのんびりと電車乗り継ぎスナック菓子なぞも分け合って食べながらフクスケと歩いてきた仲なのである。

いったい何をやっているのだ。

という話なのである。

なにかの祭りがあるとする。なんの祭りだろう。裕木奈江復活祭りでもよかろう。まあ、なんでもいいが、それが盛り上がっていると。ところが祭りというのは、盛り上がれば盛り上がるほどに血気盛んな若者同士の喧嘩なぞを生む。奈江はビビアン・スーに似ているとか似てないとか、そんなような理由であろう。みんなが「奈江！　奈江！」と盛り上がっているのに、片隅では青筋立ててティーンエイジャーがボッコボコに殴りあっている。祭りとはそういったものだ。それが、当の裕木奈江が帰った後にも尾を引き、いつまでもなんだか続いていて、しかも喧嘩の理由は「おまえは王選手に似ている」だの「違う。王さんは監督だ」だのと奈江にはまったく関係ないことになっていると。主役はいずこ。そんなような案配なのである。

しかし、どうだろうか。意味不明に盛り上がり、意味ありげに盛り下がる。案外世界のありさまというのはそういうものなのかもしれない。

などと聞いたふうなことを書いているうちに最後の戦いはそっけなくも終結していた。何度も鉄のごとく鍛え上げられたこぶしをこめかみに打ち込まれ悶絶した小次郎をヘアードライヤーのコードで縛り上げると、アボルガセムはカネコの脈をとり、フクスケのほうを振り返って、静かに告げた。

「カネコサン、イイ人ダッタヨ」

フクスケはそれを聞いて生まれて初めて立つ人のようにふるふると立ち上がり、窓の外に半分身を投げ出したまま目を細め青空をボンヤリ眺めているオハラを見下ろして平坦な口調で告げた。

「もう。……いいんじゃないでしょうか」

「……あんだ？」

「カネコさん、死にましたし」

「……ああ」

「ああ、じゃなくて」

「ん」

「もう、終わったんです」

「終わったのが」

「はい」

いい感じ。

なぜだかいい感じ。夏の終わりの夕暮れ時の誰もいない理科室に忍び込んだような甘美な静寂。としかいいようのない静けさの中、アボルガセムとノッポとオハラは庭先に穴を掘り、死んだ顔色と死んだかどうか相変わらず微妙なラインにいる残念を埋めた。とりあえず埋めたくなるほどな残念ぶりだったのだろう。ことが発覚した場合、すべてアボルガセムがやったこととする、その代わりアボルガセムがイランに帰国する費用を全額すみやかにオハラが払う。「んだば……そういっだ取り決めで、いいのかな。いいのだな」

みたいなことでオハラたちは去った。

アボルガセムも去った。そしてそのまま祖国に帰りヒヒ熱をイランから中東全域、そしてじわじわと世界全土に広めることに貢献した。

フクスケと女たちだけが血みどろの部屋に残った。

カネコと韓国人娼婦の死体も埋めてしまおうとオハラは言ったが、フクスケは頑なに断った。なぜかしら。カネコがカツヨにとった方法で、二人を弔いたかった。すなわち二人を解体し、そして、東京に埋葬する。それから、ここを出てゆこう。それが供養ってえものだ。どういうわけか、そう彼は思ったのだ。

疲れ切った女たちとダラダラと部屋を掃除し終え、最後に割れた窓ガラスにダンボールをしことガムテープで張りつけ、汗を拭き、ふっと空を見上げると巨大な満月がもうずっと前から自分を見つめているのにフクスケは気づいた。

笑っていた。

少なくともそう思えた。

ウェルカム。

初めて東京にそう言われたような気がした。気がしたついでに攣っていたはずの足の親指の痛みが消えていることを思い出した。

また一つ、痛覚が消えていたのである。

12

一週間。そう思って始めた解体埋葬作業だったが、実際始めてみるとそれはたいそうな仕事だった。

十年。

結局フクスケはそのマンションに居続けることになるのである。

フクスケたちは共同作業で二十九片に切り刻んだ死体をビニール袋に入れ、それを新聞紙でくるみ、新大久保の駅のごみ箱に一つめをまず捨てた。それから新宿、代々木、原宿、渋谷、恵比寿、目黒、五反田、大崎、品川、田町、浜松町、新橋、有楽町、東京、神田、秋葉原、御徒町、上野、鶯谷、日暮里、西日暮里、田端、駒込、巣鴨、大塚、池袋、目白、高田馬場、山手線二十九駅のごみ箱に約一日半置きに休みを合計二十日いれて、合わせて四十九日かけ、カネコを葬った。それしか思いつかなかった。東京に着いた日、山手線を意味なくグルグルしながらフクスケには駅のごみ箱が、なんとなく墓標の列に見えていたのかもしれない。そのイメージを脳に無意識に刻んでいたのだろう。

東京供養。心の中でそう名づけた。

死体の供養、部屋の中の膨大な演劇書の読破、外国人たちとの乱交。それがフクスケの日常になった。

カネコの身体が半分ほど東京に消えた頃、小次郎の血を浴びた外国人ホステスの一人が発病する。彼女は絶叫し、のたうち回り、周囲が唖然とするうちアッと言う間に死んでしまった。

茫然としている場合ではない。これも供養しなければ。

そのホステスは発病するまでに二回、フクスケと性交していた。もちろん全員と乱交していたので、抗体をもっていた代わりにインフルエンザで死んだコロンビア人娼婦以外のすべての外国人がフクスケの精液を介してヒヒ熱に侵された。

次々と、あたふたと、あれよあれよと、彼女たちはもがいてもがいて、そして死んだ。

幸あれ。

なぜか感染しない、おそらく感染しても発病しない体質であったフクスケは、彼女たちに育てられながら、彼女たちの死体を次々に切り刻み、山手線の各駅に順に葬り続けた。そして広い１ＬＤＫのマンションにはフクスケ一人がポツネンと残された。

マンションから出るタイミングを失ったまま、フクスケは二十五歳になっていた。もはや彼を育ててくれる優しく哀しい娼婦たちは一人もいない。祈ることも弔うことも、もはやない。

「誰もいない」

意味もなく呟いた。

「外に出てみようか」

空っぽの部屋からフクスケは足を踏みだした。

テレビも新聞も電話もない生活だったので呆れたことに彼は気づかなかったが、その頃日本の人口は五分の三にまで減っていた。

フクスケは混乱と衰退と過剰が支配するこの新世界を、上京以来初めて「供養」以外のおももちで、ゆっくりフラフラと青白く、歩き始めたのだった。

第二部

下北沢の狂犬女

1

フクスケは二十五歳だった。二十五歳で歩いていた。歩きながら困っていた。困りの力に腰の辺りを押されて動いていた。もう、体が反っていた。困り反りをしていた。そうなのだ。戻れない。十五歳で上京して十年、優しい外国女たちを看病し、その死を看取ったあの臭いマンションは、老朽化が進みすでに取り壊しが始まっている。ゴガガガガガン。小さく背後に未だ聞こえるビル解体の騒音が、その戻れなさ加減を丁寧に駄目押しする。鞄の中には上京したときのまま手つかずにおいた幾許《いくばく》かの金。十年間、足されてもいないし減ってもない。振り出しに戻る。さて。なにをしようか。そういえばただひとつ、見てくれだけは二十五歳のそれらしい男に変わってはいる。瘦せて青白く背の高い、ちょっとばかり頭の鉢の大きな青年。薄い無精髭もちらりほらり。道ゆくものは、ぎりぎり、振り返らない。異形の巨頭少年は知らず知らず、そんなふうに少しだけ世界に溶けていた。もちろん彼は学生服姿ではない。カネコのお古の派手な赤い花柄のシャツを着ていた。かろうじて社会的にセーフ。外に出たフクスケは、そんな案配だった。

ままよ。

とにかく歩きだしてみよう。

昔、彼を産んだ母親がその直後にスタスタとわけもなく歩き始めたように。

街には見慣れぬ言葉があちこちに歌い躍っている。

『ヒヒ熱追放世界基金にご協力を』

ビルの壁などにこんな落書も少なくない。

『この世はもうじきおしまいだ』

怪しげな宗教の勧誘のポスターもそこかしこに貼られている。

『死んでも命がほしいあなたに』

今まで目に入らなかったわけじゃないが、街で見かけるヒヒ熱という言葉とカネコのマンションで苦しむ娼婦たちの姿がどうしても結びついてこなかった。外国人娼婦たちの間で流行っている激しい性病。それをそんなふうに理解していた。ましてやよもや、その世界をマンガチックなピンチに追い込んでいる病気の源を運んできたのが自分であるなどとは、爪の先ほども思っていなかった。

フクスケは変わらない。世界が動揺していた。人口の激減。自殺の流行。新興宗教の濫立。明らかに、調子が狂っていた。おおむね彼のおかげで。

とにかく歩いてみよう。

右足と左足を交互に出して。

家を出て、そぞろ歩いて数時間。歩き疲れたこの足の、張りに張ってるこの感じ。昔、歩いて上京しようなどと無謀なことを考えていたことを思い出す。それで時間に遅れて東京で唯一の頼りのマキガメのおじさんに追い返されて。すべてはあの暴挙から始まったのだ。そういえばそのときこんな歌を歌っていたっけ。小さな頃好きだったあのテレビ番組の主題歌だ。

いいこと探して　ここまで来たの
不思議な力の　不思議な女の子
大人になれない　呪いをかけられて
魔法　ひとつに　望みをかける
神様　お願い　しるしを見せて
愛と勇気の　しるしを見せて
ああ　さまよう　さまよう
魔法少女エムコ　魔法少女エムコ

鼻歌いながら、あの子役の女の子、今どうしてるんだろう、そうそうあの最後の決めゼリフ、なんだったっけ、好きだったなあ、「魔法の力でどうにかするわ！」だっけ、いや、「どうにかするわ」ってことはないな、「どんどんいくわ！」違う、違うわな、「どーんどん！」絶対違うな。「魔法でどん！」もう意味がわからないものな、などと、どうでもいいことを考えているうち、彼は下北沢という町にタンポポの綿毛のごとくフワフワと着地していた。

ちなみにこのフクスケが昔観たという『魔法少女エムコ』をやっていた子役の少女は、この物語の中盤辺りで重要な役割を持って登場することになる。「どーんどん」とかくだらないことを書いているようだが、一応「布石」と呼ばれるようなことをやっておるわけである。ま、しかし、今はエムコのことは忘れておいてよかろう。こんなことに記憶をわずらわせては申し訳ない。忘れるべきだ。

で、下北沢。聞き覚えがあった。カネコのマンションで読み耽った演劇書によく出てくる町だ。ここか。なんだかよくわからないが納得した。「きっかけだ」と思った。立ち止まり、へたりこむきっかけである。気がついた。物凄く疲れていた。ここ十年、運動らしきものをまったくしてこなかった彼はすこぶるすくすくと脆弱な青年に成長していたのである。

味のしないウーロン割りと店員の「いただきましたあ！」という掛け声で有名な安い居酒屋の脇にいくつか設置されている自動販売機の隙間に、フクスケは吸い込まれるように倒れ込んだ。

さてさて、どうしよう。

フウ。溜め息でもひとつしましょうと軽く空を見上げたそのときである。

クラゲのような白い半透明の生き物が天から彼の頭めがけて恐ろしいスピードでその触手を広げながら舞い降りてくるのがわかった。

午前二時だった。

2

松尾ミズキは弱っていた。走りながら弱っていた。弱りに追われて走っていた。二十六歳だった。

地方の美大を卒業後、故郷でしばらくブラブラした後上京し、二十三歳で就職した印刷会社を一年足らずで脱サラ、貯金と失業保険で細く長く一年食いつなぎながらやりたいことを探していたが、ある日、高校時代ラジオによく葉書が採用されていたことを思い出し、それだけを根拠に、そうだ、自分にはお笑いの才能があったのだと思い込んで、小松ボンという聞いたこともないコメディアンが経営するどう考えてもインチキなコント作家の養成所に通ううち、スタンダップコメディアン志望の菊地ミツコという年上の女に出会い同棲することになる。「あたしがクラブでバイトするから、あんたネタを書いて」みたいなノリだった。才能があるとも知れぬ松尾に頼むほどであるからして当時のミツコのネタはひどいものだった。その頃彼女は手書きのプロフィールを作って一軒一軒お笑いをやらせてくれるようなライブハウスを回っては地道な営業を重ねていた。芸風は、赤いジャケットに白いパンツというオリンピックの出場者みたいないでたちで一人で舞台に立って客に向かって拡声器で一方的にがなりたてるというもので、「ストロングスタイル」と彼女はそれを自称した。ちなみに文字で書いてもよくわからないかもしれないが当時のネタを一部忠実に再録してみよう。

「う、あ。応答せよ。あちしはさあ、あ、あちしってあちしのことね。ミツコ二十六歳といったわけで、小リスをカツアゲ、頬袋からドングリをむしりとって生活しております。です。（胸ポケットから死んだ鮒を三回出し）川魚！　川魚！　川魚！　スジャータが、ええ、三時をお知らせします。で、あちしはさ、あちしはな、ろくな恋愛をしてきたことがないのな。初めてつき合った男はさあ、キッスの後にぃ、山を見せるのよ。首根っこを、こう押さえてぇ、確実にぃ、山を見せるわけ。あちしは乙女だったからぁ、その暴挙に、いでえいでえ、何、山を見せるかな、ちって抵抗をしていたのさ。そんときのぉ、心境をぉ、歌います。ぅ、あ。断固、歌います。♪山なんか見たくない、口づけの後で。川だって見たくない、口づけの後じゃ。なぜ、キッスの後に、自然を見せるの？　なぜ、ダムとか古墳とか、文化を見せないの？　文化　文化　文化が見たいの。で、川魚！　スジャータが一時をお知らせします。お知らせしません！　う、あはん。あい。咳をしても一人。オナニーしても一人。ていうか、オナニーは基本的に一人。恥ずかしいから。ミツコ二十六歳。こんな感じで今日は、えー、お送りしたいと思ってごわす」

　もちろん誰も笑わない。というか引きに引く。多くの場合最終的に「なんで笑わないのだ」という「笑えちくしょう！」という「笑わないんだったらあたしを犯して！」という無茶な理由で客と口論になり次々と出入り禁止の店を作っていたのであった。本人は「なんでだろうなあ。おっかしいのになあ」と首を傾げるが、ほとんどこれはキチガイの夢のようなものであって、ギャグというより「いいがかり」に限りなく近いものだった。食わせてもらっている手前、松尾も頭をひねってネタを書いたが、おおむね五十歩百歩といったところであり、たとい、クスリと受けた日があったりしてもミツコはなにかと難癖をつけて客にからんで舞台から怒鳴りちらした。結局彼女は客と喧嘩したいだけなんじゃないか。そんな疑惑が黒雲のように沸き起こり松尾は一計を案じた。

ミツコのキャラクターにはツッコミが必要であるぞ、と。

ミツコはいつも舞台上でシュールで攻撃的なボケを間も空けずただ一方的に雨垂れのように垂れ流す。笑いが起こるのを待ちもしない。そこに観客はおいてけぼり感を感じるのである。「彼女のボケはこんなふうにおもしろいのですよ。ていうか、キスの後に山を見せる男、想像してください、なんかおもしろいでしょ。ほら、キスの後に文化を見たがる女もよく考えるとおかしいでしょ」といったようなことを観客に説明する人間が必要なのだ。そんなわけで松尾は相方募集のチラシを劇場やライブハウスに撒いた。

まもなく熱海という瘦せこけた頭髪の薄い、妙におどおどした目つきの男が応募してきた。地方の福祉大を卒業後、地元で身体障害者の介護の仕事をしていたが、複数の脳性小児マヒの女性とズルズルと性交渉を持ってしまったあげく職場にいられなくなり、あてどなくフラフラと深夜バスで十二時間かけて東京に出てきた男だ。それがどういうわけかフラッと入った劇場の舞台でミツコを見かけ「なんか、おもしろい」と思っていたところ、そのチラシを見つけたという。

ミツコをおもしろいと思った時点で採用決定でしょ、と松尾は思った。ギャグを書き同棲までしている松尾でさえミツコの芸を「怖い」「夢に出そう」と思うことこそあれ、笑うなんてことはついぞなかったのである。熱海は、まあ、貴重な人材だ。とりあえずキープと。しかし、二人をコンビとして売り出すにはためらいがあった。どう見ても熱海はツッコミの柄でないし、女同士男同士ならともかく男と女の二人組というのはなんとなく生々しい。こと笑いを作るという作業に関してミツコと熱海のコンビはちょっと座りが悪いような気がしたのである。そこで松尾はインチキコント作家養成所時代に同期同士の飲み会で、酔ったいきおいで一度だけつき合うはめになったことのある相模ヤスエという女に「三人でコントをやらないか」と声をかけた。

人と話すときはいつも上目遣いで、気がつけば周囲にいじめられるようにいじめられるように自分を持っていってしまう性癖を「あたしって損な性格だから」となんとなく美化するような自虐的傾向のある相模と、わざわざ矯正してそうなったような猫背で常に人の顔色を窺い「人生の目標は『怒られないこと』」みたいなわびしさを全身から醸す熱海。それに身長175センチの痩せた長身にサディスティックな攻撃欲をいつもギラギラと体中から漲《みなぎ》らせたミツコのトリオっていうのはちょっと新しいかもしらん。そう松尾は思った。

実際ミツコの暴力衝動は常人にははかりしれないものがあって、彼女は道にある看板はあまさず蹴っていいものと決めていたし飲み終わった缶ビールはひねりつぶしてブチ切るものと決めていたし煙草のフィルターは咬みちぎって道ゆく猫や中学生の目を狙って吐き飛ばすものと決めていたし人気推理小説の落ちは必ず人に言いふらすと決めていたし、また、完璧な酒乱でもあって、酔うと最寄りの学校に忍び込んで窓ガラスを叩き割ったり打ち上げ花火を人の家に打ち込みながら町を歩いたりという奇癖も持ち合わせていたし、もうなんというかなんだろう、全身これ兵器持参の肉食獣といったミツコの狂気に、つっこむというよりもオロオロと翻弄される小市民の熱海と暴力性をさらに逆撫でして誘発してしまうマゾヒスティックな相模、といった関係性でもって、ミツコのギャグをわかりやすく見せようと、まあ、ようするにミツコは不思議の国から来た人なのですよー、だから安心して笑っていいんですよー、ということを観客に教えてあげようと、そういったような狙いが松尾にはあったのである。

手始めに松尾は三人にこういうコントを書いた。少し長くなるが今後フクスケの人生に重要な関わり方をしてくるミツコの人となりを知る手がかりとして紹介しておこう。

舞台は熱海と相模の夫婦の家庭である。

そこに隣人であるミツコがやってくる。

ミツコ「(見るからに不潔な格好をしている) こんばんは」

熱海「やあ、これはお隣さん」

ミツコ「こんばんは」

相模「ふふ。こんばんは」
熱海「こんばんは」
熱海「……ははは、こんばんは大会だ」
ミツコ「何がおかしいんですか？」
熱海「え、あ、いや」
ミツコ「実はですね。先日わたくしの親戚が大量のお肉をくれまして」
熱海「へへえ、お肉ですか」
ミツコ「もう、本当に大量なんです」
相模「それは大変よかったですね。お肉が大量に、なんて」
ミツコ「よかった。よかったんですが、四十女の一人暮らしの身の上のわたくしで、どうも食べきれなくていけないのです。で、お裾分けにあがったんですが」
熱海「それは嬉しいニュースだ」
ミツコ「(懐からビニール袋に入った肉を取り出す）喜んでいただいて、光栄です」
熱海「(受け取って）……やあ。へえ。……ごらん。生肉がビニール袋に入っているよ」
相模「……中身がホントによく見える。こういうのスケルトン仕様っていうんですね」
熱海「ははは」
ミツコ「何がおかしいんですか？」
熱海「え、いや」

ミツコ「おかしくもないのに笑う人は、精神病院にやりますよ」
熱海「おかしくない。おかしくありません」
ミツコ「やりますよ」
熱海「すいません……あ、臭い！」
ミツコ「え？」
熱海「いや、この肉」
相模「な、なんてこと言うんですかあなた。せっかくお隣さんの好意でもっていただいたお肉を」
熱海「だって、プンプンしているよ……」
相模「貸しなさい！（食べる）」
熱海「あっ、大丈夫か？」
相模「ああ、……おいしい。これ、何のお肉ですか？」
ミツコ「さあ」
熱海「……知らないんですか？」
ミツコ「親戚には、とにかく肉だ、おおいに屠《ほふ》れ。としか聞いてないもので」
熱海「……屠れって」
ミツコ「とりあえず用件はすみましたので、わたくしは、これで」
相模「頬が落ちるようなおいしいお肉を、本当にありがとう」
ミツコ「……（ニッコリ笑って）屠れ（去る）」

熱海「さようなら。……おい、君、大丈夫か」
相模「あなた」
熱海「うん」
相模「死ぬかもしれない」
熱海「え！」
相模「……さようなら」
熱海「しっかりしなさい！」
相模「（死の国に行きながら）さようなら。死ぬ前によいことを教えてあげます」
熱海「なんだ」
相模「その肉は捨てたほうがよいですよ」
熱海「（泣く）わかってるよお」

暗転する。
明るくなると元の舞台。

熱海「黄泉の国はどうだった？」
相模「ううん、本当に、もう、だめーっ、いけてなーいっていう感じでした」
熱海「もうな、あの肉はちゃんとアルミホイルでグルグル巻きにして庭に埋めたからな。もう大丈夫だ。あんな腐肉《ふにく》」

相模「あんなお腹の痛い思いはこりごりです」
熱海「腐肉の奴」

なぜか泥まみれのミツコが訪れる。

ミツコ「こんばんは（手にアルミホイルで巻かれたサッカーボール大のものを持っている）」
熱海「……」
ミツコ「こんばんは」
熱海「……お。おほん、やあ、こんばんは」
ミツコ「こんばんは」
相模「こんばんは」
ミツコ「こんばんはこんばんは」
熱海「……」
ミツコ「こんばんは」
相模「……こんばんは」
熱海「ははは……今日は、こんばんは祭りだな」
ミツコ「何がおかしいんですか？」
熱海「い、いや」

ミツコ「こんばんはがそんなにおかしいんですか？」
熱海「いやいや」
ミツコ「こんばんはって言ってるわたくしがおかしいんですか？」
相模「そんなことありませんよ」
ミツコ「こんばんはって言ってるわたくしに毎夜おまえは後醍醐天皇の末裔であると耳元で囁くのはあなたですか？」
熱海「何を言ってるんですか」
ミツコ「（ポケットから鮒を取り出して）川魚！（意味はわからないが、これはミツコの持ち芸である）」
熱海「やめてください」
ミツコ「実はわたくし先日わけあってお宅の庭を掘り返してみましたところ」
熱海「ええっ？」
ミツコ「庭の中からアルミホイルでグルグル巻きにされたこんなものが」
熱海「あっ！」
ミツコ「……これはしたり、と」
熱海「いやあの、それは」
ミツコ「……わたくしのお肉が何か不始末を」
相模「そんなことは、決して」
ミツコ「それでお肉征伐を」

熱海「征伐って」
相模「だとしたらもう本当に申し訳ありません」
ミツコ「いえいえ、もう、あれですよ、せっかくいただいたお肉を、あんなふうにした私たちがいけないんです」
ミツコ「で、お詫びの印と言ってはなんですが、この間親戚筋に大量な生ガキのようなものをいただいて」
熱海「……（うつむいて）生ガキですか」
ミツコ「……なんで顔色を曇らせるのでしょう」
熱海「いや、別に……」
ミツコ「ただねえ、わたくしも五十女の一人暮らしなものですから」
相模「十歳増えてませんか？」
ミツコ「どうしても食べきれませんでねえ（懐からビニール袋に入った生ガキのようなものを取り出す）」
熱海「わあ。凄い臭いですね」
ミツコ「もう、プンプンしてますね。なんだか一つ一つの境目があやふやになってます。融合して新しい生き物になり始めてますね」
相模「はあ」
ミツコ「そういうことも含めて食べきれません」
相模「そうでしょう」

ミツコ「で、ぜひ、お裾分けを」
熱海「ええ!?　……だって」
ミツコ「捨てるには忍びないというか。ギリギリ大丈夫と、わたくしの中の何か審判員的な奴が判断いたしまして」
熱海「や、でも」
相模「ありがとうございます」
熱海「おい」
相模「せっかくのご好意じゃありませんか。それにわたしあの、カキは好物なんですよ」
熱海「しかし」
ミツコ「では。どうぞ。カキ以外の何かに変わる前に。どうぞ屠ってください」
熱海「屠るって……」
ミツコ「あと（ポケットから肉を取り出す）冷蔵庫の奥のほうにあったんで、ついでにこの肉もサービスで」
相模「なんですか、この赤黒いのは」
ミツコ「マトンです」
相模「……わあ……マ……トンですかあ」
ミツコ「ギリギリ崖っぷちのところで傷んでないと判断しまして」
熱海「しかし、ポケットから手摑みで……」

ミツコ「じゃ（手を振る）屠って一（去る）」
相模「（手を振る）屠って一」
熱海「それ挨拶ですか！」
相模「……どうしましょう」
熱海「どうしようって、こんなもの」
相模「あなた」
熱海「なんだい」
相模「死ぬかもしれない（食べていた）」
熱海「もう食べたの!? なんで食べるの!?」
相模「ていうか、死にました」
熱海「……死んだのか」
相模「……ええ。死んでしまいました」
熱海「……食べるから。もう」

暗転。
また同じ場所。

熱海「もう食べるなよ。死ぬから」
相模「……ええ。もはや決して」

熱海「あの生ガキとマトンは、お隣さんに気づかれないようフランス人形に詰めてヘドロの海に流しておいたから」
相模「一時はどうなることかと思いました」

ミツコ、泥だらけのフランス人形を持って現れる。

熱海「あ」
ミツコ「こんばんす」
熱海「こ、こんばんす？」
ミツコ「もう、こんばんはって言うの飽きちゃって。……こんばんす」
熱海「ああ。……こんばんす」
相模「こばんす」
ミツコ「（ヒステリックに叫ぶ）こんばんすです！」
相模「あ、あ、すみません」
ミツコ「手を抜かないでください！」
相模「はい」
ミツコ「屠りますよ」
相模「あ、屠らないで」
ミツコ「実は先日わけあってヘドロの海でダイビングにいそしんでいたところ、こんなフランス人形を見つけまして」
熱海「あ、それは」
ミツコ「(土下座して) わたくしの生ガキとマトンにいたらない点があったのではないかと」
熱海「いえ、そんな」
相模「顔を上げてください!」
ミツコ「お詫びといってはなんですが、実は先日わたくしの家で親戚が大量のうんこをいたしまして」
熱海「うんこですか」
相模「うんこですか」
ミツコ「わたくしの中の審判員的な奴が、ギリギリ大丈夫と判断しまして」
熱海「何が大丈夫なんですか!」
相模「あなた」
熱海「なんだ」
相模「死にます」
熱海「もう食ったんか! もう食ったんか!」

暗転。

で、最後はヒヒ熱で全員悶絶死。というオチも考えたが、なにしろシャレにならなすぎる。この時代にヒヒ熱の話はタブーである。誰しもがこの病気の恐怖に怯えながらも「ないこと」にして当たらず触らず穏便に。とりあえず忘れて。そういう空気が日本中に蔓延していて、テレビでもニュース以外で「ヒヒ熱」の言葉を聞くことは決してなかったのであった。

さて、少し長くなるといいつつかなり長くなってしまったわけだが、時間にすると約十五分のこのくだらないといえば果てしなくくだらないコントを、四人は某お笑いタレントが主催するギャグのコンテストに持ち込んだ。持ち込んだらミツコ以外はほとんど素人といっていいこのにわかコントグループが、どういう間違いか他に大差をつけて優勝してしまったのだった。ミツコの狂気、熱海の演技なのか素なのか瀬戸際の素人くささ、相模の自罰的な媚、三様の天然素材が、松尾の意味不明ギリギリ一歩手前のナンセンスな台本に奇跡的にシンクロしたのである。

「がははははは！」

生ビールの中ジョッキを一気に飲み干し、シターンとテーブルに叩きつけてミツコが唸った。かぶりをふった。ウーと唸って知らない客に「ワン」と吠えた。そそくさと逃げる知らない客の後頭部に御通しのラッキョをぶつけて、やっとなにがしかに納得して日本語を喋った。

「いける！　いけるよ、うちら」

「いけますかね」と熱海。

「もう、宇宙の果てまでイっちゃうね。ていうか、あたし、今イってるね」

「イってんすかあ！　今」

「地味ぃにイってるね、さっきから、人知れず、なにげに」

「特技っすね」。これは相模。「ミツコさん、やっぱ凄いなあ」

「修業よ、修業」。ミツコは口の中の咀嚼したカラアゲの白さを思い切り露出させて笑った。上機嫌だった。

日本の人口は減ってもその安い居酒屋は安い服を着た安い若者たちの活気で賑わっていた。その店独特の掛け声がせわしなく飛びかう。「いただきましたあ！」「またいただきましたあ！」「二度目ましてえ！」「結果オーライ！　よろしくバンバンどどめ色ぉ！」「勇気ドンドンどどめ色ぉ！」。なんだかよくわからないが貧しささではちきれんばかりの景気よさである。

「んで、先方さんはどうだって言ってんのよ。どう出るってえのよ、松尾ちゃん」

「まあ、あの、才能は買うと」

「おお！」

「でも技術が、もう一つ」

「けーーっ！　クエーッだ！」

「落ち着いて、ミツコさん、落ち着いて」と相模。

「ハイハイ。落ち着きましょう。落ち着いてございます。で？」

「今の段階ではホームランか空振りしかないと」

「言うじゃあないのさあ」。腕組みしてうまそうに煙草をふかす。

「で？」

「だから別の企画でやってる月一のライブでとりあえず腕を磨けと」

「ほしたら？」

「五、六回やって確実にヒットを打てるようになったら」。ここで松尾は言葉をためて、三人の顔を順に見ながら吐き出した。「テレビ出演だ」

まず熱海が鋭く反応した。

「テレビすかあ！」

「ああ」

「まじすかあ！」。涙目である。

「て、言ってた」

「テーレビすかあ！　テーーーーレビすかあ！」。伸ばして言おうがどうしようがテレビはテレビだ。だが熱海が興奮するのも無理はない。ほんの少し前までは田舎で身障者相手に二股三股かけてジゴロを気どっていたような男がたまたまお笑いを始めたら、たった一度のオーディションでテレビ出演のチャンスがめぐってきたのである。

「そう。あ、そう。あっ、そう。ふうん」

目をつぶってミツコが静かに長く真っ黒な髪をかきあげる。「テレビときましたか」。そう言ってケケケと短く笑い細く釣り上がった目をカッと見開く。

「上等じゃないのさ」

にわかコメディアンたちはミツコの一声に大いに盛り上がっている。しかし、なぜか松尾だけは一人そわそわして落ち着かない。

確かに絶好調。表面的にはなんの問題もなし。

しかしミツコの陰惨で果てしない酒乱は絶好調を超えた辺りから必ずドロリドロリと顔を出し始める。それを松尾は身をもって知っているのだ。

まずは幸薄そうな女店員が生け贄《にえ》になった。

「しかし、それはさておいといてさ」。ニヤニヤ笑いながらミツコは煙草を粉々になるまでもみ消す。

「どどめ色ってなんなんだろね？」

全員がギャハハと笑った。確かにまったく意味不明であるが、この店では誰もそんなことは気にしない。一歩踏み込んだとたん、きわめて偏差値の低そうな熱狂に脳の大事な部分を直撃され、どんな人間も複雑な会話をしなくなる。この店はそんな店だった。誰もが酸素のように他人の熱狂を吸って二酸化炭素のように一文にもならない話を吐いていた。大音量の有線では安いロックと安い演歌がテレコで流れ、いつもどこかで誰かが怒鳴っているか裸になっていて、そしてそれがこの店の午前零時の合図であるかのように便所の手水はゲロでつまった。

「気持ちじゃない？　気持ちを色で表現しようとしてるんじゃないでしょうか」と相模。

「なんすかねえ。どどめ色っていうもの自体がどういう色かイメージできないんであれですけど」。これは熱海。

「店の奴に聞いてよ。相模ちゃん」。ミツコが顎で指図する。

「ええ？　あたしがあ？」

「いいから聞けっつうの」

「はーい」

ミツコの言うことに二度以上反論すれば必ず災いがふりかかる。暗黙のルールである。しぶしぶ相模は近くを通りかかった一重目蓋で色黒で小柄で、どう見ても処女、どう見てもサスペンスドラマのエキストラ、といった風情の店員に尋ねてみた。

「どどめ色ですかあ？」。店員はほっぺたのニキビに触りながら表情に乏しい声で答えた。「ちょっとわからないですけど」

「この店の人が言ってんじゃん」。少し離れたところから笑いながらミツコが言った。

「あんたも言ってたじゃん」

「えー？」。店員は困ったように厨房のほうを見ながらミツコの目を見ずに笑った。「ていうか、言ってないですけど」。ニキビに触る。

あーあ。松尾は心の中で百回分の舌打ちをした。つかなくていい嘘を。

「え？」。ミツコはわざとらしく右手を耳にあてる。それでもまだ目は笑っていた。「ごめん、悪い、もういっぺん」

「ていうか」。店員はもはや厨房に一、二歩すり足で移動しながら答えた。「どどめ色ってなんですか？」。バカ丸出しである。がははは。松尾が無理に笑った。ミツコは笑ってなかった。

「なんですかってなんだよ?」

一瞬にして尖り切ったミツコの眼差しに店員は押し黙ってしまった。

「こっちが聞いてんだよ」

「……」

「敬語で聞きます。どどめ色ってなんですか?」

「……」

「知らねえことを言ってたのか?」

「……」

「てめえは知らねえことならなんでも言えるのか?」

「……」

「ブルンブルンって知ってるか?」

「……いや」

「じゃ、ブルンブルンって言いな」

「……」

「知らないことは、なんでも言えるんだろ」

「ブルンブルン」

「おまえはバカか」

「違います」

「どどめ色ってなんですか?」

「……知りません」

「知らねえんだろ？　知らねえこと平気で口にするのはバカじゃねえのかよ」

「わかりません」

「そんな簡単なことわからねえのはバカじゃねえのかよ？」

「……」

「じゃ、頭がいいのかよ」

「いいえ」

「じゃ、バカじゃん」

「……」

「返事は？」

「はい」

「ガハハハ」。眉を八の字にして皆をふりかえる。

「認めたよ。おい、バカ。ま、座れ、バカ。カラアゲ食べな。好きなんだよバカはカラアゲが」

「や、でも、仕事が」

　ミツコが店の奥に向かって叫ぶ。「店長、一分だけこのバカ借りていい？」。甲高い声が返ってきた。「はい。いただきましたあ！」。子供が六人いる家にもう一人赤ん坊が産まれてもたいして変わらないように、忙しさもすぎると一人店員がいなくなってもさほど目立つものではない。「だって、誰も教えてくれないし」。半ば涙目になりかけている店員はついにミッコの隣に座らされた。「単になんか、いきおいで言ってたんだと思います」

「と思いますって、いきおいで言ってんのはおまえなんだろ?」

「多分」

熱海を指差した。「じゃ、このハゲか?」。とばっちりである。

「いいえ」

「おまえだろ?」

「はい」

「ニキビいじらない」

「はい」

松尾も熱海も相模も助け船を出さない。押し黙って手元の薄くなったチューハイを見つめながら「早く終われ。早く終われ」と頭の中で念仏のように唱えるばかりである。

「じゃ、なんで言ってたと思います、って他人ごとなんだよ」

「……」

「おまえ他人ごとにしたじゃんよ。はい。したのか、してねえのか」

「しました」

「したんだろ? 他人ごとにしたんだろ? 人のせいにしたんだろ」

「はい」

「なぜ?」

「え？」

「なんで人のせいにしたの？　はい。五、四、三」

「え？　え？」

「二、一、ゼロ」

スパーン。店員の顔が〇・五秒だけソッポを向いた。店の中の誰も気がつかないが、ミツコが目にも止まらぬ早業でビンタをかましたのである。かわいそうな店員の頬は見る見る赤くなった。

「再チャレンジです。なんで人のせいにしたの？」

「えー。それは」

「五、四、三、二、一、ゼロ」

スパーン。店員は今度は逆方向にそっぽを向いた。両頬を赤く染めた彼女を、相模は涎を垂らしそうな顔で見つめていた。明らかに感情移入をしているのである。やばいな。松尾は冷汗が背中の中央をツツツと伝っていくのを感じていた。これまでにもこういうことは二、三度あったことだ。誰かがミツコに攻撃をされている。すると必ず相模は被害者のほうに感情移入して余計な口出しをしてしまい、事態を修復できないまでに悪化させてしまうのだ。

「整理してみよう。ザーッとおさらいしてみようよ。ことの発端はおまえなんだよ。おまえ言ってないっつったよね。どどめ色って言ってない、つったよね」。ミツコは逃げられないように店員の脇腹を両足でロックしている。

「え？……わ。え？」哀れなことに仕事に追われていた彼女は三分前に自分が言ったことすら覚えてなかったのである。

「言ったんだよ」。全員に向き直った。「な？」

三人ともうなずくしかなかった。

「あれが悪かった。おまえさ、言ってないって言えばすぐ消えれるって思ったんだよ。

違うだろうか。このめんど臭いお姉ちゃんの前からトンズラしたいなって気持ちが言ってないって言わせたんだろ？　違う？」

「……そうだと思います」

「思います禁止」

「そうです」

「どどめ色ってなんですか？　はい、こっちが聞いた。ね？　で、ちょっとわかりません。店長に聞いてきます。ってさ、そう言えば、なんにも悪くなかったんだよ。おめえよ。客に嘘ついたんだからよ。そして人が話してるときは（だんだんイライラ声を大きくして）ニキビいじるなっつってんだろうが！」

ミツコがダーンとテーブルを叩き、一瞬店内に静寂が走るが、すぐにアニメソングのような安いロックにかき消される。

「あのさ。早く謝ったほうがいいよ」

ついに相模が動いた。松尾は心の中で千回分の舌打ちをする。

「……早く？」。ミツコは店員を足でガッシリと挟んだままゆっくりと相模をふりかえる。マンガであるならば黒バックに白抜きで「ユラーリ」と書き文字が入るところである。「早くって何だろう？　とりあえずってことか？　おい。『謝り』はビールか？　相模ちゃん。早く切りあげろと、そういうことですか？　早く謝りゃ早く終わるってか？　おい。こっちゃあ遊びでやってんじゃないんだよ」

「いや、そうは言ってないよ」。松尾がやむなく助け船を出した。攻撃対象は当然相模に切り替わることになる。それは、もう、明らかだ。そうなる前に目標を分散させよう。一人だと激痛だが複数で痛みを共有すれば鈍痛になる。そういう読みがあった。

「この子がさ、だから、あのあの、なんですよ。えと、ようするにですな」

読みはあったが、かなりあがっていた。

「あんだよ、なにが言いたいんだよ松尾さんよぉ。あ？」

うわあ。ヤクザだ。うつむいたまま熱海は思った。額からしたたる脂汗がすでに薄まりきっているチューハイの上に不気味な渦をつくり始めていた。

「いや、あのさ、こういうことだ。こういうことだぞ、ミツコ。悪いと思ったらその瞬間に謝る。人間関係を円滑にする術においては大事なこと、と、相模はそう言いたかったんでしょ？」

「うん。そう。そうなのよ」

「やけにかばうじゃん」。ギラリとミツコの目が光った。「ていうか息ぴったりじゃん」

「いや、かばうって」

「女子一名帰ってようし」

ようやく「蟹ばさみ」を解かれた店員は魂の抜け殻のような顔であっちにぶつかりこっちにつまずきしながら厨房に吸い込まれていった。

「怪しいなおまえら」。ミツコの眼差しは先ほどの鋭さとは質が変わり、どんなものでも引きずり込みますよといった舟幽霊のごときになっている。「あたしと松尾がつき合う前からおめえらが寝てたことは知ってんだよ」

「うん。それはだって隠してることでもないでしょ」

「つうか、おめえらが寝てることは知ってんだよ」

「ちょ、ちょ、ちょっと待って」

松尾ミズキは顔色が「サー」という音をたてて変わるのを感じながら首をブンブン振った。

「おめえらは寝てるんだよ」

「どんどん話が進化してるんじゃないの？」

といいながら心臓は大暴れしていた。

寝ていたのである。

仕方ないんだ。必死に頭の中で言い訳する。

バイトがバイトがとしぶる相模をコントに引き込むには昔の関係を蒸し返すしかなかった。危険過ぎる賭けであることは充分に承知していたが、これより他に手立てが浮かばなかった。松尾は相模を呼びつけ飲んだ挙げ句、寝た。貪婪《どんらん》な女である相模は定期的なセックスを暗黙の条件にＯＫを出した。病気の蔓延するこの節、安全なセックスのできる相手はたとえ凶暴な女の彼氏でも貴重だ。相模はそう思っていた。ましてや、お笑いマニアでお洒落でもなし、そのうえ小デブの自分なぞこの男以外の誰が相手にしてくれるか。そういう卑屈な自己規定もあった。とにかくミツコの目を盗んで松尾と相模が爛れた逢瀬を数度にわたって楽しんでいたのは事実なのである。

しかし、どうしてばれたのだろう。

答えは簡単である。鈍感な相模が「相談」と称してペラペラと仲間に喋っていたのが巡り巡ってミツコの耳に入ったのである。なんらかの悪意が介在しなければ普通そんなふうにはなりえない話だが、いかんせんミツコも相模も女友達たちからは徹底的に嫌われていた。ばれた理由はともあれ「徹頭徹尾シラを切りとおそう」。瞬時の判断で松尾が腹を括った刹那、相模がミツコの前に土下座した。

「ごめんなさい！」

松尾はクラクラと気が遠くなりながらも心で一万回分の舌打ちをした。「もう、一生舌打ちすることもないだろう」。ボンヤリとそう思った。

土下座したまま相模が叫ぶ。

「心、一切入ってませんので。ほんと。あの、がっかりするほど感情ないあれなんで！」

「おまえは黙ってろよ！」。松尾も耐え切れず、キレた。

ミツコは突然醒めたように肩の力を抜き、煙草に火を点けた。

「……やっぱ。だめか」

3

「やっぱ、だめだったんだなあ」

ミツコはイカの刺身に似た薄い唇から細く細くため息に限りなく近い煙を吐いた。

「松尾ちゃん」

「うん」

「暴れていいかな」

「い、いや」

「え？」

「よくはないと思う」

「どうして？」

「……」

「我慢したんじゃない？　あたしにしては。いつからだろう。これ。記録じゃない？

新記録じゃない？」

「……そう。なの？」

「あんたがあたしの『笑い』をさ、わかってくれてるから、我慢してたんじゃないか」

松尾は何も答えられない。

ミツコは溢れ出ようとする涙を目蓋で嚙みちぎり、そのまま瞬きでム・リ・ダと音もなくつぶやいてみせた。

「あたしは、よくやった。なんとか呑み込もうと思ったんだ。こんなくっさい腐れマンコの腐れ女でも戦力は戦力じゃん。呑み込んだよ。薬だと思って鼻つまんでさ。生涯一度の我慢だと思ってさ。まあ、いつかは限界はくるだろう我慢だとは思ってたよ。あたしがリーダーのこのチームがよ、おまえらの臭いマンコ汁をガソリンに動いてるっつうのは、どう考えても帳尻合わない話だもの。コントは笑いで動こうよ。マンコでなくて、って話。『いつくる？　限界』って思ってたら、今きたよ」

言いながらミツコは表情を読まれまいとしているかのように額にスッと白い手をあてる。その仕草にはなぜかゾクリとするほど残酷な美しさがあった。「もう一度聞くけど」。静かに静かに彼女は猛っていた。「暴れていいよね」

そのときである。

「うーん。ていうかですね」

突然、亀のごとくはいつくばっていた相模が顔を上げ無表情に呟いたのである。信じられないほどにノンシャランなトーンだった。

ミツコがジラジラと見る。見てゆっくりゆっくり反芻する。「て・い・う・か・ですねだ？」。こぼれ落ちそうになっていた涙がジュッと音を立てて燃える瞳の中で蒸発する。「主語がねえよ。おめえみたいな豚に主語省略する権利もねえよ」

相模は無表情にミツコを見据えたまま嚙んだガムを銀紙に捨てるように言う。

「松尾くんてさ。別にミツコさんの『笑い』わかってないよ」

少し間を置いて「わざわざ」という感じでつけ加えた。「松尾くんは、ミツコさんのことなにも、わかってないよ」

「……」

何秒くらいだろう。

まるでビデオのストップモーションのごとくにミツコは額に手を当てたまま動かなかった。相模の命知らずな開き直りに松尾は気絶寸前になりながら、このまま時が止まってしまえばいいのにと、ミツコの顔に「完」というマークがドーンと出ればいいのにと、子供みたいなことを考えていた。

「ぼ、ぼ、ぼ、僕は笑ってますよ、ちゃんと」

何を思ったか、熱海が汗だくになりながらしゃしゃり出る。「ミツコさん、おかしいもの。おっかしいですよ、ミツコさん。いやあ、もう、尊敬してるっす。俺、一生ついていくつもりですもん」

熱海玄一二十五歳、一世一代の「しゃしゃり」だった。ミツコは額からやっと手を離しニッコリ笑って熱海をふり返った。

「空気読めよ、ハゲ」

十秒後。夢の中の熱海はフカフカの絨毯の上で三倍ほど美化された裸のミツコに抱き締められ、その広すぎる額に何度も口づけをされていた。「愛してる愛してる。愛してるよ熱海ちゃん」

しかし現実の熱海は空になった大ジョッキでミツコに額を割られ、泡を吹き白目をむいてうつぶせにぶっ倒れていた。冗談ではすまされないほどの鮮血が頭から焼酎臭い床にドクドクと流れ、その血だまりにゴキブリの糞が浮いていた。それでも熱海は白目をむいたままバカみたいに幸せな笑みを頰に浮かべている。

「なんてことすんだよ！　このキチガイ！」

ついに相模がぶち切れてミツコにテーブル越しに飛び掛かった。

ミツコは口元に変わらぬニヒルな笑いを浮かべたままテーブルごと相模を膝で蹴りあげた。獅子唐がグラスが枝豆がオシボリが伝票が何の材料でできているのかわからない不気味な御通しが店員の名前のついたオリジナルサラダが、それに相模の150センチに満たない小デブな体も含め、テーブルの上のありとあらゆる「安物」がズンガラガシャーンという大音響とともに宙に舞い地に落ちた。

「終わったあ」

普通ならそう思う瞬間である。しかし、ミツコの場合は違った。

「始まったあ」

なのだった。

悶絶した蛙みたいに不様にひっくり返った相模を飛び越え、若い男の店員が二人、血相を変えて現れた。

「だ。ちょ。な」

何を言っていいかわからなかった。

「なんか文句あんのかよ」

普段は美しい切れ長のミツコの目だが、キレると完璧な円形になり、サーチライトのように次の獲物を探す。しかも口元はギンギラギンの笑顔だ。何度見ても「慣れない」顔だ。松尾の舌は必死に口の中をのたうちまわっている。飲み込むべき唾を探しているが一滴もない。

「ま。ちょちょ。だ」

「けけけ。警察呼びますよ」

やっとのことで店員の一人がわなわなと訴えた。呼べるもんなら呼んでみろよ。舌なめずりをしながらどすの利いた声でミツコが答える。短い革のスカートからドンとテーブルに筋肉の発達した長い足を投げ出す。その太股には性器に向かって太い矢印のタトゥーがしてあって、その傍らに丁寧に「どうなのよ?」と彫られている。それを見たものはおおむねすごく困る。

数人の客が無表情をよそおいながらあたふたと帰り支度をしている。

「逃げんな!」

ミツコが叫ぶ。全員の動きがあらかじめリハーサルしていたように一斉に止まる。

「おまえら全員共犯だ!」

なんで共犯なのかわからない。

ただただ彼女の殺気に気圧され、わからないまま客たちは立ち上がるのをやめ、釈然としない面持ちでうなだれた。

「どいつもこいつも」

一人一人をねめまわしてやろうとミツコが隣のテーブルをまたいだとき、厨房から金串のようなものを両手に握りしめた件《くだん》の女店員が悪鬼のような表情でたちはだかった。

怒りにワナワナと震えていた。

「なめんじゃねえぞ、こらあ」

「……なんだよ、昆虫」。テーブルをまたいだまま大股びらきのミツコは、肩をすくめてみせる。もう一度女店員が叫ぶ。「こらあ！　こらあ！」

「こらしか」。ミツコは客の食べ残しの焼そばの皿をつかむ。「言えねえのかよっ！」。それを投げつける。「ぶあー」。焼そばまみれになって情けない声をあげる女店員に素早く駆け寄り、ミツコは彼女の顔面に鋭く二回パンチを入れる。女はギャアと唸って真後ろに倒れる。「ぎゃはは。パンツ丸出しでやんの」。ミツコはゲラゲラ笑いながら彼女に馬乗りになるが、もちろんミツコもパンツ丸出しである。次に彼女は、しぶとく金串を握りしめた女店員の手を無理矢理こじ開けようとし始めた。やばい。武器を入手する気だ。松尾は青くなってミツコの肩に手をかける。し、死者が出る。

「い、いい、いいかげんにしろ」

意外であった。意外だったのだ。

松尾はウッと息を呑んだ。

ゆっくりと振り返ったミツコは真っ赤に目を泣き腫らしていたからだ。彼女は震える声で呻いた。

「……今度こそ、今度こそ」

「ごめん。な。俺が悪かった」

「今度こそ」

「おまえのことわかったふりしてた。ミツコはもう、もはや、両手放しですすり泣いていた。

「今度こそね」。ミツコはもう、もはや、両手放しですすり泣いていた。もうやめる」

「正直に言うよ。おまえ。わかんないんだわ」

「今度こそ今度こそ今度こそ」。ミツコの両の鼻からは洟が垂れていて、呼吸するたびにプファアプファアと気泡がはじける。

「なんにも、俺はなんにもわかってないんだ」

「プファア、プファア」

「わかってるふりして何でもおまえにうなずいて、その間にいろんな災いが通り過ぎていってくれることを願ってただけなんだ。それがずるいってことだとわかってるし、ずるいって認めてしまうこともまたずるいってこともわかってるし。いや、俺が何を言いたいかというと結局のところ……結局のところ……」

ミツコは人差し指を立て、それをスッと松尾の口に押し当てると、口づけするように顔を近づけ、低く低くささやいた。

「今度こそ、うまくいくと思ってたんだ」

もう一方の手で巨大なグーを作り、渾身の力で固めて、ミツコはそれを松尾の横顔に叩き込んだ。松尾はそのまま店の隅まで横っ飛びに吹っ飛んで、開いていた窓枠で腹を打ち「ぐえ」と叫ぶ。追いかけてきたミツコが窓の外に上半身を乗り出した格好になっている松尾の脇腹の辺りにひねりの入った蹴りを入れる。

「わかれ！　あたしをわかれ！」

あまりの痛さに両手でガードするがミツコの蹴りのほうが強い。何度も何度も泣きながら松尾のみぞおちに爪先を打ち込む。「あたしをわかれ！」。絶叫しながら己れの孤独を注入するように何度も何度も。「あたしをわかれ！　あたしをわかれ！」

4

さてさてどうしよう。

下北沢。聞き覚えがあった。

カネコのマンションで読み漁った演劇書によく出てくる町だ。

フクスケはへたりこんだ。

味のしないウーロン割りと店員の「いただきましたあ！」という掛け声で有名な安い居酒屋の脇にいくつか設置されている自動販売機の隙間で、フウ、溜め息でもひとつしましょうと、空を見上げた二十五歳のフクスケめがけて物凄いスピードで落ちてきた白い物体。

それは、ミツコの孤独にガツンガツンと押されて蹴られて松尾の口から吐き出された安い酒と安い肴と安い志をシェイクしてできあがった安い安いゲロだった。

ともあれ。フクスケがそれをゲロと認識する暇はなかった。ゲロまみれになった彼の頭上に間髪入れずミツコに蹴り飛ばされた松尾本人が降ってきたからである。

『劇団大人サイズ』結成！

1

ミツコと松尾がともに暮らしていたそのアパートは下北沢のはずれのはずれ、むしろ駅でいえば池ノ上に近い狭い古い路地の裏手にあって、名前を『グリーンマンション井口』といった。ミツコ名義の六畳一間に二畳の台所がついた風呂なしトイレ共同三万二千円の部屋は、その誰が見ても何がグリーンで何がマンションなのかわからない築三十年の木造家屋の二階にあった。

午前六時。

ミツコ、松尾、フクスケ。誰もが血まみれゲロまみれで倒れ込むように眠っていた。

ミツコは気絶している松尾とフクスケを両手に担いで店から運んできたのである。カーテンから漏れる朝の光にまず松尾が目を覚ました。見ない顔であるフクスケが横で寝ているのに一瞬だけギョッとしたが、酔ったミツコが暴れたあげく巻き添えにした見知らぬ人間を連れて帰るのはよくあることではある。

記憶がところどころないし、あれから熱海や相模がどうなったのかはわからない。ただ、いつものように「昨日はなんだか暴れたね。ドンマイドンマイ」ではお互いすまされない凄まじさを松尾はよくわかっていた。

終わったのだ。

松尾の描いたミツコや仲間たちとの夢には、どだい無理があった。笑いじゃあない。セックスと欲望でつながっていたチームだった。

心で二、三度繰り返してみる。終わったんだ。終わらせなければ、自分が終わってしまうのだ。次にミツコが目を覚ましたときは、本当に殺されるときだ。冗談でなくそんな確信があった。

松尾は見知らぬ若者、フクスケを細心の注意を払いながらソーッとソーッと揺すってみた。フクスケがうっすらと目を覚ますと自分の口元に指を持ってきて「シーッ」の形を作り、次に彼の手を取り、静かに自分の手を重ね細く小さくささやいた。

「タッチ」

松尾は炬燵の上に無造作に置かれた自分の上着と財布だけ取ると、これまたソーッとソーッとドアを開けて部屋から出た。

そしてそれきり二度と残された二人の前に姿を現すことはなかった。

松尾ミズキの出番、これにて終了。

終了はいいが、男の背中を見送りつつも当然なにがなんだかわからないフクスケであった。周りを見ればそれほど慣れぬ光景ではない。無数の演劇書はカネコの家で見かけたものも多いし、インスタントラーメンの袋や脱いだ靴下が乱雑に散らかっている様や派手目の女物のコートが壁に掛かっている様などもまったくこれまでの生活とたがわぬものだ。しかし、自分の隣で背中を合わせたままスウスウと寝息を立てている女が血まみれであるのを見て「これはただごとでない」と。ザワザワと鼠色の不安を覚えたフクスケは、なにはともあれここをすみやかに出ようと堅く心に誓い、立ち上がったところでミツコにグイと足をつかまれた。

思わず叫び出しそうになった。

「タッチされたんだろう」

「え？」

「あんた、松尾にタッチされたんだろう」

「あ。松尾……。ええと。はい」

「だったらもうちょっといなよ」

眩しいものでも見るかのようにミツコは目を細めフクスケを凝視している。

「あんた、おもしろい顔してるよね」

少し顔を崩した。

「もうちょっと寝てっていいよ」

その笑顔が意外にも穏やかで悪い感じがしなかったので、よく事情はわからないがもう一眠りしてみようか。フクスケは思った。とにかく臭かった。自分が臭いのかミツコが臭いのか、それとも部屋全体が臭いのか、そしてなぜ臭いのか、もう、眠ってしまって考えるのをやめてしまいたい、というのもあった。

一眠りが二眠りになり。

二眠りが三眠りになり。

次の日になり、また次の日になり。

そうしてフクスケとミツコの生活は始まったのだった。

2

数日後、ミツコのところに相模から電話があった。

「松尾くん、失踪したんだって？」

ミツコはテンション低く答えた。

「ああ。でも、代わりが見つかったから」

「えぇー？　でも、テレビ、どうするの？　ミツコさん」

恐ろしいことに相模は、あの晩のことをまったく覚えていなかった。

3

その数日後、今度は熱海から電話がかかってきた。

「あの、ミツコさん。この間のことは、あの、気にしなくてもいいですから。えと、三日入院したらよくなったんで。やめるなんて言わないでくださいね」

ミツコはテンション低く答えた。

「うう？　……うん」

ミツコは熱海に重傷を負わせたことをまったく覚えていなかった。

4

こうして松尾が抜け、フクスケが加わった点をのぞき、そのチームはなんの変わりもなく存続することになった。名無しでは格好つかないのでミツコの思いつきで今後この集団は『大人サイズ』と名乗ることになる。『大人サイズ』は後に劇団になり宗教法人化して、何万人もの観客を動員し、あげく日本を揺るがす大事件をひきおこしていくわけであるが、それはまだずいぶん先の話なのだった。

ともあれ。それはさておきとりあえず。

松尾がいなくなりはしたものの、ミツコと相模と熱海は他にどうするあてもなく、ストリップ劇場あがりのお笑いタレント「石井ハンサム」が主宰する新人芸人を集めたコントライブに辛抱強く出続けた。ネタは、店員のスカートが極端に短いこととその短いスカートをはいている店員の風采が一様に通天閣のビリケンさんに似ていることで有名な下北沢のファミレスで、思いつくままにミツコが喋り散らかす「小リスの集団自殺」だの「ミントの香りのする地蔵」だの「弁償するとき目が光る女」だの「謙遜すると死んでしまう妖精」だのといった意味不明で自己破壊的なギャグの数々を、相模がやや呑み込みやすいものに書きなおしてまとめる、といった形で作られた。月一で開店から閉店までキッチリ十二時間、コーヒーを何杯もおかわりしながら怒号と嬌声と号泣と即興コントを繰り返し、注意でもされようものなら驚くべき瞬発力で中指を立て唾やコーヒーをかけてくる二人は、店員たちに「ヘビーメンス1号2号」と名づけられ、非常に恐れられた。ネタの稽古は、ミツコが当時バイトしていた銀座の二流クラブの裏口の鍵を勝手に複製し、閉店後忍び込んで夜が明けるまで行われていた。

「銀座で稽古」

なぜかしら熱海はそのシチュエーションに異様に舞い上がり、銀座までの地下鉄の定期を大事なお守りのように首からぶらさげていて、東京生まれの相模にとことんバカにされた。

「銀座で稽古」

彼の頭の中で銀座というものがどういう案配になっていたのかははかりしれないが、とにかく素敵な妄想で脳がパツンパツンになっていた熱海は稽古後の掃除やかたづけを自らかって出た。店には小さなカラオケステージがあり、ミツコらが帰った後、秘かに大好きなアイドル歌手の『すっぱい青春』というヒットソングを大音量で熱唱するのが楽しみだったのだ。

ちょっぴり渋くてすっぱい関係
だってジグザグ　恋はジグザグ
二人は現在いっぱいいっぱい
いっぱいすっぱい　すっぱい青春

夜明け前。広い額に汗を浮かべ「完全コピー」した踊りまでつけて、見えない観客に向かってとびっきりの笑顔で「すっぱいすっぱい」とサビの部分をリフレインするその針金のように痩せた姿は、哀愁とかそういうのを通り越して宇宙人が発狂しているようにしか見えなかった。

当時、彼は、パッケージだけで中身の入っていない「裏ビデオ」を宅配して脱兎のごとく逃げるという、まあ、いってみれば犯罪で生計をたてており、ミツコに紹介されてその仕事を手伝っていたフクスケもいつしか銀座の稽古に駆り出されることになった。台本を片手にミツコらが演じるコントを何度も観ては笑える箇所笑えない箇所をチェックする。初めは「他に見る人がいないから」という理由で頼まれて始めた作業だったが、十年間カネコのマンションに閉じこもりっきりで、読書漬けだったフクスケの指摘はおおむね的確なものであり、次第に大人サイズの稽古には欠かせない存在となっていったのである。

後に大人サイズの座つき作家兼演出家になっていくフクスケはこうして演出の方法を覚えたのであった。

で。

その困ったといえば困ったことになっているタイトルで知られたお笑いライブは、新宿の『秘宝館』という五十人も客が入れば満席になるカラオケ屋を改装した地下一階のライブハウスで月に一度催されていた。

『ハンサムタイム』

店長の直井直道は「職業・不良」と自称するような、やや間違った感じの中年男で、学生運動に明け暮れて大学を中退した後、ボブ・ディランに啓発されて「朴詩蘭」というフォーク歌手を名乗り、道端で歌いながら日本中をさまよったあげく、なぜかパンクロックバンド「農薬」のボーカルとして、デビュー曲「無農薬」をひっさげ芸能界にデビュー。ついでにレコーディング料に関する詐欺に遭い、大きな借金を抱えて失踪するが、これまたなぜか静電気を利用して肩凝りをほぐすというよくわからない医療器具

『エンジェル・ヒーリング』の販売で一山当てて復活。金にならないライブハウスの仕事を「僕の放浪の一部」ときどって自分の「間違い加減」を加速させていた。しかし、きどった罰か、後に彼は刺青の勉強のため渡航したアメリカの小さな町で、酔って喧嘩した商売仲間に寝ている間に顔に女性器の刺青を入れられ帰国できなくなるのだが、それはまた別の話だ。

彼は店で出しているフリーペーパー『直道直筆』の第十九号で当時の大人サイズの様子について触れている。

●いや、今回ばかりは驚いた、おじさんも。▼▼▼

子供の頃、カマキリのお腹から変な虫が出てきたときより驚きましたです。先月の『ハンサムタイム』でトリをとった大人サイズ。まあ、笑いがどうって話はあたくしの管轄外でわからんのだけども、だって、リーダーのミツコって女がオープニングで登場していきなり「恋すると生理が止まんないのォ〜」って叫ぶや、パンツの中からタンポン引きずり出して客席に投げるんだもの。終わった後見つからなかったから、誰かが持って帰ったんだろうけど、アレ、絶対本物だね。いや、凄い奴らが出てきたもんだ。だって「恋すると生理が止まらない」んだぜ。あとなんか話も凄かったな。ビルが火事って設定なんだけど「子供から先に窓からおろしてください」って消防士が叫ぶんだよ。したら、妊娠してる女が股から胎児の人形を引き出して投げるんだ。そんで注意されるの。「……だめだよ」だって。すごい、力のない声で。あたくしもほんとたいがいのことには驚かないけど、人生真面目に考え直したくなるようなギャグでしたです、ハイ(笑)。

あと、でもあの子たち楽屋の入り口のところに私物置くんだよね。私物を置きっぱなしってよくないよね、ほんと。


このフリーペーパーの記事にミツコが気をよくし、ネタが十本ほどたまったこともあり、大人サイズはついに『秘宝館』を借り切って3デイズの単独ライブを行うことになる。

ところが、ミツコが店に前借りまでして四色カラーという気合いの入ったチラシを作ったおかげで初日にして満員になったこの二時間にわたる公演の受けは当初散々だったのである。

ミツコのコントは単発なら爆発力があるのだが、連続して見るには、コントの一本一本に「死」や「堕胎」「在日韓国人差別」「身体障害者差別」「血筋に関する差別」「天皇に関するギャグ」「創価学会に関するギャグ」などヘビーな内容が容赦なく盛り込まれているうえ、ミツコ自身のキャラクターのインパクトが強すぎて、客がヘトヘトになってしまうのだ。ラストにご愛敬で熱海が『すっぱい青春』を歌う頃にはありがたい漢方薬のように苦い空気が会場にドロリと胡坐《あぐら》をかいているのだった。

「おめえらは愚鈍だ」

拍手もないカーテンコールでその六畳ほどのステージにマイクを持って現れたミツコは完全に切れていて、ギラギラと吊り上がり過ぎた瞳はそのまま半回転してむしろ垂れ目になりそうな勢いだった。相模も熱海も彼女より一歩下がって並んでいるが恐ろしくて顔も上げられない。

「あたしにはおめえらの三代前が見えるね。今この日本で日本の問題を扱った日本人による日本の笑いがわからないおめえらって奴らはさ、まず日本人じゃねえだろ。日本が大昔の戦争で占領した国から手に開けられた穴に鎖を通されてさあ、引き摺ってこられたのがおめえらの先祖なんだろ。この〇〇〇！　結論！　おめえらのルーツは、お土産だ。どうするよ。ここは大きなお土産屋か？」

ああ、ここも出入り禁止か。相模は秘かにため息を吐いた。

ああ、なんで受けなかったんだろう『すっぱい青春』。一ヵ月練習したのに。熱海は目の前の現実から逃避し、自分の世界に入り込んで一人でひたすらネタの反省会をしていた。

「あたしには、そう見えるんだね。どいつもこいつも安物の土産面だ。あたしはおめえらに改名を命令する。では、出席をとります。おい、そこの失敗パーマのギスギス女。おめえは今日から『目が飛び出す般若』だ。……返事！」

客席に降りてきたミツコの人差し指で直に眉間をこづかれた若い女は涙目になりつつ蚊の鳴くような声でやっと「はい」と答えた。

ここでミラクルが起きた。

客席に笑いが起こったのである。

その女の出した声が弱々しくも裏返って、あまりにも情けなかった。それにうっかり客が笑ってしまったのである。怒りのエネルギーに血液のあらかたを持っていかれて蒼白になっていたミツコの頬に少しだけ温度が戻った。

「はい、みなさん。般若に大きな拍手を！」

そして、客の拍手に女が驚いて振り向いたら本当に般若に似ていたので、とうとう大爆笑が起きたのだった。

大人サイズ始まって以来の爆笑なのだった。

相模も熱海も驚いて顔を見合わせている。

気がつくと音響の調整室からステージを観ていたフクスケが画用紙を振っている。

『木刀』

太マジックでそう書かれていた。

ミツコは素早く客席を見渡し黄土色のブルゾンを着た細身の男を見つけた。

「あんたは今日から『木刀』だ！」

その男は「はい」と返事をした後、小賢しくも「苗字は？」と切り返してきた。「苗字だ？」。そうなるとミツコものってくる。

「『素振り』」

再び笑いが起きる。

その後も次々とフクスケは画用紙にありがたくないお土産の名を書き連ね、それをミツコが客に命名するというアドリブが繰り返された。

『ひよこ』

『わさび漬け』

『マカデミアンナッツ』

『竜の落とし子のミイラのキーホルダー』

『鮭くわえた熊。苗字は、熊にくわえられた鮭』

『四十八手がデザインされた手ぬぐい』

『なんか人形の中から人形が出てくる奴』

『その人形からまた出た人形』

『東京タワーの模型に添えられた引っ繰り返すと日にちが変わるカレンダー』

『東京タワーの模型に添えられた根性という文字』

『ちんすこう』

受けていた。

受けないときは相模がすかさずフォローを入れて笑いをとった。ミツコも「受けない事態で何もできない熱海という存在」に突っ込んで二重に笑いをとった。

そう。大人サイズに初めて「チームワーク」という輝かしい現象が生まれたのである。

たった五十数人の客の爆笑であった。

一時間後にははかなくハラリと消えゆく爆笑だった。

でも今このとき。この瞬間。もし、嘘でも。

この瞬間が永遠に続くことを誰かが約束してくれたなら、一秒後に死んでもいい。ミツコは本気で思っていた。

涙があふれた。客をののしり、大笑いしながら、落ちたマスカラで顔に二筋のドブ川を作っていた。

フクスケは笑いながら見ていた。あれは笑っていい涙だ。と思った。

ミツコは叫んだ。

いや。口にはしないが心で叫んでいた。

「あたしはわかられた！」

何度も何度も叫びたかった。

「あたしはわかられた！　あたしはわかられた！　あたしはわかられた！」

公演は終演後のミツコのパフォーマンスが話題を呼んで、最終的には盛況のうちに3デイズの幕を閉じたのだった。

ミツコ、熱海、相模、そしてフクスケの四人は翌朝の九時まで飲み倒した。ついに昏倒するように眠りに落ちた熱海の口にミツコは口移しで何度も日本酒を注ぎこんでいた。電車の切符で歯クソをほじるような不潔な癖がある熱海に「おめえは生理的に受けつけねえんだよ」と公言してはばからないミツコのその行為に、少し感動したフクスケと相模ではあるが、よく考えたら「死んじゃうからやめたほうがいい」とそれだけは止めた。

そしてフクスケは次の日から大人サイズの正式な座員であり座つき作家ということになったのである。

5

朝十時。

フクスケたち打ち上げ組の一行は居酒屋の店主に土下座されて店を追いだされ、山のような衣装や小道具を抱えてこけつまろびつあっちぶつかりこっちぶつかり、居酒屋にほど近い熱海がバイトする違法ビデオ販売の事務所があるアパートに向かった。

眠ったまま口に日本酒を注ぎ込まれていた熱海は完璧な爆死状態でミツコに背負われ、その背中によだれの池をつくりながら、白目を剝いて彼岸から手招きする死んだお婆ちゃんを夢の中で必死にふりほどいている。酒に強いフクスケやミツコや相模までもが胃がリバーシブルになるほどに吐いて吐いてあとは倒れるしかない、という惨状であり、相模にいたっては自分で吐いたゲロが髪の毛にベットリとはりついたままそれが乾いて斬新なヘアースタイルを作り出しており、新進フォトグラファーのモデルのような「むしろいけてる!」みたいなことになっているというありさまだった。熱海のポケットからとりだした合鍵を使い、その六畳ほどの仕事場に四人は雪崩をうつように重なりあって転がり込んで、ようやくどうにか眠りについた。

眠りながら四人は幸せだった。

かなり具合は悪いが幸せだった。その、建物全体が裏ビデオ業者の持ち物である安アパートの二階の一室は、ミツコの住んでいる名ばかりのマンションよりもさらに深刻な老朽化が進んでおり、腐臭を放つ畳は表面積の70％以上が「おはぎ色」に変色し、その上に幾層もの裏ビデオが積み上げられている。四人はビデオをガサガサと掻き集め、掛け布団にして夕方まで眠った。笑顔で眠った。

午後六時になると相模はビデオの山の中からフンコロガシのような姿勢ではいだし、前衛的な髪型のまま居酒屋のバイトに抜け出した。熱海も客からの電話に起こされて、適当に数本のビデオをひっつかむとアパートの外に停めているナンバーをペンチで折り曲げたスーパーカブに乗ってヨロヨロと消えていった。

二人っきりになったのでミツコはフクスケとセックスをしてみようと思った。そう。二人は「まだ」だったのだ。もちろん一緒に住んでいたので性交をする可能性はいくらでもあった。が、性的に「薄い」フクスケのほうからそれを求めることはなかったし、シラフのミツコも意外とその方面に関してはシャイであり、かといって大酒を飲むと必ず相模か熱海が部屋にいたので、そうそうきっかけもなかったのである。

ミツコが自分の部屋でセックスをしたくない理由は他にもあった。アパートで同じ階にある唯一の「三畳間」に住んでいる大家の息子に覗かれているのではないかという不安があったのだ。この大家の息子でありインディーズのスカトロビデオ作家である当時二十四歳の井口亨もまた、後々大人サイズに関わる重要な人物となる。彼が登場するのはもう少し後だ。

とりあえず今はすべてのセッティングがそろって湯気をたてている。取り急ぎセックスの話をしなければならない。

ライブの後、必ずミツコは猛烈にセックスがしたくなる女だった。相手は誰でもおおむねよかった。それで失敗することも多かったが失敗しても別にいいじゃん、ともミツコは思っている。今、身体の中で巻きおこっているニュースでライブな衝動。それが彼女にとって現在親の死に目よりも何よりも最優先させなければならない大切なことなのである。

こいつでいいや。

そのときはその程度の気持ちだった。

ミツコは眠っているフクスケの鼻を摘んで、空気を探してアップアップし始めたその口に自分の舌を半回転させながらねじ込んだ。フクスケの体の奥からほのずっぱいゲロの臭いが彼女の中に侵入してきたがさして気にはならない。眠りの途中で突如侵入してきた粘液塗れの貪婪な生き物を、フクスケも受け入れた。不躾、とは思わなかった。飲みすぎの身体には水分も必要である。エロスの果てから流れ込んでくる大量の唾液を、乳房にしがみつく赤子のように喉を鳴らして飲んだ。ミツコの獰猛だが、不思議なほどに柔らかい舌は先端にセンサーでもついているかのように彼の官能を的確に探り当て、ひと暴れして征服してはまた別の獲物を狙って探しまわる。薄い覚醒の中、フクスケの舌もまたそれに答え、負けじとミツコに絡みつき、彼女から「んー！」というイライラ感のこもった呻きを導き出すことに成功した。女の身体には慣れている。なにしろ世界各国の女と十年にわたって乱交を重ねてきた彼なのである。かつて醜女フキコに童貞を奪われたときとはわけが違う。にしてもミツコの欲望はかつて味わったことがないほどに壮絶だった。唇を重ね舌を交えながら彼女の手はフクスケの下腹部を性急にまさぐった。すでに彼のペニスはカチカチに尖っていて、綿のズボンの中で蜘蛛の巣にひっかかったアブラ蝉のようにジジジジと七転八倒していた。

「ああああ！」

フクスケの興奮を感じ、さらにイライラしながらミツコは彼のペニスをズボンの上から握り摘み擦《さす》り擦《こす》り育み、一八〇度態を変えてズボンのチャックを下ろし、昂りのため自主的にブリーフの穴からコンチクショウと顔を出した初対面のそれを、食み含み舐めあげ齧り吸い込み観察し頬張り貪った。フクスケも鼻先にデデンと現れたミツコのミニスカートに包まれた尖った尻にかぶりつき、スカートを捲り上げ小便らしき液体に濡れたパンツの縦筋を何度も何度も縦に横に歯で咬み唇ではさみ舌でこねくりまわした。

「くそ。うまいじゃん！」

性欲にかててくわえて闘争本能にまで火がついたミツコは、再び半回転し、頭をかきむしりながら自分でTシャツを脱いでノーブラの胸をもう一方の手で摑むと、フクスケの口に押し当て頬張らせた。その刹那、なにか言い知れない不安がふっと頭をよぎるが、チャプチャプと音を立ててフクスケが乳首を貪るのを確認すると、パンツを「えいや！」とむしりとって馬乗りになり、すでに粘液でテカテカに光っている厚めの陰唇を「だーっ！」と叫びながらそそり立ったまだ青白いペニスにガッシガッシと擦りつけた。

ここにきて「だーっ」てことはないだろうとは思うが、とにかくそのときのミツコの気持ちは「だーっ」でしかなかったのだ。かわいげのある声を出すゆとりはない。ミツコの不安は予想外に大きくなり始めている。もう、とりあえず、どうにかして一回いっておきたかった。性欲が身の丈を越えている。意識がホワイトアウトする寸前だ。やや、危険を感じていた。とにかくいって、少し落ち着いてからあたりまえの性交に至らないと何が起きるかわからない。これまでにも、あまりに感じすぎてしまい、わけがわからなくなってとんでもないことになったことが幾度かある。自分のセックスの狂暴さは十二分に知りつくしていた。

問題はエクスタシーに達した瞬間だ。

頭が真っ白になり、気がついたら相手を失神するまで殴っていたこともあった。全裸のまま外に飛び出し、電柱に頭をぶつけて昏倒したこともあった。大橋巨泉が出演中のテレビのブラウン管を蹴って爆発させたこともあった。男のペニスをマイクがわりに『ボーン・イン・ザ・USA』を絶唱していることもあった。直立不動で泣きながら『こきりこ節』を歌っていることもあった。「よいしょお！」と叫んで相手のペニスをへし折ったこともあった。炬燵の足を両手に持って踊っていたこともあった。飼っていた猫を握り潰しそうになったこともあった。時には普通にチャーハンを作っていたこともあった。ちょうど自分の身体がピッタリ収まる場所を探して一時間ピッタリ収まり続けたこともあった。ラブホテルに駐車している車のすべてのサイドミラーをせっせとはずしていたこともあった。気づいたときにはもう遅い。本当に彼女のノリノリな状態でのエクスタシーは不思議に満ちていた。その度、相手の男は面食らって逃げた。しかし、いつもなら「ええい、ままよ。知ったこっちゃねえ。出たとこ勝負だ」と言ってしまうのに、今日はなにやらブレーキがかかっているのである。

ああ。

まずい。

愛しちゃった。

フクスケの顔に彼女の汗がシャワーみたいに降りかかる。このままチンポコは入れずに地味に擦っていっちゃおう。腰を鑿岩機《さくがんき》のごとく振り立て、ペニスをバギナで擦りあげながら、ミツコは頭の中で反芻した。「愛しちゃったんだ、このガキを」

だめだ、どうしよう。ちゃんとしたセックスしなきゃ。いい感じで終わらなきゃ。

自分だけいっちゃだめだ。

殴っちゃだめだ。

走っちゃだめだ。

笑っちゃだめだ。

歌っちゃだめだ。

「よいしょお！」って言うのはだめだ。

『こきりこ節』はだめだ。

突き上げる快感に幾度もぶっ飛びそうになりながら、イヤイヤをするようにかぶりを振った。

コレダケハダメダ。

「笑い話としての思い出にされちゃだめだ」

思わず周囲を確認する。炬燵はない。ＯＫ。炬燵踊りはナシだ。いや、違う違う。多分そういう問題じゃない。フクスケを失いたくない。やばいよ、やばいよ。不細工、不細工。こいつ不細工じゃん。何度もつぶやいてみる。不細工不細工不細工不細工不細工。頭の中で「不細工」という文字を細かくつないだ黒いラインを作って、そのラインで組み敷いたフクスケの顔の輪郭を丸囲みし「顔の輪郭が不細工という文字でできている男」を想像してみたが、気持ちに変わりはなかった。ＯＫ。わかったよ。もう、抵抗しない。愛したよ。悪かったよ。あたしで申し訳ないけどしょうがないよ。

こいつと死ぬまでセックスしたい。

本気で思った。

だからここでハメははずせない。

そうも思った。

嫌だよ嫌だよ。

自然に口がへの字に曲がった。

「好きだよお」

擦りながら啼いた。

「あんたが好きだよお」

擦られながらフクスケはうなずいた。

「だからあたしのこと好きになれなんて言わない。この際人の気持ちはどうでもいいよ。どうせ、あたしに本当のこと言う奴なんかいないから。だけど、覚えといてね。あんたがあたしから逃げたら」

涙は堪えたが洟が垂れてくる。

「殺すから。ぜーーーったい殺すから」

返事をする代わりにフクスケは彼女の腰を両手で持ち上げる。

「え？　え？」

ペニスをバギナに当てる。

「ちょ、ちょっと待って。タイム、タイム」

それから身体の中心に向けて深く深く突き刺した。

「ぎゃあああ！」

ミツコは白目を剝いてのけぞった。

6

無理だ。

ミツコとフクスケの、その後数分間のセックスはあまりにもシュールすぎてどうしても具体的に表現することができない。

それはもう、一作家の、というより現代の日本語の性に関するボキャブラリーの限界といってしまってもいいかもしれない。

よってはなはだ不親切ではあるがこのセックスは「日本語らしきもの」を交えて描かざるをえない。

「えめうす！」

ミツコは叫ぶや身を起こして、フクスケのたらふまを思い切りざもった。ざもってあめらして、またあめらして、再びざもった。それほどにあまらしてざもらされてはフクスケのたらふまもたまらない。

「むふんだ。もう、むふんだ」

フクスケは濡れたまんとうをかわすして、自らもずぶ濡れになりながら傍らの裏ビデオの山にたらふまを突っ込み、そのずはらをグリリとあめらした。「もっと、もっとあいなめを！」。頭上に雨あられと降り注ぐビデオをものともせず、猛烈な勢いでミツコは赤くそりくりへりかえったとどとんちょを何度も何度も……。

やめよう。

まあ、物凄いことになったのであると。

二人はいつと知れず押入の中のビデオやエロ本をかきわけかきわけ、その中に潜り込んで激しく蠢いていた。

「いいいいい」

フクスケの身体の下からガーンガーンとミツコが押入の壁を蹴る。膣の横の股の腱がその度つっぱって痙攣する。

「いく。いく。いっちゃうって」

ガーンガーン。

蹴る度にパラパラと壁の漆喰がはがれて落ちる。その反対側である隣の部屋からは負けじと大音響のロックが聞こえてくる。ドドタタ、ドドタタ。聞き覚えがある。イギリスの大口のおっさんのバンドだ。誰だ誰だ。フクスケは頭の片隅で池の鯉を思い浮かべる。ああ、ミック・ジャガー。それはローリング・ストーンズの『ペイント・イット・ブラック』だった。物凄い音量で聞いているので隣人は押入での大騒ぎにも気がつかないのだろう。

「いくいくいくいくいく」

ミツコはさらに激しく壁を蹴り続ける。ガーンガーン。いくいくいくぅ。ドドタタ、ドドタタ。ガーンガーン。パラパラパラ。いくいくいくいく。ドッタン、ドドタン。いぐいぐいぐいぐいぐ。ガーンガーン。パラパラパラ。

「あああ。ちくしょう！　ギブ・アーップ！　ギブ・アーップ！　ギバーップ！」

ついにミツコは土砂崩れのようなエクスタシーの快感に歯を食いしばりながら握りこぶしを固めに固め、フクスケの鼻にたたき込んでしまった。な、なんで。と聞かれても困る。たたき込んでしまったものは、もう、たたき込んでしまったのだから仕方がない、としか言いようがない。そういうものなのだ。

「もういいよ!」

なにがもういいのかわからない。わからないままに、大量の鼻血を出してのけぞったフクスケの顎を蹴りあげた。膣がよじれ、ブフと空気が漏れた。

「だははあ!」

フクスケはくたびれたアパートの押入の壁を頭でドーンと突き破り、ビデオのぎっしりつまった戸棚を押し倒しながら隣の部屋に倒れ込んだ。

先ほどまでの少しくぐもった『ペイント・イット・ブラック』が、今では物凄くクリアに二部屋にまたがって響き渡った。

隣の部屋の男は上半身裸で短刀を右手に握り締めて立っていた。どう贔屓目《ひいきめ》に見てもヤクザだった。

目を見開いたまま時が止まったように動かない彼の引き締まった身体からは、なぜか脂汗がテラテラと噴き出ていた。ただただ、びっくりしていた。その滑稽なほど呆然とした顔の鼻先スレスレを、フクスケの精液が弧を描いて通り過ぎ、壁に貼ったカレンダーの中でコーラ片手に微笑むB級アイドルが手にしたコップにペッタリと貼りついた。

ミック・ジャガーは「黒く塗れ」と歌っていたが、コーラは白く塗られた。


(下巻に続く)

単行本　二〇〇四年三月　マガジンハウス刊
文庫化にあたり、上下巻に分冊しました。
初出　「鳩よ！」一九九八年十一月号〜二〇〇二年五月号
「ウフ.」二〇〇二年七月号〜二〇〇四年一月号

文春文庫

宗教《しゅうきょう》が往《い》く　上

定価はカバーに
表示してあります

2010年11月10日　第1刷

著　者　松《まつ》尾《お》スズキ

発行者　村上和宏

発行所　株式会社　文藝春秋

東京都千代田区紀尾井町 3-23　〒102-8008
TEL　03・3265・1211
文藝春秋ホームページ　http://www.bunshun.co.jp

落丁、乱丁本は、お手数ですが小社製作部宛お送り下さい。送料小社負担でお取替致します。

印刷・大日本印刷　製本・加藤製本

Printed in Japan
ISBN978-4-16-780108-3

（　）内は解説者。品切の節はご容赦下さい。

丸谷才一
樹影譚
自分でもわからぬ樹木の影への不思議な愛着。現実と幻想の交錯を描く、川端康成文学賞受賞作。これぞ、短篇小説の快楽！「鈍感な青年」「樹影譚」「夢を買ひます」収録。（三浦雅士）
ま-2-9

丸谷才一
女ざかり
大新聞社の女性論説委員・南弓子。書いたコラムが思わぬ波紋をよび、政府から左遷の圧力がかかった。家族、恋人、友人を総動員して反撃開始、はたしてその首尾は？（瀬戸川猛資）
ま-2-12

又吉栄喜
豚の報い
ある日、突然スナックに豚が闖入してきた。厄を落とすため正吉と三人の女は真謝島へと向かう。素朴でユーモラスな沖縄の生活を描く芥川賞受賞作。「背中の夾竹桃」を収録。（崔　洋一）
ま-13-1

町田　康
くっすん大黒
すべては大黒を捨てようとしたことから始まった——爆裂する言葉、堕落の美学。日本文学史に新世紀を切り拓き、熱狂的支持を得た衝撃のデビュー作。「河原のアパラ」併録。（三浦雅士）
ま-15-1

町田　康
屈辱ポンチ
ひょんなことから友に復讐することになり、さまざまな嫌がらせに狂奔する俺と帆一。おかしな二人の珍道中を独特の文体とリズムで描く。「けものがれ、俺らの猿と」併録。（保坂和志）
ま-15-2

町田　康
きれぎれ
俺は浪費家で酒乱、ランパブ通いが趣味の絵描き。下手な絵で認められ成功している厭味な幼友達の美人妻に恋慕し、策謀を練ったが……。「人生の聖」併録。芥川賞受賞作。（池澤夏樹）
ま-15-3

松尾スズキ
クワイエットルームにようこそ
薬の過剰摂取《オーバードーズ》で精神病院に担ぎ込まれた明日香。正常と異常の境界線をさ迷う明日香が辿り着いた場所はどこか？　絶望と再生の十四日間を描いた第134回芥川賞候補作。（枡野浩一）
ま-17-3

（　）内は解説者。品切の節はご容赦下さい。

丸谷才一
和田　誠　絵
猫のつもりが虎
テニスのラヴとloveの関係を研究し、グレタ・ガルボの足の大きさについて考え、漱石の原稿をもらった編集者はどう褒めただろうか推察。伝説の雑誌に連載の名エッセイ。（藤森照信）
ま-2-21

毛　丹青（マオタンチン）
にっぽん虫の眼紀行
中国人青年が見た「日本の心」
北京からの留学生である著者は、神戸で阪神大震災を体験し、地方を旅して人々と語らい、繊細な感性で日本の「素顔」を感じ取っていく。抒情あふれる異色のエッセイ集。（柳田邦男）
ま-16-1

松尾スズキ
ぬるーい地獄の歩き方
辛いのに公然とは辛がれない、それが「ぬるーい地獄」。失恋、若ハゲ、いじめ、痔……ヌルジゴ案内人・松尾スズキがお送りする、切なくて哀しくて失礼だけどおもしろい平成地獄めぐり。
ま-17-1

松尾スズキ
ギリギリデイズ
今日も今日とて舞台に上がり、原稿書いたらネコを愛で、酒を飲んでは痔の痛みに耐える……。鬼才・松尾の暴れ牛のような喧騒と、子リスのように可憐な反省の日々の記録。（水野美紀）
ま-17-2

松任谷正隆
僕の散財日記
ナイキのシューズ、エルメスのハンドタオルetc.……衝動買いから、こだわりの車選び、そして記念日の贈り物まで、中年男子の生活と考察が赤裸々に描かれた好エッセイ集。（小山薫堂）
ま-22-1

山本夏彦
私の岩波物語
岩波書店、講談社、中央公論社以下の版元から電通、博報堂など広告会社まで、日本の言論を左右する面々の過去を、自ら主宰する雑誌の回顧に仮託しつつ論じる。（久世光彦）
や-11-11

山本夏彦・久世光彦
昭和恋々
あのころ、こんな暮らしがあった
子どもたちは露地で遊び、家には夕餉の支度に忙しい割烹着姿の母親がいた。私たちはあのころに、何か忘れ物をしてきたような気がする……。二人のエッセイと写真で甦る昭和の暮らし。
や-11-15